当代作家精品

活着·悟着

墨雅my 著

北京燕山出版社

图书在版编目（CIP）数据

活着·悟着 / 墨雅 my 著 . — 北京 : 北京燕山出版
社 , 2024.2

ISBN 978-7-5402-7160-2

Ⅰ.①活… Ⅱ.①墨… Ⅲ.①散文集—中国—当代

Ⅳ.① I267

中国国家版本馆 CIP 数据核字（2024）第 018175 号

活着·悟着

HUOZHE·WUZHE

著　　者：墨雅 my

责任编辑：杨春光

装帧设计：邓小林

出版发行：北京燕山出版社有限公司

社　　址：北京市西城区琉璃厂西街 20 号

邮　　编：100052

电话传真：86-10-65240430（总编室）

印　　刷：三河市中晟雅豪印务有限公司

开　　本：710mm×1000mm　　1/16

字　　数：236 千字

印　　张：18.25

版　　次：2024 年 2 月第 1 版

印　　次：2024 年 2 月第 1 次印刷

ISBN 978-7-5402-7160-2

定　　价：88.00 元

序　一位基层女教师的人生感悟

六月的一个早晨，我接到了墨雅 my 发来的微信，说最近身体有恙，情况严重，正在北京治疗。我一听万分惊愕，正当中年，年富力强之时，上有老下有小，还担任中学毕业班工作，怎么能突然得了如此重病？

我和墨雅 my 相识于二十多年前，我们是同事，那时由于我刚毕业，在学校里我们没有过多交流过，但我知道她是一位敬业的老师。后来我调入市区工作，她一直默默在张村镇教书。再后来她通过市教委的公选考试，也调入市里工作。大家都忙于工作，仍一直没有碰过面。直到有一天，还是在邓州文学群里，我们才"碰面"。我才了解到，墨雅 my 除了教书外，自己还运营一个公众号，专门发布文学作品。她的一些文章断断续续出现在文学群里，再后来她就很少发布自己的文字了，留出空间专门义务为别人推送文章。

墨雅 my 为人总是很低调，除了推送公众号的新文章外，在文学群里很少说话。如今突然身患重病，她说自己除了会教书以外，平时就会码点小文，有生之年准备将自己的部分文字整理成书，想给后代留点东西，询问我能否给她写篇权作为序的文章。

我知道自己一介无名之辈，常以"窝囊蛋"戏谑自己，给人作序，委实有些为难，不过最终还是答应了。于是墨雅 my 便把准备出书的文稿通过微信发给了我。

我发现除了散文之外，墨雅 my 也在不同网站发布一些中篇、长篇小说，有近六七十万字。

她的文稿名为《活着·悟着》，我一直拜读了两周多的时间，掩卷沉思：一位整日辛苦在一线的教师，工作紧张，能在闲暇之余坚持码字，实属难得。文稿大体可分为以下几个方面的内容：

一是乡村经历。20 世纪 80 年代末，墨雅 my 原本考上了高中，一直想参加高考，可是由于家庭原因，为生活所迫，不得已返乡重新复读，最终以全镇第一名的成绩考上师范，毕业后做了一名初中教师。文中还记叙了许多难忘的乡村故事，令人记忆犹新的便是小时候在乡村夜间捡红薯干的经历。同时也写到了对于童年乡村的记忆，对于童年朋友的记忆，对于乡村旧貌的记忆，使我们这些同龄人读来有一种特别亲切、特别入心的感受。

二是职场经历。师范学校毕业后她做了一名教师，从乡村走到城里。20 多年在这个岗位上兢兢业业，有苦有乐，甚至有惊有惧。学生考试取得了好成绩——乐；基层教师生活清苦，经常无法按时吃饭——苦；遭学生及家长误解——委屈。一位基层教师的劳苦艰辛、酸甜苦辣，俱在其中。

三是亲情杂记。她写道：人的悲哀就是只顾活在自己的当下，贪婪享受自己的幸福，而完全忘却了父辈亲人们贫瘠沧桑的一面。因此努力回味，拼命拾取，只为了却心头遗憾。譬如小弟的意外死亡让全家人撕心裂肺；母亲为了生计挣钱，风雪天还在外面摆摊；父亲遭遇金融诈骗，母亲哭泣；父亲受人欺骗而买了保健品；再如公公猝然生病，婆婆意外受伤，自己家庭陷入慌乱困境。生活中的点点滴滴，全部在墨雅 my 的笔下化成了真挚动情的文字，无不流露出浓浓的亲情，读来既让人感动，又引人深思。

四是人生感悟兼一些影评书评。作为一个普通的社会分子，面对生活中形形色色的现象，以及工作中的酸甜苦辣，她都能有深刻领悟，有独特的见解。在品读一些著作的同时，能对作品做一些接地气的感怀与思索。比如对于作家梁鸿的《中国在梁庄》《出梁庄记》等作品引发的共鸣，对于三国中一些女性人物产生的思辨，这些都让我们看到了墨雅 my 是一位感情细腻、爱憎分明、善于思索感悟的人，同时也看得出她广泛的认知和开阔的视野。

就此而言，她的这部文稿命名为《活着·悟着》，既名副其实，又恰如其分。当然除了这些之外，还有很多其他好的文章，限于篇幅不能一一评述。

的确，感人的文字有时无须过分雕琢。墨雅 my 的文笔沉稳细腻，看似质朴平实，实则深刻、富有嚼头。其叙事风格、思维观点都远远超出了一个普通教师的认知圈子。另外在其他文学网站上，她的中篇小说《撕毁诊断书》，长篇小说《你好，我的亲人》《挺难的》等，无不渗透着对人性的思索和对生命的感悟。

行文结束之际，我不禁叹道：如果这辈子墨雅 my 不做教师，专攻文学，没准能成为萧红、张爱玲一类的大家。当然，她做教师也十分称职，而且教师的职业给了她无数真实、有趣的素材，也许可以说，正是因为教师这个职业，才有了她今天这本水准较高的著作。

张书勇

2020 年 12 月

注：本书中提到的未成年人姓名均为化名。

目　录

第五辑　爱着，憎着，为心头拂去了尘埃

第六辑　读着，悟着，将作品咀嚼出芳香

人评

第一辑　梦着，走着，将日子编织成回忆

高考情思

总被"高考"两字萦绕纠缠。

高考与我本身无缘，多少年来却始终牵动着我的情愫，总与她有着千丝万缕的联系。

（1）无缘高考

被自卑和贫穷吓怕的父辈，把我从刚报到半月的一所高中拽回：

"上啥高中哩！女孩子回去努努力考个师范或中专算了，耗费三年时间还不如回去复读一年考个师范。"

时常脾气暴躁、唯我独尊的父亲，似乎他的话里有万千真理，我无力，更无底气反驳。

"我可能这辈子都会与高考无缘了。"我的心在哭泣，却喑哑无声。

在一个秋风萧瑟的日子里，父亲没有陪我，我一个人骑着自行车去学校办完退学手续，离开了那所不错的山城高中。

天色已经很晚了，我骑着自行车，顺着蜿蜒的山区公路艰难地往回返。凉风刮进我的裤管里，又顺着身子一直往上钻。眼望着被暮色笼罩的苍茫大山，我感到浑身阵阵发冷，心也很冷。

一路上，我想了很多，满腹的无奈和不甘心。我把眼泪憋在眼眶里，咽到肚子里。

回到家里已经是黑夜了，我没有理会父亲。之后，不去复读，下意识地绝食，有心地对抗。决定辍学，等长大了找个人嫁了，一生就这样了。

两个月过去了，我一直在家里干活……

麦苗出来的季节，霜重风寒，接近元旦新年之际。初中老校长的突然家访和郑重其事的劝说，也是那么的合情合理，和父亲的理论如出一辙，但我感觉也有父亲的"教唆"在里面。

免费上学，国家包分配，这种诱惑对我们这些生活在最底层的农村学生来说，实在太大。

毫无拒绝之词，我动摇了，否则的话，我将来就是农妇一枚。不敢再执拗，乖乖地随父亲又回到了那所我攒劲了三年仍没走出去的学校，一脸自卑、茫然和纠结。

努力努力再努力，摒弃杂念，一心攻读。

终于，来年的七月，我以全镇第一名的成绩考入了师范学校，这所师范学校就在我上高中的山城。

没有一丝高兴，内心纷乱，总有情绪冲撞心房。但我知道能够幸运进入师范学习的学生，大都是读书天分非常出众的孩子。按当年一批老中专生的感叹来形容："要是我们不考中专，去读高中，然后考大学，也许有人会考上北大或者清华。"

后来，我听说当年那些成绩不如我的同学考上了大学时，我的心理落差不亚于坠入山崖。

没能参加高考，无缘上大学，可能是我一辈子的一个结。

高考，下辈子结缘吧！

（2）送三姐去高考

艰难拼搏了几年，被我称为三姐的堂姐终于要去高考了。当时我在上初中，除了高兴，就是羡慕。这个家族的女孩子这下总算有人有可能上大学了。

三姐不爱说话，红白的脸庞上总是带着丝丝腼腆，她的学习很刻苦，也很努力，她是当时全村学历最高的女孩子。

高考前一天，我兴高采烈地帮她收拾行李，整理书包，欢送她去参加考试。那天下着小雨，目送她远去的背影，我在想：我将来也要参加高考。

高考那天，我在家里想象并渴求答案：高考现场是个什么样子？高考试题是不是很难？监考老师是不是很严厉？考试时间是不是很紧？堂姐会不会做试题？……我在祈祷，我在祝福。

七月的天很闷热，雨一直下……

县城里，考场外面有士兵守卫，大门紧闭，又低又矮的教室，考场内监考官面无表情，目光严厉。钟声响了，考生们都开始答题，我也拿着笔，看着试卷上的题，怎么一个都不会？看着周围学生奋笔疾书，我心急如焚，监考老师走过来看我，我更害怕了，拿起笔胡乱写起来，谁知道是红墨水笔，监考老师说这不行，必须用蓝墨水笔写。我急得哭了，因为我带错了笔……钟声响了，交卷的时间到了，我什么也没写，哭死哭活……

哭醒了，原来是个梦。心脏仍在咚咚直跳。就在那天，听见二妈说，三姐又没有考上大学。

晴天霹雳！

那晚，在厨房后面的水沟旁，三姐哭得很厉害，一双红肿的眼睛充满了无助和绝望。窄小幽静的巷道里，我默默地紧紧拉着她的手，但我没有擦去她眼角的泪，我明白她心里有彻骨的痛。

一度上进，信奉"高考至上，大学唯尊"的三姐在参加了两次高考后，均没能考上大学。遭受高考的重创后，可怜善良的她最终决定放弃高考，因为岁数也不小了，迫于家族的压力，只能赶紧嫁人。直到今天，每每提到三姐，她那双不甘和忧郁的眼睛我总忘不了。

大概是因为有三姐的例子在先，所以父亲坚决不同意我上高中。相对于她来说，我没经过高考，以初中毕业生的资格考取了师范学校，从此拥有了铁饭碗，也属幸运。

（3）送儿去高考

如今，高考时间更改为六月，儿子高考前夕的日子，依然骄阳似火烧。

也许是我的祈祷感动了天神，考试前，天降神雨，驱走了夏日的酷热，清凉着考生的神经，也潮湿了我的心房。

儿子进了考场，也带着我的梦想。我在门口守望，一脸期盼和恐慌。

我又在想象并渴求答案：考场内有没有钟表？试题是不是很难？儿子会不会做？监考老师会不会太严厉？儿子有没有中途身体不舒服？

我又在祈祷，又在祝福。

心儿跟谁一起走？站在校门口心乱如麻，如坐针毡。拿着手机胡乱刷屏，手机右上角的钟点时间总跳动得很慢。残酷而神圣的高考再一次刺激我的大脑，我在审视，又在质疑，却又无能为力。

高考后的一个雨夜，雷电交加。

日有所思夜有所梦，纠结和痛苦又缠绕梦魇，那么真切，那么形象，思虑糅杂，百感交集。我又一次从梦中惊醒，泪水湿了一枕，心脏跳得极快，梦中的情节一句也不敢对儿子说。

两天后，喜讯降临，儿子考上了大学。

（4）替别人焦虑

年轮急速旋转，高考如约强袭。

又是六月艳阳天，恰逢学子试才期。

提前几天无来由地焦虑不安、失眠困惑。同事们讨论着儿子的高考，手机上五花八门海量的高考鸡汤文，已经塞满眼眶。无心浏览，只想静心。

高考那天，我给儿子发了条信息："高考焦虑症犯了！"

"你焦虑啥哩？你又不高考。"儿子不解地调侃着。

"条件反射，替别人焦虑。"

可能他们谁也无法理解吧。

奇怪的是高考的那天，本地区没有下雨，估计天神要思索了，要对高考开恩。

但我的心房依然潮湿。

这么多年，高考成了避不开的话题，没能参加高考，没能上大学，成了我一生隐形的伤痛，曾一度为我垒起了坚实的自卑——源于竞争，源于交流，源于晋升。

几十岁的人了，我很清醒，必须得有自知之明——高考是我一辈子都难圆的梦。

始终在高考之外游走，在高考的日子里，做着我该做的事，在高考世界里，静静地做无愧于内心的思索。

高考的考场不曾有过我的身影，但高考的世界里总有我的影子在游荡。

给终将遗忘的岁月

"做个有心人"，一直以来是我的警语。然而一路走来，我开始怀疑自己这样做是不是很无聊。源于在经历了一些事之后，我明白了人生的意义，一些人和事总是在多年之后才真正看懂。曾经的对错在终将被遗忘的岁月里慢慢沉淀、消失。也许这就是一种必然，重新审视时，渐渐地我开始变了。

我从小生活在一个封建思想严重的大家族里，凭着自己刻苦努力学习，才拥有了这样一份还算体面的工作。当年小村庄千年万年总算出了一个女秀才，我带着父老乡亲们的殷切希望，踏上了继续求学的道路。在师范学校里，我开始用心学做事。我热爱读书，把平时节省下来的零用钱买一些简装本名著，如《茶花女》《浮士德》《巴黎圣母院》《简·爱》等十几本，看书时我总爱在书上圈圈点点，并在天头或者地脚的空白处写满心得、笔记。我当时读书非常认真，一本书读下来书上红字、黑字、蓝字都有，别人借我的书时都觉得惊艳。我总觉得读书时要做个有心人。我总爱写一些文字记录自己的心绪，那时候学校里有广播站，每班每天要上交文稿，选出优秀文章在校园广播中播出，我有很多文章都被播出了。

我善于用文字来表达自己的心声，不喜欢同别人当面交流。在师范学校的三年里，我共写了四本日记，和我要好的朋友看了我的文章或者心得后，都称有共鸣感，甚至毕业时，我的留言册上也有一些关于我文章好的溢美之词。那年我在作文课上写了一篇名叫《心曲》的文章，得到了文选老师的高度好评。我记得她在我的文章后面写了将近一百字的评语，她鼓励我继续练笔写文章，希望我将来在文学的道路上能够有所造诣。

这种习惯一直延续到我结婚后，甚至我在看电视剧《牵手》《钢铁是怎样练成的》时，也同样在一个本子上记笔记，丈夫看了之后赞叹并鼓励我说："这种看电视剧的方法很好，边看边记，以免忘记。"我的这些有心之举，将会在我年老之时，重拾我的年轻记忆。正因为此，我自认为我是一个有心人。

工作后，我仍然坚持这种习惯，喜欢用笔来描摹我的心情，每每静下来，总有一些文字情不自禁地溢出笔尖。个人工作的酸甜苦辣，家庭的喜怒哀乐，学生们的成长进步我都有记录，甚至中间有三年的兼职工作，我也有几本日记。我教学中的琐碎之事、定时感悟、郁闷忧伤等等都满满记录在本子里。基本上每年两万字的工作日志我都一直收藏着，记得有一次我的一本工作日志丢了，我甚至在学生大会上发起了寻物启事，我清楚地记得我的真诚赢得了掌声。我始终认为记录是一种习惯，是一种责任，更是一种情怀。

即便后来我调到城里，我还是一如既往地写一些短文，写我自己的无奈无助，写与同事的真诚之交，写我与学生的琐碎日常……渐渐地我不再用笔去写了，我开始在微信、QQ上以简易之词去记录现实。后来我意识到这可能会让朋友讨厌，扰乱别人的正常生活，而且QQ空间和微信朋友圈就那很少的读者，于是我决定不在微信和QQ上写东西了，开通了微博，这样慢慢摸索，我学会了在微博上面写一些小片段、短心得，之后也可写长篇微博文章了。到现在，我又开始在各类网站发布我写的东西，大大小小的文章几百篇。

我自认为自己是一个有心人，可现实仍有很多不尽人意。如此的尴尬，如此的跟跄，现实告诉我一切答案，我要醒悟，要轻松地为自己活着。人生最大的烦恼是从最没有意义的比较开始的，这世界总有不如你的人，也总有比你强的人。

历经沧桑，是是非非，纷纷扰扰。然而多年后，我内心又开始变化了，我再次拿起了笔。我开始留意生活，放眼大自然，面对这个多姿多彩的世界，捕捉生活中细碎的镜头，连缀成句，掺入自己深浅不同的感悟，编辑成文留给自己，也算留给终将遗失的岁月。

"熟读诗书在有心，能解人情理义丰。生命不息常温故，拙笔生花若行云。"慢慢地，我又开始从一个单纯的记录人，变成为一个有点儿思想的人了。

有一所学校曾叫内师

偶然的机遇，我和朋友们再次来到这座城市。

闲暇时机，我独自一人顺着街道，再睹这座城市今日的风采，随后又来到了母校——这所曾经叫内师（南阳第二师范学校）的学校。

与上次来的心情不同，上次来是为了个人的私事，办个手续。那天事先联系到了我上学时的班主任杨老师，杨老师乍一看还是当年的样子。那天匆匆来去，和老师只有几十分钟的交谈。我们都在极力回忆并高兴地交流着，站在杨老师的办公室里，杨老师说：

"我这间办公室就是当年内师的大门位置，朝北方向。"

我起身向外望去，面北的低矮的大门被这座办公大楼横阻。原来的大门前的道路两旁已经高楼林立，不再是泥泞不堪。我忽然想起校门口那几家饭店，五角钱一碗的素面条，同学们吃得很香的镜头。

学校如今大门朝东，显得高大巍峨，曾经的内师如今挂牌为宛西职业中等专业学校。

但她还是给了我一种久违的亲切和温暖。

我只看到了办公大楼周围的面貌，我也没能再进入学校一睹她的新容。杨老师送我们到大门口，他转身离开后，我回望了他一眼。岁月沧桑，韶华已逝，那一刻我才意识到，这位当年才思敏捷、才贯古今的青年班主任，如今已经是年过半百的老人了。

我带着丝丝遗憾和眷恋匆匆离开了。

今天的日子很特别，正好是清明节，春雨蒙蒙榆柳色，烟雨朦胧的氛围。几个朋友在市区办一件事情，在雨落蹒跚，休闲之际，我撑着雨伞，徒步在这座小城的街道上，领略了古城县衙街。县衙我没有进入，时间紧迫，我只是在门前转了转，但见游客来来往往。建造师以历史鲜活的灵感和现实精湛的技艺，把县衙建设得古典高雅、庄严而凝重。

随后我又徒步来到菊潭公园。公园没有扩建，还是原来的规模。只是里面原有的丛林动物园变成了儿童娱乐场，地面硬化成了小石子路，红黄绿色砌成不同的色调。这几座假山似乎高大威武了很多，秀美精致的亭子，给整个公园增添了几分庄严与灵气，让人耳目一新。

顺着林荫崎岖小道，道旁树木粗壮，拾级而上，有盘旋的阶梯。曲径通幽处，"丁"字形分岔路口的竹林显得苍翠青幽。

幽径有两米宽，很干净，中间防滑，两边碎石铺成。走在幽深宁静的竹林里，水珠零零落落地洒在我的头上，仿佛有人在轻拂我的发丝，后背一阵发凉，一种怪异的神秘感油然而生。

公园后面的大门能直接走出去，在20多年前，那里的后门是不通的。我径直来到湍河边，遥望这宽阔平静的水面，这里的水面显然比我们上学时干净了很多。湍河是白河较大的一条支流，发源于内乡县夏馆镇湍源村，流经内乡县七个乡镇后，横穿内乡县城，经邓州市、新野县汇入白河。

高楼林立，鳞次栉比，一派清新壮观之景象。烟雨蒙蒙之中，那些楼房仿佛更加突兀高峻。城市的飞速发展，象征性建设就在这里体现。

我在想：朋友小崔小杨的房子到底在哪一排呢？

顺着公园南边的路一直走，我要步行走到内师。迷路了，我打听宛西中专的路线咋走，不论是警察还是老人都说："你找的是内师吧？"可见内师在人们心中根深蒂固。

顺着指引的方向走，我一下子明白了，特别是走到教育局门口，我就看见了通往内师的老大门的路。但我知道这条路已经不通了。

步入校园，校园里一片寂静。这是个清明节假期，杨老师肯定不在他的办公室里。不便打扰，还是静静独自赏游一番吧！

进入大门，眼前一片葱茏青翠，宽阔整洁。几棵柏树造型自然，像墨绿的大伞，奇美挺拔，模样潇洒。北边是洁白高峻的办公大楼，南边花园式的清幽景观让我艳羡，目不暇接。有屈曲盘旋的蔓藤，刚吞吐出黄绿嫩叶的柳枝，修剪得整齐美观的草坪，一身水珠晶莹剔透的扇子树、广玉兰，一座赤褐色满身镂空的假山……所有景致错落有致，高低相间，不失雅致，不落窠臼。

那座假山很独特，随意成型的穴洞身躯不失自然之趣，掩映在苍翠的松柏之下，静静地矗立在路的南边，俨然一个威武的将军。

这时候我看见一位学生从大门里进来，介绍后我让他替我拍了一张照片。那位学生听说我是这里的老校友，礼貌而高兴地喊了声"学姐"。他是这里学习技术的学生，他的将来出路也许很广阔，和我们当年的志向不一样，我们当年在这里都已经清楚地知道自己将来的身份大多只能是老师。

校园面积还是原来的大小，只是多了些花草树木，新建了几座办公楼、教学楼、图书馆。我们原来的教室已经成为学生宿舍，一共三排宿舍楼。前排靠近操场的地方又新建了一排教室。

我来到操场上，操场显然比以前缩小了。东边又有一座办公大楼，操场南边没有变，还是院墙。我睁大眼睛，力求将景色一览无余地尽收眼底，极力搜索熟悉的东西。

蓦然，发现西边有一排乒乓球案子，很旧，很老式的，我猜测这可能是当年留下来的体育设施吧！历经沧桑，风吹雨打，留下了多少爱好乒乓球运动的学子的记忆，很温馨，很有亲切感。

在球台上久坐，我仿佛看到了当年操场上同学们奋力直追，拼杀夺冠的身影，呐喊声、加油声，上千人聚集，几百人奔跑。我也仿佛听到了学校广播里那时而甜美、时而高亢的声音，仔细倾听，仿佛那声音念诵的是我当时曾写过的校园稿子。

靠近操场的这排教室变成了汽车设备操作室，教室的东边我看到了那一排粗壮的大树，那就是我们熟悉的大树。我走近它们，被白灰涂抹成一半白的树皮，经过雨水的滋润，越发黑白分明。

那是一个人完全抱不过来的大树，还是那样的笔直苍劲，一直参天耸立，不屈不挠，矗立在教学楼和科技实验楼之间。

这排大树的南边，当年是音乐室。我们唱歌的时候都搬着凳子从教室里下来，整整齐齐坐在那里听音乐老师教我们唱歌，记一些高深而有趣的乐理知识。大树的北面是一排排简易低矮的小房，我记得那时候有五六间小房子。

一些对音乐有天赋的学生，被声乐老师选拔出来，每周固定时间来到这些小房子里，咿咿呀呀、咪咪吗吗地练声，音乐老师也总是一个一个地验收考核。然后我们还能在大型活动中一展歌喉。

正是由于那一年的音乐选修课的开展，我后来才稍微看懂了点五线谱和乐理知识。只可惜我天生没有一个好嗓子，后来就再也没有机会在舞台上一展歌喉了，相反演变成扯着嗓子在讲台上喊课，一喊就是20多年。

宿舍楼的大门还是铁大门，守大门的老先生很和蔼。我的手机没电了，老先生明白了我的意思后，请我进他的值班室给手机充电。

那是一间很狭小、简陋的房子，老人很讲究，虽然狭小但很整洁，东西放置井然有序。手机在室内充电，我和老人在院子里闲谈，老人看我腿疼，赶紧从屋里搬出来一张椅子，让我坐下。

从老人口里得知，学校西边，原来是想办所职高，后来因种种原因未能办成，现在成为了社区，很快一排排崭新的社区楼房即将拔地而起。现在学校里的学生有两千多人，假期里基本没有学生留宿，大多都回家了。

校园里真的宁静得可怕。我在想，我上学时的那个年代学生很多，正是学校办学的顶峰时期，即使是节假日，校园里也是人来人往，热闹非凡，音乐体育美术活动班的学生，节假日仍旧龙腾虎跃。

昔日学校与现在学校的生源落差，不能怪老师，也不能怪领导。这是时代的原因导致的，是社会发展的大势所趋。现在大学门槛已经很低了，差不多的孩子都能上个大专学校，稍微条件好的家庭也会让孩子读到高中。自然而然，中专学校惨遭冷遇，就是注定的了。尽管如此，学校还是培养出了一批又一批优秀的职业技术人才。

时光易逝，岁月变迁。不管怎样蜕变，承蒙岁月的钟爱，在这座被大山环绕的城市里，有一所学校，曾经的名字叫内师，叫南阳第二师范学校。六零后、七零后的学生们永远不会忘记这个名称。她是那个时代南阳地区培养教育人才的摇篮，重点输送人才的基地。虽然这些学生没能上大学，但他们都在平凡的岗位上默默奉献着自己的青春。正是由于她的培养和塑造，才能使那些原本就有雄才大略的学生，在以后的工作生活中更加如鱼得水，部分学生通过努力也能草根逆袭、平步青云。

是时代赋予我们这些贫困孩子上学的机会，是国家赋予我们一个骄傲的称谓，是我们自己选择了这辈子当老师的职业。我们有时也会自惭形秽，没有更多的技能，没有体面的学历专业。这些学生当年都是在众多学生中出类拔萃之人，如果我们当年不上师范学校，而是去上高中，也许我们中间有不少人会考上北大清华。

而今我们肩负的是一些高学历的人才能肩负的重任，有的甚至在同样岗位上比高学历的人干得更出色。后来大多又都通过自学考试取得了大专本科毕业文凭。默默耕耘，奋力爬行，也许只有这样，我们才能战胜一些源于学历的自卑，了却心头的遗憾。

我们中大部分人都在讲台上，一站就是一辈子，一生坚守清贫，不屑于谄媚。我们有着常人所不具备的坚忍和朴素，即便是在尔虞我诈、纷乱喧嚣的尘世里，也并没有被世俗玷污和腐化，依然保持清醒与朴素，有着骨子里的平和和沉稳，那份真诚和质朴是这所学校赋予的性情和特质。

桃李不言，下自成蹊。

我又返回到大门口，我遇到了一位老教师，他正推着小型的简易车，车上有些碎土。我们做了短暂的交流，看得出，他是一个很会料理自己生活的老教师。他说假日里种种花草，是一种休闲的生活模式。他提到了上个世纪八九十年代我们的校长及领导，王振华校长、曹科长、魏科长等。他帮我拍了一张留影，我很开心地和他聊了一些家常话。从他身上，我感受到了那一代老师现在的安然与自在、乐观与豁达。我想我们的将来如果也能像他们一样，那该多好啊。

离开学校时，走到门口，又看见刚进来时为我拍照的那位学生，他正搬着一件东西，从外面匆匆回来，一脸朝气，浑身散发着活力。我内心顿时热流涌动。这是一位正在长大的孩子，祝愿这样的孩子能真正静下心来学好技能，将来走出一片更广阔的天地，至少比我们更广阔！

天快黑了，顺着门口那位老教师和摆小地摊的老姐的指引，我穿过两个红绿灯，向右拐，一直走到路边，那里有朋友们在等我。

雨停了，我收起了手中的伞，今天我的心情豁然开朗了许多，尽管黄昏的风里还夹杂着凉意。

风吹乱了我的长发，路边的蒲公英花、夹竹桃花在风中摇曳着婀娜的身躯，我在风中顺着右道，匆匆赶往路口，脑子里依然有一幕幕刚刚剪辑过的镜头。我再一次告诉自己：

这座城市里，有一所学校曾经叫内师。

梦见自己是一位戏子

我做梦了，梦见自己成了一位戏子。

盛大豪华的舞台，似梦似幻，似空中楼宇，又如海市蜃楼。盛况空前，璀璨夺目、变幻多端、光彩陆离、灯火辉煌。

聚光灯下，我穿着花衣，带着浓妆登台表演。台下万人观看，欢呼雀跃，助威呐喊。一声华腔丽调震慑全场，观众手持荧光棒，左右晃动着，一起高歌。我唱了一曲又一曲，但记不清戏名，又唱了一些叫不上来名字的歌曲。演唱结束时，全场哗然，掌声四起，有的青年男女还尖声怪调地喊道：

"霞姐，我爱你！"

灯光、音响、演唱、演奏都不用说，只说那种要溢出来的感动。全场都是荧光棒梦幻的蓝色，周围满满的充满爱。在该尖叫时尖叫，在该流泪时流泪。

然后我又听到后面有人大声喊道："她是个骗子，她不是小林青霞，她是假的！"随之而来的是观众的唏嘘声，又紧接着是荧光棒、砖头、书本向我头上砸来。

我在经纪人的陪护下狼狈离开。当时是在春季，我穿得很薄，戏装衣也很轻薄。我被梦中的情景吓得满头大汗。

梦中我是参加《某某歌手》大赛的，我是参赛歌手。举办方导演说我名气不大，就让我假称是林青霞的弟子来参赛，这样投票吹捧支持的人才会多。还没来得及拒绝，我迷迷糊糊地就被人冠以"小林青霞"的名称，被一群人架着胳膊化妆、穿长袍、戴假眼睫毛、顶着头饰，等待出场。

一番包装后，我上台了，谁知一上去，我刚开口唱了两句，就了忘词儿。接下来，我只得胡乱编词，又装着夹杂英文唱了起来。有的观众竟没有听出来差错，但有的观众是林青霞的真粉丝，他们听出来了，就大声揭露我，用砖头来砸我。

这一场演唱，我唱砸了，排名倒数第一名，估计我会被淘汰掉。

"我就说，假的永远真不了！我不会唱林青霞的歌，我长得又不好看，一点也不像她，导演非要我冒充她的弟子登台，这下可好，我人算丢大了！全国人都看见了！"我对旁边的歌手诉苦，哭得稀里哗啦的，我那个经纪人也束手无策。

我写了一封辞职信给导演，给举办方主任："这舞台太大，我要回到我的小舞台，唱我自己喜欢唱的歌。"

导演说赛事正在进行，不能退赛。如果退赛，要我出违约金，他们还说我不识抬举，他们知道我会写点小文字，就逼我写首诗以后再走。

我压根就不会写诗，我也不想作假。我告诉导演说："我不会写诗。今天我在台上丢人了，我很受伤。但我会揭露真相，我不想再去掩盖真相，我想一刀把真相捅破，脓血横流之后，或许才有愈合疗伤的可能。"

听了我的话之后，举办方和导演怕了，大声让我滚蛋。

听说我真的要走了，记者都来围观采访。

"听说你原来是一个老师，课讲得非常好，那么为什么现在又要来唱歌呢？"

"有人说，因为你有一节公开课是讲《白毛女》，讲得非常好，你扮演的喜儿，唱的戏很精彩，所以一鸣惊人，被一位电影导演看中，是吗？"

"其实你也不必灰心丧气，失败是成功之母。你现在回去还会去上讲台讲课吗？那讲台说白了也是舞台，你在上面也是唱戏的，也是演员，还没有出场费，演不好也会演砸的啊！你看现在的家长多厉害，弄不好你一样会被家长们举报！"

"听说你平时爱码点小文，我看了你的几篇小文，还算有点意思，有的文字读后让我笑出了眼泪，牙齿都快笑掉了，但我断定文学这条路难以往下走，你还是好好当一个演员吧！一场演出，胜过你写一辈子文章。"

……

记者在簇拥、乱钻，似乎在争吵。我一直没有出声，我的经纪人小刘姑娘，她窝囊极了，急得眼泪都流出来了，急忙说：

"我们 × 老师，就是要回去继续当演员，不过不是这样的舞台，这舞台太高太陡了，她怕摔下来摔死，她要苦练，做一名农村演员，准备去演《乡村爱情》，或者演唱《刘老根》的插曲。"

我见小刘越说越离谱，就摘掉假眼睫毛，取掉头饰，急忙插嘴说："我要回家当老师，该讲课就讲课，课余时登上讲台想唱戏就唱戏，想唱歌就唱歌，还有真正的观众，我只要认真演唱，那里没有人砸我的场子！"

我又回望了舞台四周炫目的灯光，聚光灯让我突然感到窒息。我走出剧院，那一刻，我感谢夜色，它合乎时宜地降落下来，遮住了我眼中无法掩盖的一丝厌恶。

我果断地转身走了，身后留下了一张张很大的嘴巴。

似乎我醒了，我在做梦？但我又没有完全清醒，很快又接着刚才的梦做了起来——

我回到我的村庄，大雪纷飞的夜里。

村东头一行人站成一列队伍，低着头，一身白衣，头上裹着白粗布，前面有一个人高举着一个大火把，那火把烧得很旺，雪花纷纷扬扬，在火光下晶莹发亮，像老天爷在狂撒金沙。

我穿着一身白色的长袍孝衣，头上也裹着白布长帽，后襟很长很长，一直拖在地上，像在走地毯，又像在演电影。我走在背光灯下，不愿让人们看见。我尽力地拖起长长的孝衣，我仰着头边走边哭。旁边有亲人在搀扶我，但并不是经纪人小刘。

梦中，我知道这是在为我死去的弟弟夜间送路，报庙的，唢呐哀乐，鞭炮齐鸣，亲人们走四步跪一步，哭天喊地。

可是我哭到了村口，这时我又看见了经纪人小刘姑娘，和一名记者站在那里默不作声地看着我。

我很惊讶：我在背光灯下躲着走路，他们怎么又看见我了？他们怎么知道我在这里？

"×姐，你还是做你自己吧！你想哭了你就痛痛快快地大哭吧！发挥你的强项，今晚村子里我们搭了个舞台，专门为祭奠你死去的弟弟而搭的！"

我一个劲地哭，握紧了小刘的手不放松。不过这次跟随的记者没有照相，也没有再说话，只默默地站在那里。

那晚我没有浓妆艳抹。灯光很暗淡，没有彩灯闪烁，没有重金属乐器伴奏，只听见有悲伤哀怨的丧曲，我在上面哭得撕心裂肺，肝肠寸断，绝不是演戏。亲人们都在哭，又都在边劝我边拉我起来，我就是不起来，我哭得头脑发晕、天昏地暗、神志不清……我仿佛要把对弟弟的思念全都哭出来。

我总觉得声音太小，甚至哭不出声了，胸口极为憋闷，后来终于使劲用力放开喉咙大哭……

我醒了，真正地醒了，我还在悲伤地大哭着，满脸泪水，枕头全湿了……

窗外一缕光线忽明忽暗，窗帘被风吹动了。

平静了一会心情，擦擦眼泪，我拿起了枕边的手机，一看快五点了。这个梦做了一夜吧，跨越时空太大，从大舞台到小舞台，从大都市到小乡村，从春季到冬季。

算了别哭了，是个噩梦，起来洗漱洗漱，去上班吧！

涂抹生活

每天除了工作、吃饭，就是睡觉，这是大多数人的状态。尤其到了中年，各种压力，使原本就乏味油腻的生活更加沉闷，令人窒息。

怎样才能使自己的生活变得有色彩呢？除了写作，我几乎没有什么爱好。出于对文字的热爱，我开通了一个微信公众号，是为了方便自己发发文章，有时顺便帮助朋友们推送优秀文章。和岁月一起成长，拾取过往零碎记忆，与文友一起品味生活，感悟人生。

后来又出于好奇，我做了个一点号和头条号。根本不懂这里面还有什么学问，有什么利益，只是源于个人的爱好。开始时还不会发文章，慢慢摸索才学会了发文章，但又不知道如何插图，排版也不太科学。

这样发出去后，心想：有人看吗？受人欢迎吗？没有几个人关注我，我也不会关注别人，因为找不到人群。后来我在头条号下面的评论中随便点评，随便加关注，结果真的有人关注了我。

渐渐地，有几篇文章的单篇阅读量达到一万多，评论有一百多条，也算可以吧！

在这里发文章，还必须是原创，不能随意发表低质量的文章。就如有人说：这是一个呼唤个性化内容的时代，每一个自媒体人都是一个独特的 IP，把这个 IP 融合到你的文章中，打造出属于你自己的个性化内容，任谁都无法去抄袭。

我以前有很多文章，都被其他公众号发布过了，并且标注有"原创"两字，头条号肯定是不能再发了！这样，让我天天更新，真有点应付不过来，我没有那么多高质量的文章。如果几天一篇还可以，我想既然是让更多人看的，尽量高质量点，一定要文章真实、正能量，不能低俗，不能让读者笑话，要对得起读者。

我查询一些有关头条号的问题，我看到有些人在网上发表对头条号的看法时，褒贬不一。我害怕了，我有点担忧了。我不是为了图什么利益而来，我只是喜欢写点文字，觉得它是个较大一点的平台，给更多爱好写作的朋友提供一个平台，也能够让更多人看到我的文章，读者的指导评论就是我最大的收获。

后来我又开通了百家号，有几篇文章的阅读量竟然高达六七十万阅读量。不谈收益，单说心情，是公众号和头条号无法相比的。我选择教育领域做下去，每天推出去的文章又都来自于自己的工作生活，都是与教育有关的故事。有令人心痛的、有让人愤恨的、有值得颂扬的、有让人深思的……

总之，我觉得生活就像五彩缤纷的大花园，你是花园的主人，你可以随意种植各类花草，精心打造，力求更丰富更让人陶醉。

我是个喜欢探奇的人，喜欢一个人边走边摸索着玩。有时心里也很累，别人发给我的优质稿子我尽量发布，帮助他们我挺开心的，自己的稿子可以放到后面发表，甚至不发。

工作是主要的，这些只是业余爱好。想做成大号，以自己的能力是不行的。生活中总会有一些值得回忆的心情往事，更有一些必须面对的难舍难分。放弃与坚持，该如何取舍？勇于放弃是一种大气，敢于坚持何尝不是一种勇气，孰是孰非，谁能说得清、道得明呢？

明知道前途很渺茫，目标甚至可能永远也无法实现，有些故事可能永远也没有完美的结局，但还想硬着头皮朝前走，因为我压根就没想那么多事，我没有功利之心，我不是一门心思觉得好玩。

我相信，有心栽花花不开，无心插柳柳成荫。

原创的过程很辛苦，但在原创的过程中，你能感受到什么样的题材受欢迎，从中你能领悟到如何选题，如何让内容更吸引人，从而营造出一片郁郁葱葱的生态，让你的作品生机勃勃，充满生命力。

　　干啥事都要沉稳，不要急于求成，顺其自然更好。走着看着，玩着写着，学着干着。这不，正在苦闷时，不知不觉间，我的头条号过了新手期。如今又能连载小说了，我的一些小说开始在那里连载了。

　　当你自己能做到这一步的时候，你对自媒体的认识就有了较高的层次，运营起自媒体来也就得心应手了。

　　人生，其实就是这样，想了就做了，做了就尽量做最好，压力自然就会有。人就是个矛盾体，有时候想睡大觉，有时候想去旅游，有时又想让自己活得潇洒快乐一些，但有时候又对身边的人或事物无法割舍！

　　我总在对自己说：既然你已经做了这些自媒体平台，你就要认真做下去，只要能够给志同道合的、有写作爱好的朋友提供一个展示作品的机会，即使忙点，也会促进自己成长，这就应该心满意足。坚守原则，文字要精当，立意要新颖，宁缺毋滥，才能走得更远。

　　做任何事情，不要想得太复杂，只要你心态自然，不在意太多的东西，做个开心快乐的人，娱乐自己也服务了别人，摒弃利益，单纯点，轻松自然点，人生就会很不错。

　　人本身就是一张白纸，就是在过日子、走路行进的过程中，把自己浑身涂成五彩缤纷，甚至身边人都看不清你，如果别人有兴趣的话，他们需要认真凝视，才能看清那些花纹图案。这不更好吗？起码引起了别人的注意，激发他们认真细致地看你的机会哦！

　　生活就应该是丰富多彩、多样化的。躲开油腻的生活，做心灵的旅行，边走边看风景，敢于创新，即便自己达不到理想的彼岸，但沿途的风景总能让你心情愉悦，一路开心，一路拾取岁月的记忆，这不也是很幸福的事吗？

优雅老去，职业生涯倒计时

抖一抖渐渐衰老的大脑，掐指一算，如果退休政策不变的话，我的职业生涯只剩下几年的时间了。

进入职业生涯倒计时，几年后的今日我将优雅转身，进入老年，去寻找下一段人生的里程。

我不断地想象自己几年后退休的样子，咬牙闭眼狠心想象：唉！满脸灰黄皱褶；看孙子、做饭；佝偻驼背扫地；老化低俗着装；吞咽无味淡菜；陪伴老头子唠嗑……连声唏嘘，一阵反胃。

转念一想，抚心慰藉自己。人生是一次长途迁徙的旅行，从最初睁眼儿环视陌生世界的好奇惊喜，到最终闭眼儿咽气全程的感叹悲伤，人人都要经历。一次次夜深人静后，我直抵内心地带追问着，一回回困惑纠结时，我逼近脑海灵魂深处思索着，滚滚红尘，滚爬几十年生活，究竟活得怎么样？

几经翻腾，几番滚爬，现在我发现自己活得疲惫尴尬，爬得艰难撕裂，渐渐走到了时光里的尘埃里了，不过还憧憬着自己想要的一段旅程。匆匆那年，时而悔之不及，时而迷茫不已，有时候淋湿了自己的身心，有时迷糊了自己的双眼，有时放任了自己的这张嘴。

退休倒计时开始，这几年我们该选择何种生活？有人高尚地说"鞠躬尽瘁"的人生真谛；有人消极地说"得过且过"地游混光阴；还有人性情地说"随性不羁"不枉人世。难以共识，不可能有明确肯定的标准答案。回顾过去，最终我们会读懂自己、看清内心，从当初的血气方刚迎刃有余，到如今的满腹赤诚却力不从心；从当初在懵懂中成熟到如今在淬炼中沧桑………觉悟之后方得真知，幡醒之后才明是非，几十年思维开拓了、眼界扩展了、境界提升了，年华也渐逝了。

哎！我还没感觉到自己已老，就已经进入了职业生涯的后几年，我会提醒自己：你可能现在就是一个老丑角，无论是在讲台上，还是在办公室里，总会感到力不从心。我又在说服自己：豪迈人性要归于平和，高涨的血气将趋于低潮。岁月逝去，不再会口出狂言，一副老子天下第一的姿态；不再有唯我独尊，一脸盛气、咄咄逼人的模样；不再有见歪风邪气就愤世嫉俗、唯我正直的执拗。

教育生涯二十几年，已成过往，不要再沉醉于曾经的荣耀花环，也不要去跟年轻人论个你高我低、资格深浅。要明白，也许人生的真意就在于青春逝去、容颜蹉跎中的自然感悟，也许人性真理就在于姹紫嫣红、鲜花荣誉后的平和安详，也许人生真实，就在于五谷杂粮、琐碎事务中的酸甜苦辣……

岁月是一位沉默不语的老人，教给了我如何处世和独处，如何去适应、接受这多变的社会。生命是一场无法预约的旅程，生老病死、天灾人祸乃自然常态，一切生命中的不如意都会不期而遇，在所难免。

曾经二十多年，我习惯用文字记录生活中感动的东西，如今我用文字寻找自己心灵想要的东西，祛除自己的迷茫彷徨，重拾心里那些始终美丽而又干净的东西。某一天老去，那些怦然心动的幸福故事虽然睡在了岁月的墙角，但仍会给阅读者以幸福、青春、阳光、正能量。

仔细思量，我这几十年的生命里，有些时光是用来领略沿途风光的；有些时光是用来细嚼慢咽的；有些时光是提升自己，与人并肩奋斗的；有些时光是用来揣在心底慢慢怀念回味的。就如此跌跌撞撞，摸爬滚打，一路累心却恪守中庸。

转眼进入职业后几年，我可能会用躯体载着灵魂行走在夕阳下，不疏忽生活中每一个美好的存在。虽然岁月之刷将许多东西抹去，却抹不去心底那些真实感动的东西，几分幼稚，几分成熟，几分迷茫，几分愤懑，还有曾经拥有的幸福，也都不会在这里寂寞。

别再较真，遇事放自己一马，放空自己，一切都好。拒绝恶意攀比和无谓的羡慕，忽略身边褒贬，学会抛开乱世红尘的纷扰，沉淀自己的心情。浮躁世态，纷乱环境，惟有静心，方能使自己在职业生涯后十年感觉出岁月的美好。既不伤神又不费心，随性地将自己安放于自由的娱乐意境中。

正如我经常说的，不刻意让所有人喜欢你，但你要坚守自己的中庸之道，华丽转身未尝不是一种健康生命常态。

优雅老去，只留静好！

秋冬·深夜·风雨声·哭

雨一直下，我郁闷太久了，有种想哭的感觉。

落花不解伊人苦，谁又怜惜伊人情。空伤悲，独惆怅，怎解此心凄凉。风吹，雨冷，思念长……

于是就一口气攒够了这么多秋雨愁苦诗句，以毒攻毒，以愁攻愁：

君问归期未有期，巴山夜雨涨秋池。——《夜雨寄北》（这里表达出因夫妻分离而感到的痛苦，也包含了诗人此时此地回顾一生的哀愁。）

一声梧叶一声秋，一点芭蕉一点愁，——《水仙子·夜雨》（意思是夜雨一点点淋在梧桐树叶上，秋声难禁，打在芭蕉上，惹人愁思不断。半夜时分梦里回到了故乡。）

秋雨，秋雨，一半因风吹去。——《如梦令·黄叶青苔归路》。（这是清代词人纳兰性德的一首词。词中描写对妻子的思念，抒发了他情思深苦的绵长心境。）

共眠一舸听秋雨，小簟轻衾各自寒。——《桂殿秋·思往事》。（意思是你我共眠在船上，细细听秋雨，躺在竹席上，和着单衣，各自心里觉得寒冷。）

梧桐更兼细雨，到黄昏 点点滴滴。这次第，怎一个 愁字了得！——《声声慢》。（丈夫去世，独守空房的李清照，遭受国破家亡的痛苦。女词人独立窗前，雨打梧桐，声声凄凉，孤独无助的她，在深切地怀念着自己的丈夫。这哀痛欲绝的词句，催人泪下，堪称写愁之绝唱。）

……

可见秋雨容易给人带来的不仅仅是清冷，更是思念，哀愁，深苦。

而今，秋冬深夜里，我躺在床上，没有作诗的才气，只要一听见窗外呼呼风声，或者哗哗的雨声，我就想哭。问问妹妹，她说也有这样的同感。

那些年，说不准几月几日，只记得是个秋雨之夜，当我们正在暖和的被窝里做美梦时，母亲半夜的一声惊叫，击碎了我们全家人的美梦，随之而来的就是催促家人起来：

"下雨啦！下雨啦！快起来，去东坡地里拾红薯干！"

"环啊！静啊！荣啊！都快起来！"

母亲本来不忍心喊醒我们，但怕那满地雪白的即将晒干的红薯干被淋坏，恐惧就此失去果腹的口粮，她还是提高了嗓门儿吆喝。此时，她坚信人多力量大，拾得快。

我和姐姐迷迷糊糊地慌忙穿上衣服，拎起篮子，跟着父母往地里飞奔，父亲赶紧拉上车，在后面紧追。

一时间，村里人都急匆匆地往村外地里奔去。

在凄冷的深秋之夜，出来才发现自己穿得太薄了，然而已经顾不上这些了——赶紧拾红薯干！动作如此麻利，像在地上抢白花花的银子，大家匍匐前进，呐喊着"加油！快点！"

十几分钟时间，地里白花花的银子不见了。满满的箩筐，满满的车子，再慌忙蒙上一层破旧的塑料布。

总算直起了腰，喘了口气。地里还有村民在弯腰抢拾，跟跄前进。有的红薯干仍白花花，静静地躺在那里，任雨水冲刷。因为它刚被主人切割一两天，摆在那里还没干，即便拾回去也不会干，会发霉的。

父亲像一头黄牛一样，正吃力地在前面拉着。一家人冒雨冲锋，跌跌撞撞，推的推，拉的拉，背的背，扛的扛。脸上身上全是冷雨汗水，来不及擦拭。

回到家里，又慌忙地将红薯干摊开，唯恐捂住发霉。如果干了点还可以，如果不太干，再遇上连阴雨天，那就遭殃了，这些红薯干就会发霉、烂了，辛劳白费了。

我哆嗦得像风雨中的树叶……

就这样，再钻入被窝时，却难以入眠。听着窗外瘆人的风声，哗哗的雨声，内心总有一股说不出的凄凉、恐怖，总觉得有雨点滴到了心里，有种想哭又哭不出来的感觉。

类似这样在秋冬之夜梦中起床的事情很多：要么秋风把猪棚刮破了，猪半夜惊跑了，一家人起来满村子喊猪；要么成堆的芝麻藤在地里没有盖；要么奶奶半夜生病惊动一家人，连夜拉去上街看病……

秋雨幽幽，引人愁苦愁思，可谓秋风秋雨秋凄凉，秋风秋雨愁煞人。

寻寻觅觅，冷冷清清，凄凄惨惨戚戚。

秋已深，秋意浓，我在落叶的秋风里，冰冷的泥泞里不由得又拉长了记忆——

三十年前，农村的房子都是小瓦房，窗户没有玻璃，都是木窗。

冬天来了，为了保暖，父亲就用厚塑料纸蒙一层，用钉子四周固定，这样屋里就不会进冷风了。可是弟弟小，他总是用手或者木棍子乱戳，一个冬天，窗户上的塑料纸就得补几次。有时候父亲忙起来就忘了，烂了就烂了。进风了，姐姐就用硬纸板或者书本抵住，勉强睡下。

窗外的风声有时发出怪异的哨声，听起来挺怕人的，我和姐妹睡在西屋，就不敢出声，甚至有时我还故意吓妹妹：

"外面有贼！听！有鬼来了！"

然后胆小的妹妹就钻进被窝，把头埋得深深的，气都不敢出。其实我在吓她的同时，自己也被吓住了，望着黑乎乎的窗外，心里咚咚直跳，那种心情形容不出来，整个夜晚我都带着惊恐、不安、凄凉、冷寂入眠。

那时候，小学还上早自习，小学三年级就得五点钟起床上学。那时候家里没有闹钟，都是听鸡叫打鸣，然后父母喊醒我们起床去上学，再跑上四里路去上学。有时候遇上下雨天，晚上就睡不安宁，操心着，害怕去学校时迟到。

尤其是秋天或冬天，晚上听着外面的风声雨声，我都有种想哭的感觉，我总是担心第二天早上上学，满天漆黑、满地泥泞、路途艰难。家里的雨伞有限，有时我们就披上塑料简易雨单，提着父亲自制的煤油灯匆匆地往学校走去。

那年，我才十岁，姐姐十三岁，妹妹八岁。姐姐拉着我和妹妹，踏着泥泞，常常满脸都是冰冷的雨水，一步一摇地去上学。这样的真实镜头，至今我也不能忘记。

岁月流逝，记忆仍在蔓延。

再后来，又是一个秋天的深夜，静谧得可怕，只听见风呼呼地刮着，十二点钟，亲人的一个电话如雷轰顶，我失魂落魄、肝肠寸断：

我唯一的弟弟不在了！一场车祸使他与亲人阴阳两隔。

那一夜我脑子发昏，迷迷瞪瞪，内心惊恐万分，深夜和朋友开车，竟找不到回娘家的路，车竟然打旋到麦地里。风呼啸着，在漆黑的夜空下，在四不着村的麦田里，好长时间才把车开出了麦田，找到了回娘家的路。

那个秋夜留给我的是彻骨的痛苦，忧伤的记忆。

……

秋雨，秋风，秋夜，愁思。

如今，当人们在微信圈里调侃景物描写的作用时，我都不由自主地想到深夜秋雨的作用：它点明了季节时令是秋季雨夜，渲染了一种阴冷凄凉的气氛，衬托了人物伤感孤寂、愁苦悲凉的心情，推动了某些情节发展等等。

秋风秋雨秋凄凉，秋风秋雨愁煞人。风吹，雨冷，思念长……这种情绪依然复制于心，深夜，冰冷的秋雨仍旧滴落在我原本孤寂的心房上。

听！窗外，秋雨仍在吧嗒吧嗒地下着……

不过此时此景，我还想给景物描写补充一种作用：

为我的想哭埋下了伏笔。

和故乡人相见的方式

没想到再一次回靳庄，又是因为亲人的离世。

临近年关，伯父患病无力医治，驾鹤西去，我们不得不急促地回家奔丧，一路上心情沉重悲伤，这种情绪我已经持续了很多年了。近几年，亲人们总是在平静而又忙碌的岁月里猝然离世，上到八十岁的父辈，下到三十多岁的兄长、弟弟，让我们猝不及防，难以接受。

腊月二十四是给伯父吊唁的日子，与靳庄人相见又是在亲人的葬礼上，尽管这种见面的场合有点悲伤凄凉，但我依然很珍惜。这一次相见我很意外，我见到了比以往相见更多的人。以往回来只能见到老人、小孩和妇女们，临近过年，外出务工的乡亲们陆续返回，在当晚的丧宴上，除了往常见到的几个忙碌的身影外，我又见到了小时候上学玩耍的伙伴，我们李家辈分大，尽管我们年龄相当，有的还比我年龄大，依然亲切喊我："姑""姑奶奶"。岁月如刀，在他们脸上割出了沧桑，乍一看都那么的苍老，仔细一看小时候的样子还在，再看看自己的老态，才觉得他们的苍老是那么的必然。我从他们的身上、脸上看到了三十年前他们父亲的影子，也许他们同样会从我的身上、脸上看到三十年前我母亲的影子。

小亮的一声"姑"，让我亲切如故，这孩子虽然上学没有多少年，却在北京凭着自身的努力，有了属于自己的事业。记忆中的他，小时候是那么的顽皮，整日里总爱在门前的坑头打闹哭啼，有时候挨父亲的打。他身体瘦弱，眼睛小小的，机灵可爱的形象深深地印在我的脑海里。在昏暗的灯光下，我紧紧地抓住他的手说："小亮，你可给咱们靳庄人争气了，是在外打拼的靳庄人的骄傲。"在昏暗的灯光下，大家互相介绍，我也看见了小航、清坡、新明、道红、成党、小伟、新团，还有一些一时想不起名字的伙伴，他们大多都比我小，在今天看来都是那么的成熟老练，他们都凭着自己的努力，过上了安逸的生活，岁月泯灭了他们的稚气，却给他们增添了几分成熟与沉稳。

我也见到了比我年长的银哥、春哥、泽娃哥、年娃哥等，他们基本没有变样。见面多一点的就属何叔了，因为他经常为我父母的事情操心，每次村里有重要事情，只要与我家有关的，他都能在第一时间通知我爹妈，关心非常到位。文哥、彦二哥、学三哥、格子哥等，几年前父亲在家时没少给他们添麻烦，总在他们家吃饭，每次他们都拿出家里最丰厚的饭菜招待我的父亲，把他当成自己的亲人。

以前我们见面的方式很简单，或在街头，或在家门口集市上，每次见了总有说不完的话，总还要喊我几声"老洋人""女特务"。小时候，由于我天生一头自然卷毛、大大的眼睛、红白脸蛋，样子很可爱，村里人就给我起了外号"洋人""女特务"。小时候一听到谁喊我这些绰号，我都生气，总认为他们在要笑捉弄我。如今以成人的眼光再来品味这一称谓，反而倍感亲切。因为毕竟能喊出这称谓的人都是靳庄人，都是我的至爱乡亲。

忘不了文哥整日拉着车子走街串巷收废品的身影，他的勤劳和坚持不懈使我佩服。他凭着自己的辛苦努力，在街上买了一座又一座的楼房。格子哥、彦二哥、学三哥，他们开朗豪爽的性格让我喜欢，每当家里有事，他们总在第一时间前去帮忙，尽心尽力，日夜操劳且毫无怨言。当然靳庄的乡亲都很热情，大家都能和睦相处，每当谁家有红白喜事，大家都会积极前去帮忙，无私奉献自己的力量。先菊嫂子、小女嫂子、两个小梅嫂子、还有兰，她们都是仁爱善良、勤劳持家的女人，岁月之纹虽然爬满了脸庞，但仍然掩盖不了她们昔日天生的丽质。她们对人热情诚恳，每次家里有事，她们的身影总出现在忙碌的人群中，尽力地干活，每次回来总能最先看到她们的笑脸，把我当成亲人一样看待。靳庄人固有的淳朴善良、和谐共处、自强自立精神，在她们的身上不断延伸、生生不息。

靳庄村原来只有二十户人家，大部分都姓靳，姓李的都是外来户，然而靳庄人对我们这些外来户亲如一家人。二十多年来，靳庄人勤勤恳恳，辛勤耕耘在自己的故土上，当今浮躁的世态下，他们依然默默坚守，忠心耿耿，正是由于他们的执着，靳庄村才依然生机勃勃，傲然屹立在张村街的西南方。他们虽然看不到城市的喧嚣和霓虹，但他们拥有了乡村的宁静和祥和；他们尝不到城市火锅店的地沟之油，他们却享用着天然健康的绿色食品。他们善良而淳朴的品质影响着我，他们中有许多人通过自己的努力而成为新世纪的富人，他们阳光上进，但从来不失小乡村本土的憨厚与善良。新时代，靳庄成长起来的年轻人头脑明睿、与时俱进，有极强的上进心，一批批有志男儿走出村庄，走向天涯，在不同的城市栽种自己的理想，他们从原本懵懂的少年，历经磨难，淬炼成为与时代握手的中青年，尽管言谈中不失淳朴，但他们的举止中却不乏前卫。

从我工作、结婚以来，已经有二十多年没有真正亲近过我的故乡，人们常说"嫁出去的姑娘泼出去的水"，但我从来没有被泼出去的感觉，因为当时结婚后，工作地距离故乡仅有两公里，隔三差五在镇上总能碰见靳庄人，与靳庄的人们相见是我心头的乐事。后来我走了，远离了他们，见面的次数越来越少，尽管就几十里的路，我却为了我所谓的工作忙，找不到合适的理由回家。如今沦为除非亲人死去，我才能回到老家来的"异乡人"，如此凄凉悲壮的相见方式让我不愿承认又不得不接受。

随着岁月流逝，兄弟姐妹亲人都在城里落了脚搬走了，近十来年，几位老人也相继去世，大家族只留下四家荒凉空荡的院落，仅剩的三位老人也随子女到城里生活了。老家院子里一片荒凉空寂，弥漫着悲伤。只有亲人故去奔丧，我们才能回来与老家院落亲近，重拾一些儿时的记忆。

与靳庄人相见的机遇可能愈来愈少，我在慨叹：靳庄是生我养我的地方，这里有我的欢乐，有我的忧伤，我只能在亲人的葬礼或者丧宴中与他们相见，这种重逢见面的方式未免太过悲壮、残酷。生活告诉我，事事就是难随人意，你要去工作，你要嫁人，你要去生活，你要去奔波劳碌，你可能没有更多时间去村头叙旧，无法去田间重拾儿时的乐趣。现实告诉我，与靳庄见面的方式由当年的隔三差五地在街头相见，到如今的几年一次的亲人丧事中相见。

岁月是位沉默不语的圣人，它悄悄地爬上你的额头，钻入你的发丝里。它又像跨栏的飞人，拉着你往前蹿，即便你摔断了双腿，累伤了你的大脑。浮躁的社会容不得你去思索、去发问、去回忆。即便是偶尔静心思索，靳庄留在我记忆中的也只能是断章碎片，有时极力搜索大脑，绞尽脑汁，也只能从脑子里蹦出来几个拙词劣句，通过它们把零碎的记忆串起。陡然间觉得自己当年没有考上好的学校实属遗憾，半瓶墨水装在肚里俨然力不从心，以至于情到深处无语，爱到深处无句。

第二天，腊月二十五，伯父在亲人和乡亲的陪送下入土为安，我们也驾车离开了村庄，今天太阳出奇的好，四九寒天恰似暖春拂面。老家又离我越来越远，车轮呼呼作响，我沉默不语，一路上除了阳光相伴，还有伯父留给我的悲伤，以及靳庄人留给我的热情，它们溢满了车厢。

我知道我仍在走我的路，故乡的人们也在走他们的路。不过我走的却是一条越来越远离故乡的路，而他们走的路却是那样的自由开阔，充满阳光。

第二辑　拼着，干着，用悲欢弹奏出赞歌

不同寻常的日子

汽车拉响了警笛，雄狮般地驶向县第一高级中学。

这是个庄严的日子，"九年剑磨成，今日试才期"，中考之战即将打起。

即将送走这一批孩子，似乎有千句嘱托要叮咛，万般柔情要流露。

原本炙毒火烧的六月骄阳，这两天隐藏了炽热，极其温柔。它潇洒自如地将真诚与祝福洒向考点每一个角落。我们选了个石凳子的地方，面东而坐，适逢夏日凉风，顿感清爽怡人。

坐在县第一高级中学的校园里，望着这一群可爱的孩子步入考场，我仿佛看到了一群脱笼的鸟，将各自飞向属于自己的天空，蓄势待发，尽情收拣硕果，内心释然了许多。不做遥远的期冀，只做现实的祈祷：静心，平安。

领队休息室太远了，领队老师很多，休息室里太闷气，我们三位领队老师只想坐在外面的树林里的长凳子上休息，赏赏美景，吹吹凉风。

校园里有几个园林，清幽静谧，校园宽阔整洁，两个主要园林分别置在东西两侧。树林阴翳，鸣声上下，林园里树木种类多多，很多叫不出名字。高树与低树俯仰生姿，绿叶树和常青树相间，它们相互缠绕勾连着，偕同夏日的热情，旁若无人地携手向上疯长。四周均有石凳包围，光滑的石凳泛着灰白色的光晕，凳面上倒映出树叶随风摇曳的婀娜身姿。只是园内杂草丛生，枯叶满地，从乱土中钻出来的无名细草，却无所畏惧地攒足了劲儿，在风中随意摇摆着嫩弱的身子，不甘示弱，似乎在与身旁的大树抗争。

这些天我们真的太累了，美美地睡上一觉，几乎成了我们这群疯子老师的奢望。

此时，脑壳里什么都不想装，也没有必要再装什么东西了。我只想闭上眼睛歇歇，如果没有别的老师的话，我就想在长凳子上沉睡一觉。坐的时间长了腰部就疼痛，实在受不了。

风越来越凉爽了，吹飞了地面枯萎的落叶，我们决定顺着这偌大的校园边缘走走。

顺着校园宽阔的马路一直向北顺走，经过餐厅，路过宿舍楼，穿过梧桐林，一圈下来半个小时。一路风景怡人，白蜡树，树身皱褶竖条裂纹，四米多高后有分叉，一脸清灰，有着与岁月抗争的气势，在阳光下慢慢炸裂身上的青皮，斑斑驳驳，细密的枝叶温柔地伸长了臂膀。

一排排百日红显得很瘦弱，在春季里它曾红得醉人，鲜艳夺目，为县第一高级中学的校园增添了无限的生机和活力。现在它们却很不起眼，虽然树身光滑，但爬满了蚂蚁，原来火红的花朵，现在成了干黑的死结，不自量力地赖在枝头。人走在树下，只想有意识地躲开它。不过看得出它们也很自卑，无精打采地瘦弱地站在那里，从不招摇，大概是大树挡住了风的眷顾，它们连枝头也不晃动，默默谦逊地整理着自己凌乱的思路，一边加油，一边沉思。

顺着学校西边园林里崎岖的小道走着，红黄蓝色夹杂的石路两旁，涌满着低矮的草流，五彩缤纷。笔直的梧桐树下阴凉幽静，横柯遮蔽，不见天日，大片的枯叶散落，悠然着地，一派萧然。

南边有棵皂角树倒很威武，长得高大粗壮，大概需要三个人才能合抱过来，像资格很老的沧桑老人，稳重地耸立在园林中间，它的枝条似乎很骄傲，在风中自由甩动着刚劲的风骨，有万分的霸气。周围的小树显得那么卑微低小，尽管风飕飕地刮着，它们依旧老老实实，从不张扬，即便大风来袭，它们也是朝着一个方向，扭捏而拘谨地微微颤动。忽然，我发现大树下有两个男性身影在晃动，走近一看是两位男性领队老师在树下乘凉。两位领队老师似乎要把这棵树占为己有，一来他们都坐在树下面，下午干脆拿条软席子睡在树根部，选个高高隆起的位置，仰面而卧，手里握着可爱的手机，津津有味地盯着，时而发呆、时而微笑、时而闭眼微睡。

面前的栾树十分时尚，笔直粗壮的身子，上面分开四五枝，成莲花状向上方翘起。树根微微露出地面，泛着赤红色，根部像老虎爪子一样，死死地垂直扎向底面，盘根错节毫无规则。这栾树很多，可能是这个校园里的招牌树，参天耸立，好不威武，走在林阴下，凉爽宜人。

顺着树林朝里面望去，有人席地而坐，在交谈，大多都是手里提个袋子，或成捆成串地拎着学生的书包，到处在校园里游荡。因为几个小时的等待太难熬了，打瞌睡、口渴，实在无聊，只得顺便提着包包来回在僻静地带走动。

坐下来休息吧！打开手机继续沉浸，我的心却飞到了校外。因为我在朋友圈里看到的，我原来工作的乡村中学中考迎战欢送仪式，《中招欢送会——超越梦想一起飞》。视频里，我看见同学们站着队伍举着中招专用车的牌子出来了，步伐坚定不移，自信溢于言表，昂首挺胸走出大门。两边学生们手拿鲜花，挥动着五色小旗，嘴里喊着"加油"的口号。

欢送的人群中有家长、有老师、有学生，也有社会上的各色人等。拍照、呐喊、助威、锣鼓喧天，我听着那首激昂的歌，看着这熟悉而又陌生的画面，眼巴巴地望着这激动人心的每一个镜头，眨都不眨地望着，生怕漏掉一个镜头。尤其是当我看到了一群学生和领队的校长时，刹那间，我的眼睛突然模糊了，这绝对不夹杂任何虚伪和做作，这里面的情愫可能只有我自己知道。又看到杨冰仍然精神头十足地打着阳伞走过来，也看到了闻校长在为同学们推心置腹、满怀期冀地读壮行词、激励语，我看到了那群孩子可爱纯朴的脸，那是在历经一年苦战，自信成熟的脸，从他们身上，我仿佛看到了我的身影，也看到了老师们虽然历经多日的疲劳战，但依旧精神帅气的身影。

我的心在急剧加快，颤动不已……

我看到有一位母亲在行走的人流中急切张望着自己的孩子，好长时间没看到，我都替她着急，她一定是临考前，从家里奔来学校，想再看看孩子，想给孩子鼓鼓劲，她肯定有一大筐叮咛要送给自己的孩子。突然她看见自己的孩子了，飞奔上前说了些什么，又似乎没来得及说什么。大家好似都有说不完的告别语。光着膀子的老爷爷、满脸焦灼的老奶奶，也都跟在人群的后面，都想给考生鼓点劲吧！

随着鼓声和欢呼声、加油声，我的心脏在急速跳动，我眼睛也有点潮润，胳膊顿生鸡皮，我仿佛看到了多年前，我的身影，我的那些可爱的孩子们。他们身上特有的农村娃的淳朴、天真、上进、刻苦，总是我后来所难以寻觅到的。

他们坐上大巴车缓缓地离开学校，车头在镜头面前拉得很大，像雄狮一般，我的心也仿佛随着视频里的五辆车一起离开……

有一种情愫说不清道不明，我始终觉得我就在那个场面里，坐在那几辆车里，或者某一个打伞的女教师就是我……

从视频里走出来后，我望着东边的操场静思了很久。注定，这是一个不同寻常的日子，一个紧张而又勾起回忆的日子！

累了，你就睡吧！

前言

　　我只是在这里，道说寻常。这是一天的见闻，呈现出的却有着超越一天的思索。我在如实透射，我又在真实呐喊，我在向这里的教育警示着什么。当我决定呈上此文时，我在不断地提醒自己："累了，你就睡吧！"绝非是单纯的贬义理解，有着丰富的内涵。那么累了，你就来看看吧！

（1）

　　五点多，天已经亮堂堂的。晨风凉爽，让人神清气爽，一路如飞，我来到了学校。

　　晨风如歌，歌声里飘来了那琅琅的读书声，声声入耳，是希望，更是梦想，那清脆的歌声，久久地在耳畔回响，一字，一句，都刻着年轻的诗行，都洋溢着青春的力量。

　　这是一群即将奔赴拼杀考场的学子，那声音似乎在呐喊，在嘶吼，又像是释放，更像是在做考前的临战一搏。

　　哦！今天是二模考试！

　　我拎着包，没来得及放到办公室，就径直走进教室。那声音更大了，是"师来我大吼"做给我看的条件反射，还是面对二模顿然醒悟的"临阵磨枪"。总之，一切状态极佳，我极为赞赏。"此处无声胜有声"，静默地站在讲台上，面对这群拼命学子们，郑重地为他们竖起了大拇指！

他们笑了，随即声音更大了，好样的！

不用我说一句废话，饭后考试，今早学习任务，自由安排。

我走出了教室，站在走廊上，感受着清新的空气带给我的惬意，东方渐渐升起了鱼肚白，天空中微微能看到几块浮云在游动，我的心也在这空旷的世界里肆意游动，似乎所有的清新和美丽都透射在这干净宽阔的校园里。

教室内传出的琅琅书声，时而似波涛汹涌，时而如空谷传响。时不时也传出来几声阴阳怪气的声调，那是他们的天性。

我略显疲惫的身影穿梭在两个教室里，像一个幽灵，时而出现在五班教室里，时而出现在六班教室里。

时间在这群蓦然醒悟、溢满拼杀气势的孩子们身上流逝着。二十分钟过去了，三十分钟过去了……

不知什么时候，教室里出现了几个趴下来的身影。是那么的憨态可掬，伴着美梦沉沉入睡。我用手轻轻敲打他们的背部，"醒醒吧！快放学了！"揉揉迷离的双眼，擦擦嘴角的口水，搓搓因睡姿不爽而被挤压变形的脸皮，懒洋洋地坐直了身子。

这是整天坐在后两排的学生，成绩表上稳列最后几名的学生。哦！是平时学习累着了吧！是晚上熬夜下苦心演题的缘故吧！

我转身离去，正在思索中，回过头来，一看他们咋又趴下了！不敢再打扰了，上次我都吃过亏了，人家说："我瞌睡，你能不叫我睡？"自觉点，自量点，咱就只能提醒打扰一次吧。老师实在没有治瞌睡的良药啊！孩子！

"娃们，累了！你们就歇歇吧！"似乎战战兢兢，唯恐伤了和气。

丁零……早自习结束了，醒醒吧！该去吃饭了！"忽"地坐起来了，走！吃！

（2）

第一场考语文，时间两个小时，难耐啊！

长溜溜的试卷，密密的字体，配着一张答题卡。试卷上行行试题仿佛一排排裁判师和法官，严肃而挑剔地与同学们对视。同学们的笔头像敲着细鼓点儿似的"噔噔噔"，赶着时间做题，他们或紧皱眉头，或凝视沉思，或奋笔疾书……

时间不知不觉地过去一个小时了，速度快的同学们已经开始写作文了。他们凝神构思，尽力搜索大脑里往日储存的内容，梳理着即将成型的文脉章络。

我在考场上小心地走动着，期盼他们都能下笔如有神、思结两万里。

突然耳边响起打呼噜的声音，我四处张望，搜寻着来自考场上这古怪而恼人的声音。

靠北边的那一行，有两名学生趴在桌子上一动不动，同学们有人在偷笑，大部分同学都在旁若无人地做着试题，好像什么事都没有发生。

我蹑手蹑脚走过去，用手敲了敲桌子，低声说："醒醒吧！快交卷了！"不敢高声语，恐惊做梦人。

又是一双迷离的双眼，一张睡得发红带褶痕的脸。慌乱地中，他拿起来笔来，装模作样地在试卷上画着。我看了那张答题卡，没写几个字，稀稀拉拉的，空了很多处。

又是十分钟过去了……呼噜声再次响起，爷娃儿啊！咋又进入梦楼了！

我又一次走过去拉起他的胳膊，提醒他，这一次坏了！那布满血红丝的两眼怒视我，一脸不耐烦，说了声："咋了啊！"

我不再多说什么，心想：算了吧！累了，你就睡吧！转身离去，主要不想激化矛盾，从而影响其他考生。

　　因为曾经听说有个学生在考试时睡觉，老师喊不起来，后来让他在外面站一会儿清醒清醒，谁知这学生抢起了凳子……家长知道了，来校闹个烟儿冒。说自己的儿子成绩不好算了，考试不做题也算了，睡一会儿觉又不是啥大不了的错事，只要身体好，不能让他出去清醒，只能在教室里睡。

（3）

　　"累了，你就睡吧！"于是成了众多老师们最关切最温馨的安慰语，最安全最得体的无奈之词。

　　反观当下，有多少家长打着让老师严管孩子的旗帜，把孩子送到教育的圣地，却做着有悖初衷，袒护溺爱孩子，恶意攻击侮辱老师的卑劣举止。这让在这严酷紧张的教育背景下赤手空拳的老师们情何以堪？

　　"累了，你就睡吧！"这是多么温暖而富有关切的语言，然而如今它在校园里却有点变味了，它成了不带任何功利之心，偏见之念的老师们无奈而绝望的口头词。面对那些"我孩子只要身体好，学不好算了"的家长，让曾经一度满腹经纶，最能循循善诱的老师们也哑口无言。

　　又有多少人真正关注到那群背井离乡，紧缩囊袋，无再大欲望渴求的老师们真正的疲和累？他们多么希望大众给予他们最平凡最朴素的慰问："累了！你就歇歇吧！"

　　不少的老师都在渴求，却又都没有资格去强求。

　　高中老师几乎每天忙到晚上将近十一点，初中、小学老师也早不了多了。面对中考、高考这极具挑战的拼杀，多少老师佝偻了身躯，熬红了双眼，耗费了神经。面对无形的压力，他们不得不牺牲节假日，成了在星期天或假日里身影最忙碌的"怪物"。

那些曾经对教育工作有着美好憧憬的年轻老师们，和学生一起损耗撕扯着原本充满活力的青春；中老年教师们极不协调地、笨拙地拽着学生们踉跄前行，即便自己摔伤无数，却仍旧与日渐迟钝的大脑、日渐衰退的记忆力搏斗着……

站在静得让人窒息的考场，我无法正常呼吸，不知为什么我内心很堵塞。

脑海中的画面缓缓打开，思绪划过绵长的记忆，或幸福，或骄傲，或疼痛，或悲伤……一天的考试结束了，这才是考试任务的一半，明天继续演绎着……

我拖着疲惫的身躯来到办公室，教室里传来数学老师扯着嗓子讲题的声音，因为明天要考数学。他连一口水都忙得来不及喝，就跑上讲台了，教室内外，办公室里，都回荡着他沙哑的声音，那似乎是在战前作最后一搏，更像是想把满腹知识全盘托出。

他在强调，他又在重复；他在提醒，他又在叮嘱……终于下课了，该吃晚饭了。杨老师才拖着疲惫的身子，踉跄归来，办公室桌子成了他的临时床铺，斜着身躯，伸长了臀部趴下了。他真的累了，需要静心歇歇！

我满眼的无奈和不忍心打扰，只是我心里有一个熟悉的声音呼之欲出：

"杨老师，累了，你就睡吧！"

当我起身要走的时候，忽然看见我后面的一排办公桌下面有一个人睡在那里，他将三张椅子并在一起充当床铺，静静地躺在那里，似乎睡得很香。是物理老师！刚才还在考场上忙来忙去，这次我一定闭嘴，因为他晚上还有三节课，晚饭不吃可以，睡一会儿最需要，不能打扰他。内心的声音再一次涌出：

"累了，你就睡吧！"

面临中考、高考，那些优秀勤奋上进的学子们，有的的确是废寝忘食，夜以继日，他们在与时间赛跑着，在与自己挑战着，多少次白天精神萎靡，眼睛迷糊，他们都设法战胜自己的睡意，为了不让功课落下，他们用牙齿咬红了手背，自动站立在教室外面，以此来赶走睡意。我想对这些孩子们真心地说："累了，你就睡会儿吧！"

（4）

我的思绪仿佛一下子拉向了校园之外，冲进了城市更远的地方。

我骑车返回家，车子像乌龟一样又慢又沉，像在沙地里走着。路边小商贩们疲惫地仰着赤红的脸，任尘土灰粒扑面；卖菜的大爷蹲在菜摊前低头打着盹：建筑工地上的工人们仍在叮叮咣咣赶着进度；幼儿园门口接学生的家长，下班疲惫回来，紧缩眉头焦急地张望着自己的孩子……

他们都是普通民众，他们都有说不出的疲惫和苦闷，他们都在为自己，或在为他人拼命挣扎着，他们都在这个城市紧张而辛勤地工作着，不甘沦为平庸，不甘成为挫败之人，他们都有自己的理想和目标。

这个世界是个充满竞争忙碌的世界，这个城市是个成长步伐极快的城市，它有着瞬息万变，也有着保守传统，更有着与时代同行时的张皇与疲惫。

我想对所有真正奋力前进的人们满怀诚意地说："累了，你就睡吧！"

夜深了，我的思绪仍在无休止地蔓延，我强制性地对自己说："累了，你该睡了！"

"哭罢就忘，离开就笑"的感恩教育会

> 到底是一场什么样阵容和魔力的催泪会，能远胜于书本和教师的教育，使这群懵懂少年号啕大哭，接力呐喊，紧握拳头，隔空发誓呢？
>
> ——题记

前不久，学校请来了一个巡回演讲团，在校园里做教育感恩类的报告会。

同学们坐在灿烂的阳光下，两个小时，做演讲报告的是一个二三十岁的男性成功人士，他也站在阳光下，在台上声情并茂，向学生讲一些如何感恩父母，如何励志，如何珍惜学习机会的话题。的确很有料，很有干货，让人听了热血澎湃。可以说，这位讲师讲得很有功底，功课做得也比较充分，自始至终基本上不冷场、不重复、不拖泥带水。

我坐在办公室里，并没有出去坐在会场里听。因为外面的喇叭声很大，我听得很清楚，许多老师都在办公室里听那位专家演讲，都不愿再进那会场了，的确见怪不怪了，似乎都很清楚这用意。

同学们又一次被这位讲师熏染得满腔热血，河东狮吼般握紧拳头，对着天空大喊"我能行""我是最棒的""妈妈，我一定要好好学习"等等，类似激动人心、鼓舞斗志的话语。

有的同学，痛哭流涕，相拥哭泣。后来还请班主任及部分老师上台，又是一阵呼喊语、宣誓词、震撼语。原来稳重不语的老师又一次被场面同化了，抱着学生痛哭流涕。她说："我实在不想上台，我以前上台好多次了，都忍不住哭泣。"

其实都知道这是鼓舞鞭策学生的，老师也被洗脑了。这种洗脑式的鼓动性会议，近十年都来过很多次了，大家都见怪不怪了。但为什么有人还要哭了，这就是效应感应。

开完会学生们进教室就忘了，腮边泪痕还没干，有的学生就咧开嘴巴大笑，这不，××同学上课可又倒头大睡了，照样我行我素。

我们都觉得这是个生意团体。不管怎样它不同程度上也暂时鞭策鼓舞了学生，促进了学生好好学习，感恩父母，出发点很好，但真正能使他们内心转变的人数很少。学生的思想波动很大，不是仅凭一场感恩会就能转变的，他需要社会，老师和家长循序渐进的引导。

反复这样做似乎有人趁机在谋取利益，不过大家都不愿说开去，大多数校园的"感恩教育"，嘴上谈的是感恩，背后却是生意。

有人发表看法："中国式感恩教育"最令人反感的是——引发孩子的负疚感，这种情感暴力让孩子觉得自己是父母的负担，要求孩子无条件地顺从父母。但很多人的父母并不是天然的道德模范，甚至很多行为举止相当糟糕，让懵懂的孩子一味地感恩这些糟糕的父母，是鼓励孩子们也像他们的父母一样糟糕吗？

感念他人的善意和帮助，是做人的基本修养，但感恩不该变成学生的一种心理负担。

进驻校园的"感恩教育"，更像一场集体表演哭泣的行为艺术。给父母磕头、洗脚，和父母相拥哭泣，这是"中国式感恩教育"的形式和成果。

"感恩"和"感恩教育"绝不是同一个概念，用孝道来绑架学生所有的思想是非常可怕的，我们应该做的，就是告诉学生他们应该享受什么样的权利，他们所遭遇的是否公平，他们应该辨别是非，他们应该懂得积极健康的价值观远比低自尊即时的"感恩"重要得多。

有个已经长大的孩子说："曾经听报告会，我抱着母亲和老师痛哭流涕，发誓以后要听话，要争气。但后来真正使我转变的是我自己的内心，随着书读得越来越多，自身的性格特质，周围人的引导和社会阅历会使我变得成熟懂事起来，而不是一场感恩报告会。"

"感恩演讲"的套路，与传销的洗脑模式太像了——成百上千人聚集在一起。演讲者利用群体心理的特点，从气氛营造、话术编排到口号式语言，试图让受众用强烈的情绪反应代替理性思考。逗人笑很难，惹人哭很容易，尤其是心理易受操控的学生，挑逗他们的情绪易如反掌。

充斥学校的"感恩教育"是种语言、情感洗脑，但如果真要说它是否会对孩子造成严重的不良影响，倒也不会。

"哭过就忘""进教室就笑"是大多数学生的反应。有听过"感恩演讲"的同学说："那药劲儿过得特别快。台上哭完之后，同学们却没有再提过那天的表现和感恩的话题。如果以后再有这种教育机会，又可以自主选择，那我肯定不会再去听了，因为，那个感动好像是真的，又好像是假的。"

其实，我们平时多开展一些活动，例如办手抄报，节日里让学生想法给父母一个礼物，多写一些亲情的文章，给学生布置让他和家长共同完成的作业等等。多同家长交流，参加一些亲子活动等。效果会比单纯的以金钱交易的感恩教育会强很多。

在这种套路化的"感恩演讲"背后，通常都有一整条利益链。"洗脑"完毕之后，就要开始卖书、卖课程、宣传亲子营、培训营了。网上都揭露过几个曾经被媒体曝光过的"感恩教育"讲师，都有自己的品牌和公司，在学校的"感恩演讲"更像一种宣传和推广，绝不是什么公益演讲，这是带有明显的商业性质的演讲。试想一下，如果你不给他们钱，他们会如此倾情倾心地来演讲吗？

到底这种商业性质的感恩教育报告会，还能走多久，我不得而知。只是短发偶论一下，不能左右别人，更不能左右市场。

一位教师的眼泪

那天上课时，我被学生吓晕了。

这些天，我感到自己抑郁了。眼睛又疼又肿又涩，嘴巴上火，头晕血压升高。

临近毕业，五点多来到学校，跟踪辅导，白天小山似的模拟试卷堆在面前，改得头晕目眩，讲得口吐白沫，两个班级的课，两个教室来回穿梭走动，腿部胀痛，最后却被气得肝胆俱裂。

那天天气出奇的燥热，云出奇的白。

上课了，我抱着一摞油渍斑斑的试卷走进教室："再有两周就要中考了，时间不等人，咱们赶紧把这些试卷做做，然后下节课讲评。"

教室里依然沸腾，后面一排几个不爱学习的学生，自始至终骚动不安。今年的学生尤其难管，问题生太多，学校也不让留级，大部分后进生都在混日子。班主任和任课教师都很头疼，基本没啥绝招了。

因为试题太多了，后面的学生基本不做，都是空白卷交上来。所以，我不勉强他们做题，现在学生临近毕业，浮躁气盛，只要上课别说话，不捣乱就好了。

前面大部分学生都在静静地做题，没想到后面靠墙的一位高大的男生在与同桌拍打玩闹，引起周围人的骚动。

我告诫自己，只当瞎眼了没看见。等了一会儿，我还是没忍住我就喊了句："××，你在那里干啥呢？"

"咋！"他一脸傲气地大声回应着。

"你用手打同桌干啥？大家都在做题。你拍打别人干啥？坐端正点儿！你不想做题了，只要不影响别人就行。"我平静地劝说。

"咋了！你说我影响谁了？"他在威胁，声音越来越大。

前几排学生看不惯，就回应了他一句："这是课堂！你是学生，老师说你一句咋了？"

没想到他又开始咆哮谩骂学生，气氛场面难以控制。

我知道他容易咆哮，实在气不过地说："你厉害那么狠干啥，你是个学生，难道老师不能说你一声吗？"

没想到这个同学更加嚣张，根本就不让别人对话，拍了一下桌子指着我说："你再说一遍！"

同学们又开始为我打抱不平，直接站起来同他争吵。他仍然凶恶地瞪着大家，像是要吃人似的。

我没有管住嘴巴，开始稳定大家情绪说了句："算了吧！都别吵了，算了吧，人家牛，我怕人家！"

没想到他继续咆哮，出口伤人："我就是比你牛逼，咋了！"

同学们又开始朝后面的那个学生说："你牛逼，别坐在教室里让老师教，回家让你父母教你吧！"

他还是不愿示弱，站起来："老子我就是不回家，咋了！"

这世界太疯狂！孩子要上房！

从未遇到过这样的学生，年老窝囊的我已经气得无话可说了，我知道，我要是再说一句，有可能产生可怕的后果，索性直接走出教室，去办公室。

后来，班主任来了，也没有办法治理他，有时他比班主任还厉害。因为上一周才闹罢，回去反省后才来，这刚刚三天，通知他家长，家长不来。

班主任将他叫到外面，他还一脸不服气，两人继续吵，班主任恨不得肺都要气炸了。

我又走进教室，啥也不想听，靠在教室后面不想说话，看着门外的天空、太阳、大树……我的眼泪忍不住流了出来。

大概是看到我的伤心，教室里一片寂静。

"老师，给！你别生气了！他那种学生不值得你生气，他就是那种德行！"一个坐在后面的男生从我身后递过来一团纸巾。

真丢人，擦完眼泪，我强忍着走到讲台去拿我的书本。这时一位女生也递给我一团纸巾："老师，你别气了！班主任都对他没招，他这种学生，以后到社会上也是个人渣，你只管教我们就行！"

"老师你别管他，到社会上有人会揍他，这是没遇住恶人，遇住恶人打他一回就好了！"又一个男生愤愤地说。

我拿过书本点了点头，什么话也没说，只是紧紧握住了那些纸团。

我竟然让我的学生来安慰我，刹那间，我觉得自己竟然成了一个受了很大委屈的孩子，觉得很尴尬，很丢人。

我教了二十多年书了，原本不是个窝囊人，可今天感觉蒙受奇耻大辱。我已经是个老教师了，年轻时也曾血气方刚，学生很怕我。现在的形势，尤其是今年这一届，已经没有胆量和精力去跟他们斗下去了。但又不能放任不管他们，我只想做个有良心的教师，极为矛盾的心理困得我很煎熬。

"你管他干啥，我早都说了，随他，无所谓。让他使劲在班里混，使劲捣乱，不理他。你不听非要管他，理他，这不！自找难堪吧！"一位教师好心地劝我。

"我现在也是不想生气，就是闭着眼睛讲课，不想看见他。"随之办公室里老师们都在劝我。

我的确太无能了，竟然被他这个学生气哭了，默默地流着眼泪，不知所措，思绪万千。

窗外，几只小鸟在桂花树上飞来飞去，天瓦蓝瓦蓝的，如絮的白云慢慢游走着。我望着窗外，眼眶里潮湿的液体还在，我用纸巾偷偷地擦着，生怕窗外路过的学生看到。没想到这时候后窗站着一个女孩，她看见我的脸和眼睛，就敲了敲窗户，灿烂地笑着。

我赶紧打开窗子，也对她勉强地笑了笑，她说："老师，你别生气了！"说完她透过菱形的钢窗网，递给我一个叠好了的纸块，然后笑着走开了。

我打开纸条一看，那是她安慰我的话，顿时我的心暖了许多，眼泪全部涌了出来。

当老师遇到学生的威胁顶撞时，学校也无能为力，听之任之，不敢对他怎么样。竟然还是一群无辜的学生来安慰教师，我觉得太可笑了。我倍感孤独无助，仿佛雷雨天独自赤脚走在空旷凄冷、荒无人烟的地带，同时我也觉得自己很可笑，很丢脸。

良知与责任遭遇重创，我惶惶无主，胆怯如鼠。

这样的学生，大多是父母有一定社会关系。我在想：难道就让他们放任自流，在学校里横行霸道吗？任课教师管不住，班主任不敢深入管，学校袖手旁观，这样下去，教师会越来越没尊严，班风会越来越差，学风会越来越差，造成恶性循环。一味迁就说服有用吗？难道就没有办法治理这样的学生吗？呜呼！哀哉！无法理解！

这是一万分的悲哀，是教师的悲哀，是班主任的悲哀，更是学校的悲哀。

越来越多的教师开始违背自己的初衷，慢慢劝说自己，别再固执地去管那些"牛"人了，珍爱那些还在努力学习的孩子，不再做徒劳无用的付出了，只要尽心就够。

家长的巴掌，教师的脸

当班主任把刘××的父亲请到学校办公室时，一场恐怖片就此上演。

"过来！这是谁的书本？"声音很低沉。这是一个五大三粗的男人，一脸醉意。

双方都在沉默。整个办公室一片静寂，似乎掉根针都能听到。

"说！给我说，这是谁的作业本？"音量提高了八度，夹杂着威逼和恐吓。

刘××站在距离他父亲一米远的地方，怯怯地看了一眼老师办公桌上自己的空白资料书，然后又用余光瞟了一眼父亲的腿和脚。

"是我的。"声音低得只有他自己才能够听到。

他的父亲忽地从裤兜里抽出右手，"啪啪啪"连续三个巴掌："是你的，为什么不写名字，不做作业？"

左手也从裤兜里扯出来，抓住孩子的衣领，拽倒了单薄瘦弱的儿子，"啪啪"又是两下，那声音响亮得很刺耳，只充入我的耳膜里。班主任连忙起身拉架，没拉开，几位老师一起去阻止。

不够解恨，随之而来的是连环飞腿，继而手脚并用，拳打脚踢，将儿子从靠墙的办公桌处打出八米远，又直角拐弯继续追打六米，直至将儿子打倒在门口的洗脸盆架上。

哎！实在没地方可搀了，孩子也没地方可逃了！经办公室几个老师的拉劝保护，一直抱头护脸的孩子才得以脱身。

而我坐在那里吓瘫了，竟说不出一句话来，紧接着脸色发热发烫，好像也被人打过一般。从太阳穴热到双颊，再热到脖子……

"啪啪啪"很响亮，很有力度，并且极具艺术性和感染力。像在示威，又像在蓄势。办公室静得可怕，前所未有的恐惧感笼罩在我的心头。

那孩子的左脸右脸，布满了血红色的纵横手指纹，嘴角处有淡淡的血渍。那是他父亲刚刚即兴构建的美术图案，赋予他儿子的杰作。没有经过草稿，也不需要任何指导。

"这已经是第五次了，老毛病，不写作业，上课谈话，不专心听讲，我实在忍无可忍，没招了才给你打电话的。"班主任似乎觉得自己很尴尬，请家长来学校自找难堪。

"我看他一个星期的作业基本没做，每次检查都空白，怎么批评都不行！我才给班主任反映，我也是没办法。"我似乎觉得自己是无事生非，给班主任打报告。

办公室里依然很静，只有刘爸爸扑腾一声坐在办公椅上的声音。然后从鼻子里"哼""哼"扯出两声长鼻音，并且这鼻音带拐弯，声音盘绕在办公室的上空，又回旋下来萦绕在每一个角落里。几秒钟后，又一声音发出"呸"，我连忙扭过头寻找那恶心人的声音，瞄准目标，目睹伴随那声音出来的东西到底最终落向何处，原来刘爸爸坐在后排化学老师的办公桌旁边的椅子上，旁边的垃圾桶，成了那东西的终极归宿。

只见刘爸爸喘了一口粗气，左右整了整衣服，前后正了正身子，跷起二郎腿，目光愤怒地望着他孩子说：

"过来！"

孩子这一次不再过来，只是靠着墙站着，似乎靠墙更能保护自己。

"快过来！来语文老师面前！我说一二三，一，二……"还没说到"三"，孩子战战兢兢地侧着身子，蹭着一排办公桌，走过来。老师们的心提到了嗓子眼了。我的小心脏快跳到外面了。

当孩子走到我面前时，我看到刘爸爸也起来了，他两手拽着裤子向上提了提，把敞着怀的上衣裹了裹，向我走来……我看到刘爸爸离我越来越近了，一种声音在告诫我：不能让他过来，赶快制止他！

"刘爸爸你坐下，不要过来……"我做了个手势，尽量扑灭刘爸爸那股正在燃烧的火焰。

孩子向我看了看，似乎在求助于我，又为我对他爸爸的制止充满感激，孩子站在我身边，他用余光瞟了一眼他爸爸的脚。看得出来，他仍在担心自己的爸爸会不听老师的阻止走过来。

"刘爸爸，你不用说任何话，我来说他，你听着就行！"我真的不愿让他爸爸再说一句话，我很清楚他的每一句话之后都会再起争端。我实在不愿让这镜头再次出现了！

我把我平时惯用的，刘××听不进去的词眼重复说一遍，"这样行不行？""那样可以吗？""不听话就要怎样怎样的"。这次居然管用了，他居然保证两天之内完成，主动送来让我检查。

充分证明：欠揍是事实！一打就老实！胜过平时老师在教室里说一百句。

刘爸爸又叹了一口气。手机响了，有人请他喝酒："你们先喝，我马上就过去！"

挂完电话，看来有点急着走，就对班主任和我客气了几句。转身对儿子说："你娃子不好好学习，要是下次你再犯错误，让我来学校，我非捏死你娃子不可！"

威胁、示威，撂下这些话就匆匆离开。这孩子在班主任的再次叮咛下也返回了教室。

办公室里，老师们面面相觑，七嘴八舌起来："×××，这可是你惹的祸！你非要给人家家长打电话，看看，这来了弄个这场面。"

"当着这么多老师的面打自己的孩子，这是在让老师难堪哩！"

"那你说咋办呢？不叫他家长来，他在教室里猖狂得很，一叫他家长来，他就安生几天了！咱又不能打又不能骂人家，有啥法子呢？"

"看他这家长的脾气，看来以后是不能再喊他来了，再来了把孩子捏死你们谁负责呢？"

"我看这家长不是打孩子，而是打老师的脸，你们连个学生都管不好。你们让我来，我就要在这里上演武打片，看你们的脸面往哪儿搁？"

这招儿毒啊！这武打片里有多少教育孩子的诚意呢？不得而知，不敢往下论断，也许这家长自己最清楚。

挨打后，的确有点效，孩子安生了几天。

没多久，刘××又犯老毛病了，老师嘴皮子磨薄，也无济于事。我们任课老师谁也不敢再喊他的家长了。我拿什么来拯救你，孩子？没人告诉我。

这样的话语总能在办公室里听到。

家长："这孩子要是犯错误了，你们就打他了，我不心疼他，我不护短！"

……

难啊！做人难啊！做个老师更难！做个班主任是更更难啊！

这不仅仅只是宣誓！

——百日宣誓大会一记

又是一个春花烂漫的日子。

似曾相识的画面，熟悉有力的口号。

站在操场上，面前的百日誓师大会，那么熟悉，又那么陌生！

那一张张朝气的面孔，宣誓的时候，那么坚定，似乎世界就是属于他们的了！

大家先读读此类宣誓词，反正让我想，还一时想不出来呢？绝对精练，绝对有力，绝对霸气，绝对完美。

考百日冲刺誓言（一）

十年磨砺，立志凌绝顶；

百日竞渡，破浪展雄风。

悬梁刺股，意搏今日；

蟾宫折桂，志赌明天。

珍惜一百天，让飞翔的梦在六月张开翅膀！

奋斗一百天，让雄心与智慧在六月发出光芒！

拼搏一百天，让父母恩师在六月畅想期望！

考百日冲刺誓言（二）

百日竞渡，我们一直乘风破浪；

十年磨剑，我们在此崭露锋芒。

拥抱理想，我们以青春的名义宣誓：

不负父母的企盼，不负恩师的厚望。

在百日的战场上，我们将无悔于青春，

无悔于理想。

考百日冲刺誓言（三）

十年磨一剑，只为中考战。

志同心相连，我辈必冲天。

我承诺：不做怯懦的退缩，

不做无益的彷徨，不负父母的企盼，

不负恩师的厚望，不负青春的理想，

我将唤醒所有的潜能，我将凝聚全部的力量，我将拼搏进行到底！将初三进行到底！将中考进行到底！

坚持到底，永不放弃！

坚持到底，永不放弃！

……

听听吧！

你又在春意盎然的季节里写满愿望，你又在桃花烂漫的日子里立下誓言。如同往年的他们一样，甩出威力，一副势必夺冠的绝杀面孔。

"百日冲刺战中考，一鼓作气创辉煌！"

似要响彻云霄，恰似波涛汹涌。

他们又在呐喊，又在发誓，他们有敢于挑战的霸气，更有胜券在握的底气。那种自觉自发的整齐划一的布局，那种唯我独荣，不容落下的气势，让人称快。

声音此起彼伏，一浪高过一浪。他们紧握拳头，个个虎视眈眈，有所向披靡之势。老师们也为之动容，反正我是浑身鸡皮疙瘩，相信了他们的信誓旦旦，绝命拼杀。

我在想：年年如此，岁岁宣誓，少不了考前的豪言壮语和拼搏热情。

"百日宣誓"起兴于何时，我无心去考证，也没必要去探究。我只知道近几年全国上下，每到高考前、中考前，都会有不同形式的呐喊。

每年到了三月份，各大媒体都会先后报道不同地区不同学校的百日宣誓大会，形式多样，场面壮观，有的痛哭流涕，有的瞬间醒悟，有的向老师或家长当场跪下以表决心，同学们手拉手肩并肩，共同呐喊、共同励志，为梦想而战，为中考高考做最后冲刺。

纵观百日宣誓大会之后的状况，我们不难看出，优秀学生变得更有干劲，中等生逐渐醒悟，不再徘徊，全力静心赶优，后进生意识到时间的珍贵，做到严于律己、规范所行，认识到"一分耕耘一分收获"的真理所在，努力使自己倾尽所能，无怨无悔。的确，在中考战场中每年总能杀出几匹黑马来！这可能就是百日冲刺后的结果。

同学们，那就拼吧！为你的今天的誓言而战吧！

不知是谁在黑板的左边写下了"距离中考还有99天"。一行漂亮的粉笔字，是那么的耀眼夺目，是那么的催人奋进。再看看后面墙上挂着的大红条幅，六十几位同学的大名赫然在列，有楷体、有行体、有草体，还有四不像的自由体。这学生不得了，无师自通，开发出了几十种不伦不类的字体，或龙飞凤舞、洋洋洒洒，或中规中矩、含蓄保守。

望着这密密麻麻，歪歪斜斜的名字，我似乎看到了他们可爱天真的笑脸，若有所思的表情，铁骨铮铮的浩气，牛气冲天的干劲……

可惜，上一秒钟还在信誓旦旦，热血澎湃，这一秒钟可将那番浩气抛之脑后。

早上八点刚宣誓完毕，第二节开始上正课，我在讲试卷，正当我也豪情万丈热血澎湃之时，三位同学坐在位置上，打起了盹进入了梦乡。我的"爷娃儿啊！"你不刚才宣誓挑战了吗？我看见你喊口号时扯长嗓子，满脸通红，使足浑身之力，恨不得杀掉吞灭对方，怎么刚到教室你就全忘光，是用劲过大累伤了肺部，还是在蓄积力量酝酿等候出击呢？老师我就理解吧，你是在休息大脑，抖落头脑里的尘埃，一切重新出发呢！但愿你能厚积薄发，独占鳌头吧！

"静下来，铸我实力；拼上去，亮我风采！"

"尽力而为，无怨无悔，坚持到底，就是胜利！"

"努力拼搏，奋勇而上，为自己扬帆，为自己喝彩！"

"我奋斗，我自信，我成功，我辉煌！"

"三年拼搏，一朝圆梦，决战中考，独占鳌头！"

这近乎血淋淋的誓言和个性十足的签名，是"百日誓师"时这一群懵懂少年和疯子老师的澎湃情怀。撩起你酷逼的发型，卷起你时尚袖管，完美对决吧！

试问：百日誓师之际，你的呐喊近似"河东狮吼"，你的誓言堪称"牛气冲天"。到最后你是否践行今日宣誓的一切，你敢与对手对决到底吗？孩子们！手摸心口问一问，是奋力出击，还是坐以待毙？

同学们！记住那天大红条幅上可有你的大名哦！

今天的宣誓大会不仅仅要展示你们宣誓的好坏，也并非是拼口号音量的高低，而是要决战你们的斗志，你们的韧劲，谁笑到最后才是最后的赢家。

教室里的横幅是那么的醒目，我仿佛看到每个同学在上面行走，艰难地，一步一个脚印……

一群口是心非的老师

> 谎言有时就是一剂缓释良药，平衡抚慰了自己，同时又鞭策激励了他人。

——题记

我记得不知是谁总结的，教师是最经常说谎话的人群。他们常说的谎言是：

"下课了，我只再讲一分钟！"可讲了五分钟还没停止。

"这节体育课上数学，体育老师有事请假了。"不一会儿看见体育老师从教室门前走过。

"这个题你要再不会做，我可不管你们了，我只讲这一遍。"可是后来又讲了不下三遍。

"这节课你们要自觉上自习，我走了。"然后几秒钟后又偷偷站在窗户外偷看，或者蹑手蹑脚站在后门处。

"本星期天我少布置点作业。"可又发了好几页子练习题。

……

可最近，最大的谎言又出现了：

"你不学习算了，从今往后我是不想再管你了，爱学不学的。"

然后忍不住又在下课时，把那个学生叫到办公室或批评，或谈心。

看到学生做的卷子不像样子，红叉连串，嘴里骂道："这群 ×× 真的要把老师气死，成天不学习，上课睡觉，错题连连，算了不想管他们

061

了，不改了，摔下笔离开座位。"气得脸红脖子粗，然后，出去跑一圈散散气，没人逼你呀！怎么回来又坐到办公桌上埋头改起试卷了？

类似的镜头反复在办公室里出现。他们嘴里牢骚着，说着消极丧气的话，可手里还拿着红笔不停地批改着，干着心口不一的事……

我经常感觉力不从心、烦躁不已，究其原因：不是身体不好，不是工作态度抑或是职业倦怠从中作梗，而是我实在无法摸准现在这帮"淘气包""熊孩子"的思想脉搏。

有天上课，我开始讲前几天做的那套题，讲之前我先在教室里走了一圈，看看谁没做，谁没做完。当我刚抬起脚向讲台下面走时，前面一排有个学生忽然站起来，拿着试卷和笔自觉走出教室。接着第三排又有一个学生用手把桌子一拍，很响亮的声音，随之也起身走了出去。

教室里鸦雀无声，出奇的静。

我还没有回过神来，到底怎么回事。我问道：

"什么情况，出什么事了？"

"他们没有做完，自觉出去受罚。"有个学生低声说着。

我随即就走出教室问两位同学，他们说："我没有做完。就在外面做完再进去吧！"我翻了翻他们的卷子，的确一道题都没做，三天了。我批评他们了，人家也不作声，我然后说："进去吧！我要讲题，你们下次注意，这次就边听边记吧！"

好劝歹劝，人家就是不愿进教室，就蹲在那里默不作声。

老师们压力大，这些学生也是很有压力的。

压力使心情沉重，心情沉重会使心态扭曲，心态扭曲会使语言变味，语言变味会伤害师生的感情，如果不及时挽救，就会酿成祸端。想到这里，我的脊背突然凉飕飕的，冷汗直冒。

有时候你在上面讲题，他在下面阴阳怪气接个嘴，有时候把脸放在书本上一个字都没写，更有甚者，你在上面如果多啰唆一句，多批评一句，他就会摔打书本，嘴里嘟囔着什么。气得没法，只能装作没看见，因为还要为大多数同学考虑。

面前小山似的资料试卷，五花八门的模拟试题冲昏了老师们的头脑，熬黄了老师们原本沧桑皱褶的脸。

窗外的施工队在叮叮咣咣地赶着进度，花园里的花草树木被施工队的材料工具压得东倒西歪，只有靠窗的一排黄杨和扇子树在倔强地生长着。柳絮肆无忌惮地顺着窗台溜进了办公室里，有的钻进了桌底下，有的粘在了纷乱的试卷上，甚至有的钻进了鼻孔里。

抖动一下大脑，伸展一下筋骨。思绪时常沉浸在纷繁事务中，以至于无法跳脱游离，挣扎无数却仍归于原态，无处安放。审视当下形势，需要我们接受现实，和学生一起披荆斩棘，迎难而上。

于是，撸起袖管，吐两口唾沫，马不停蹄地拽着学生跟跄前行，苦不堪言地与现实，与自己衰退的记忆力搏斗着……

继续说着谎言，做着心口不一的事吧！嘴巴长在你脸上，没人约束你！也许谎言能抚慰平衡一下教师的内心，能缓解身心的疲惫，能激发学生的学习积极性，能缓和与学生紧张尴尬的气氛吧！

这的确是一群"口是心非，满嘴谎言"的老师。

……

这些问题太过敏感，太过沉重，不想触碰也不愿清晰撕开。现实紧张的教育形势，禁锢了老师们的思维，麻痹了老师们的神经，封住了老师们的嘴巴！太多不够积极的因素笼罩在他们的心头，但始终无法阻止他们一如既往、永不懈怠的步伐。

还在活着，就给自己加油，鼓励，安慰：

——认真坚守吧，相信明天会更好！

她依旧在这里拼命

——记一位即将退休的老教师

　　　成不了一个改变世界的人，就安安心心地当个普通人，谁说不是上帝的恩赐呢？

——题记

　　和平时的生活节奏一样，进入校园的第一件事就是先走到教务处"溜达""扫视"一圈，几分钟左右，然后就径直走向各自的岗位。

　　这是大部分老师的工作惯性。并不是因为教务处有什么特别之处吸引我们，主要是想先知先觉一些事情，如当天的最新业务信息，或上级突击检查的消息，或校园新闻，或家庭趣事……

　　这天吃过早饭，我刚走到教务处，在杂乱的办公桌上找到带有我名字的茶杯，准备到饮水机上去接水，这是我进教务处习惯性的第一件事。

　　一个洪亮的声音从门外传来，她边说着边走进教务处。

　　"我都这么大岁数了，眼睛看不见，那些填空题总看不清，哎！改卷子改得很慢。"

　　"孙老师，你今年五十几？"我还没转过身，听声音就知道是孙娟老师，我就接了一句。

　　"五十几，我今年都退休了！不然怎么会眼睛不行，干活速度慢！"声音依旧有力，但也略带无奈和自责。

　　"孙老师，你真是个好老师！一直能干到退休的那一天，乡下学校年轻老师多，只要是快退休的一般都不再教具体的课了！"

"不干能行吗？你看张老师下个月都退休了还在干，以前的任老师等，她们都是干到退休后。"

"现在的确老了，以前年轻时干工作也是雷厉风行，风风火火，总是很拼命很高效。哎！现在不提了……"

……

孙老师抱着一大沓试卷走进教导处，没有坐下的意思，站在那里，气喘吁吁。

已经是三月暖春的季节了，孙老师仍旧穿着红色羽绒服，白皙而略带苍黄的脸庞上嵌着一双美丽的大眼睛，只是眼角稍微有些耷拉，额头上映射出因岁月沧桑而留下的道道浅纹。虽然孙老师年过半百，岁月蹉跎了容颜，但即便是额头上有那道道皱纹，清瘦而泛黄的脸庞依然掩盖不了昔日的美丽。

她年轻时，肯定是个大美女，虽然我没有见过她年轻时的容貌。

孙老师总爱笑，见人说话之前总是先露出笑脸，然后再与人说话。她站在教务处正中间，我让她坐下歇歇，她说，不能歇，还有很多题没有改完。

虽然她在那里抱怨着，但内心丝毫没有对改卷工作的懈怠和马虎，她还说："活到老，干到老，不到退休你就别想歇歇，咱们这里的现状就是这样，新来的老师少，老教师就得拼到老。不像在乡下，年轻教师多，老教师就可以歇歇，不用具体教课，干些轻松的工作。"

听着她的话，我默默赞许点头。

孙老师说完后，又抱着卷子走出去，到办公室继续改卷子。她爽快的性格，干练的仪态，清瘦苗条的身躯让我羡慕不已。

过了两个小时，我下课后坐到政务处休息时，孙老师也去了，她说："歇歇，颈椎病要累犯了！不能再坐了！"

我打开手机看前两天朋友儿子结婚的婚礼现场照片,我顺便说了声:"孙老师,你赶快来看看,这是我朋友儿子婚礼现场的小视频,新娘可漂亮了!"

孙老师正在办公桌上找些什么,没等我说完,孙老师连忙说:

"不看不看,别让我看这东西,一看我都想生气!"

我一怔,为什么?

"看见人家儿子都结婚了,想起我的娃就不急着结婚,我都生儿子的气,不是生别人的气。哎!"孙老师一边低头擦去鞋子上的尘灰,一边生气地唠叨着。

我豁然明白了她的心思。

孙老师的儿子很优秀,中国地质大学毕业后公费考入日本的大学,攻读博士。将近三十岁了,还没有结婚,难怪她内心急躁。

其实是孙大姐有点多虑心急了,现在大城市里三十多岁还没结婚的人比比皆是。况且他儿子的年龄并不算大,又优秀得很,根本就不愁找对象,只不过儿子不愿对婚姻迁就和草率。孩子是受过高等教育的人了,内心在择偶上自然就会高标准些,这是可以理解的。

不过,孙老师对于孩子们结婚这个话题很敏感,我很理解。可怜天下父母心!每个家长都希望自己的孩子能早点成家,早日生子。

孙老师自己也说:人活着就是为娃们活,自己省吃俭用也是为了孩子。儿子工作不错,工资待遇很好,但是现在房价贵,一下子掏全款,上哪儿去弄?那就只得按揭,自己紧张点算了!

的确,现在的孩子在外工作不容易,成个家更不容易。工作压力,生活压力都很大,父母也是跟着孩子压力重重,操心不已。

孙老师是我敬重的老教师之一,我刚来这所学校上班时,我和她搭档过。那时候她教历史,上课时声音洪亮,吐字清晰,热情饱满。她上课时学生总是很听话,学习历史的兴趣很浓,成绩总是很突出。她爱人是高中历史老师，她很虚心，她说许多历史故事都是从她丈夫嘴里讲出来的。夫妻俩经常一起看历史剧，真是共同学习，共同进步。

特别是她的字写得非常好，粉笔字在黑板上美观流畅地走着，板书认真。每每我都认真欣赏并赞叹着。

孙老师年轻时教的是数学课，教了二十多年。听她说那些年她上课时，眼里总是容不得一点灰尘，不想看见哪个学生不学习，对学生严格要求。她当班主任时，性格也是急躁之人，容不得懒散，班级纪律总是很好。

后来我也听其他老师赞扬，说孙老师是个干工作很拼命，干练利索，讲课思路很清，真的称得上优秀的老师。的确如此，就从现在年纪大了还在一丝不苟地对待每一样工作，就能看出她的确是个好老师。

除她之外，还有张桂英老师、吴俊霞老师，她们那么老练稳重，默默无闻，浑身充满正能量。我很尊敬她们，也很喜欢她们，尽管我没有时间和她们深刻交谈过。

孙老师是个热心人，心地善良，总爱教年轻女性做饭蒸馍的技巧。她蒸馍技术高，有一天我说也想学学如何蒸馍。她就送给我活性酵母，让我试着做，并一遍一遍嘱咐我怎样做。可是我脑子笨，第一次馒头蒸成硬砖头了！她鼓励我说，失败是成功之母，多做几次，每次把面多醒醒就会好些。在她的指导下，我有了显著的进步。

孙老师这几年一直身体不太好，冬季总容易感冒，体质很弱，这都是用大半辈子的拼命换来的贫弱易损的身体。瘦弱的身躯支撑着所有的能量，书写着沧桑的人生。

我好像从她身上看到了十年后的我，一样的沧桑，一样的无奈，一样的力不从心。

蓦然间，我明白了：生活就是万花筒，不时迸射出七彩的火花，但每一束都是鲜艳的，耀眼的。一生要经历许许多多的烦心事，不同时期有不同的化解和应对的方式。只要心态好，一切问题都不是问题。

孙老师啊！再过几个月就要退休了，我想我不会将她忘记的。因为我在她的身上看到了所有女性老教师的缩影，她们为了教育事业，倾其一生精力，没有五彩缤纷的生活，没有真正的时尚与高贵过，她们只是为了生活整日节俭，微薄的收入使她们不敢随意浪费一分钱。

年轻时为了别人的孩子不分昼夜地拼命，老年时为了自己的儿子操心。这就是女教师一生的情怀。孙老师常说的人生要"难得糊涂"。无论是与人交往，还是在工作中，模模糊糊地做人，清清楚楚地干事是良策。

其实，人生本来就是糊涂的，快乐和幸福就藏在糊涂之中。

晒课

"网上晒课"真的有那样好吗？真的能赛出老师的真实水平吗？我们要思索。

——题记

又一波晒课比赛开始了。

听说在前不久的优质课比赛中，我得了一等奖，我松了一口气，心想，以后可不再弄这事了，太折腾人了，专心教学生是正事。

学校有几位老师正在准备晒课中，我想：这下我可歇歇了，安心平静下来好好教课，抓紧复习迎接二模考试。可随后，教研室老师发来信息说：抓紧时间将你的那节获奖课录制成视频课，上传到"一师一优"的晒课平台上去，参加省级或者国家级的评选。

莫非又要折腾我不成？我的妈呀！

我心里又开始慌了，这毕业班学习时间多紧张啊！录制视频课又要耽误学生一节正常复习课的时间，哪个老师愿意让你占用人家的课呢？

说归说，我也没有把这事放在心上，仍然投入在紧张的复习课中。学校也多次说让我们准备一下，到时候教委来录课，我心里想，到时候教委来录了，提前一天找个一节课试试效果，心里有个数就行了，用不着现在就着急。

没想到，学校很快就把录像师傅请来了，我以为是先录参加晒课的其他老师的课，我们参加过优质课比赛的老师的课是教委统一来录的，一开始学校也是这么计划的。所以学校也没有通知我们准备去上四楼的会议室里录课。

录像师忙了一整天了，下午放学时我才听说，我们上次优质课获一等奖的老师的录像课是在学校里进行，要取得学校支持，教委不统一组织录像。

我的妈呀！那就是现在要录，我对学校领导说，今天已经来不及了，我还没有让学生准备，学生还不知道上哪节课。那我明天再上吧！谁知道，领导说，必须今晚录。

没有改变的可能了，只得晚自习时录了。

我开始慌张地给学生布置，让学生准备校服，告诉他们我要录课，我还得占用人家一节化学课。没办法我还得取得化学老师的理解，现在的每一节课都很金贵，你占用人家一节，你得还人家一节啊！明天归还化学课一节吧。

下午放学，我又匆匆赶回去取 U 盘，找到我上次讲课时的课件、教案。我又匆匆赶回学校，晚饭都没有吃，匆匆又赶回四楼会议室，试试课件的播放流畅度。

晚上八点开始录了，我讲课讲了将近五十分钟，时间有点长。啰哩啰唆我总觉得没有准备好，效果不怎么理想！

不出所料，后来学校通知我，让我们找时间联系录像师傅，将视频课做适当的删减，时间控制在 35～40 分钟。

哎！没想到麻烦自己就行了，现在还要麻烦别人，又是这样的折腾人。

总算联系到录像师傅了，这些天他们的工作很忙，每天都有很多人要录课，时间排得很满。下午，录像师傅让我去教委四楼对视频课做修改。

四楼是个顶层，小师傅不厌其烦地修改，整合着视频，他的技术很好，每一步都很细致，精确到每一秒钟。

透过四楼的后窗向外望去，那是一潭湖，水并不清澈，又浑又脏，四周的杨柳树长得不错，低垂着修长的枝叶。这就是教育局里最幽静的湖，可是我一点也没感受到它的灵气与洁净。

一个小时过去了，总算删减好了，天色已经很晚了。小师傅说视频修改后数字生成很慢，需要等待，让我先回去，明天再来取，或者后期一并发到学校邮箱里。

小师傅非常客气地送我走出门外，我在想，这就是所谓的教委电教室吧！全市仪电站也在这里吧！多么简陋的房间啊！里面就简单的电器，没有像样的桌椅，设备上落满了厚厚的灰尘，仅有的几盆花也因为缺水而干枯了！

终于走到楼下，回望四楼的电教室，心里有对小师傅的真诚谢意！

晒课，对于老师们来说也是争取荣誉的机会，如同优质课比赛一样重要。如果获得省级奖、国家奖，可能还有奖励，所以从上至下，大家都很重视。

毕竟，晒课也是赛课的一种。赛课比的不是平常之课，而大都是一节经多人指点、精心打磨一两个星期甚至一个月时间的课。在这种精心打磨的过程中，恐怕很难看出一名教师的真实教学水平。

"'网上晒课'可能更不真实。"一位校长不无担心地说。因为要上传，因为要评比，因为要为学校赢得名气，大家来个团队，搞个集体备课，再大家齐动手，那样精心包装出的"视频"当然很火爆，不能不吸引你的眼球。这是集体的智慧嘛！有些课为了博得好评，学生有了准备，再来一遍的课堂有的是，那是因为怕课堂出了纰漏，授课老师有了闪失。就像演戏，有导演，有主演，还有配角。

有人也这样评价：当课堂变成一种表演，变成纯视听，我们教学的真实就有问题了。这样的课堂，大家不敢恭维，"网上晒课"更是容不下错误。即便有了，也可利用技术加以删除，还可嫁接；后期制作技术无止境，可信度有待于专家眼光来敲定……

"网上晒课"真的有那样好吗？我们要思索。"网上晒课"真正的初衷，是为每个教师提供一种展示交流的平台，它不应成为一个造作、一种运动、一阵风。真实才是最美的，但愿我们的"网上晒课"晒出真实、晒出原味、晒出精彩，更晒出一种教育的力量。

有关晒课能否反映教师真实水平的质疑声从未间断。不少老师在网上都表达过自己对晒课的怀疑，"晒课是一种秀课，实用性值得反思，是理论上的成功，设计了每个环节，实际上课很难这样的。"

哎！要是我们的每一节课都下这么大的功夫，都上得这么好，对于学生来说，那简直就是天天在欣赏视听盛宴，那多好啊！但谁又能改变这功利性极强的比赛呢？

在这里，我只能真诚地希望，希望老师们都能在这次晒课中获奖！

老师说真话也不容易

我们都长着一张嘴和一双眼睛，我们每天都能看到尘世中形形色色的事情，有时也会发表一下个人看法：或褒或贬，或爱或憎……

我是一个喜欢记录生活、感悟生活的人。喜欢把自己对生活的思考变成文字呈现出来，每每我看到自己的文字时，内心总会轻松释然许多。我大多都是收藏起来自己看看，偶尔会让别人读到。

出于对文字的热爱，我建立了自己的公众号，这样我可以将自己的文章发布出去，插上配图，精美的文章就能呈现给更多的读者。对于好的文章，朋友、陌生读者都会默默点赞。

不过有一次，有位文友发来一文让我推送。她写了一篇反映真实学校生活的文章，如师生纠纷，老师之间的误会，领导与同志之间微妙关系，家长与老师之间的分歧等等，表达了她对现实生活的诸多无奈以及人生感悟。没想到有位读者提醒她，不要让领导内心不太开心，应该多反映学校正能量的事，如师生的好人好事、勤奋拼搏和奉献精神、感人的故事等。

看似委婉之提醒，也让我明白了他真实意思。

从此以后，我也不再写这些发自内心的真实文字，我要小心翼翼地下笔，千方百计地写一些弘扬优良传统的文章，写出能感动四方的英雄模范事迹。

我的小心翼翼压制了我内心原本正在翻滚的文字热流，我越来越觉得自己变得不那么真实了，有些心口不一。有时候，我内心并不十分认可的事情，到我笔下就变得句句生香，瞬间放射出滚滚正能量。文章讨好了领导，领导笑了，大赞我文采飞扬，满腔热忱。可是个别同事朋友就说我言不由衷、违背事实。

我的脸瞬间发烫……

我经常教育我的学生，让他们在写作文时，要说真话，抒真情，只有这样才能称得上是好文章。可为什么我现在自己写出来的东西却那么空洞虚假呢？

是的，我要遵循自己的内心。文字就是为了抚慰自己，感动自己，疗伤自己的，干吗不说真话？干吗非要替别人说话，我什么时候成了别人的代言人了？我就是我，我的嘴巴，我的心，我的笔都是属于我的，别人根本不可能夺走的！

人如果负了自己的内心，会不开心的。真诚、坦诚才是忠于自己内心的东西。写文章就是写自己的内心，我写出了自己的内心了吗？

渐渐地我有点抑郁了，我内心总觉得沉闷不快。我辛辛苦苦写出来的文字，却没人肯定，我该怎么办？我就当个老师，说点实话就那么难吗？

后来，我开始化名写点小文，写我自己想写的文字，说我自己想说的话。直到我注册了两个自媒体号。

在这里，我可以把我的生活见闻，稍微变换切入口，这样的叙述角度，就可以释放自己的内心了，只要不伤害别人就好，还能引起大家思索，还能让更多人都能看到在教育领域里，一些普通教育工作者面临的形形色色的事件，他们的生活感悟，也许会让大家有所警示、有所激励、有所思索、有所改变……

更重要的是，这里读者都是素不相识的人，大家都能开诚布公、坦诚评论、正确评判，对自己就是一种鼓励，一种指导。

我在记录生活，记录一些普通师生的生活百味，精彩瞬间，点滴感动镜头等等。在这里我可以和大家一起讨论生活，一起学习成长！

不是绝望，而是无望的妥协

在教育面前，个别地方的老师束手无策，活脱脱就是一个卑微窝囊之人。

他们现在变得唯唯诺诺，战战兢兢。在他们那里，道德教育似乎正在面临断层，死知识已经成了罪魁祸首，个别学生蔑视老师、亵渎课堂的事情经常发生。

那天我遭遇的事情久久没能让我的心平复。那天仅仅是因为我催着那个学生要试卷，因为我已经布置好几天了，他一个字也没写，不是一次两次，几个学科的作业都是不想做。班主任就把他家长叫来了，他觉得很没面子，就指着我们说，是故意找他茬的，场面难堪。

他还痛哭流涕，我却一脸尴尬地回到办公室。那天中午，我气得一口水也没喝。我在庆幸：没有争吵就不错了！

我似乎感到身心疲惫，劳而无功。我自以为很良心的举动使我遭遇了尴尬；我自以为很高尚的情怀促使我做了无用的推心置腹和感情投资。

我后悔自己有眼无珠，没有自知之明。掏心掏肺，倾情管教，被学生指控为故意找茬。

今天我在网上看到这样一幕触目惊心的画面：九名学生因为上课玩手机，被老师没收，九名学生在教室群起攻打老师，老师最后被赶出教室，老师很伤心，强烈要求直接退休。

我看到这镜头后，从前心到后背一阵发凉……

其实之前还有一则报道：学生上课时公然在教室后面吃菜喝酒，猜枚划拳。

难道师道尊严没了？家长把孩子当宠物养，孝悌之道也没了？我在想：如果是教师打了学生，结果会是怎样呢？

针对此事我不需要多说什么，咱们看看网友都是怎么议论的：

为老师点个赞吧，您被赶出教室，貌似没了尊严，没了师道，但你起码保全了自己！那些牛气的有个性的学生们，你们成功地向有人强制的地方大大靠近了一步！

还是跟父母教育有关系，要是我儿子打骂老师，我得打得他脱层皮！书读不好没事，做人礼节都学不会，那就别做人了！

建议这群学生看看雍正王朝，十个八旗子弟一等带刀侍卫去西北大营和年羹尧学习军务。人家是怎么让这群不务正业的毛皮孩子知道天高地厚的！

过去在学校如果被老师打了，没一个敢回家给家长讲，因为讲了会受到更重的打，现在世道变了，一部分家长护孩子没了是非观念，表面是爱，实际上是在给他培养掘墓人，打家长是迟早的事。

我是没上学了，像当初整个学校都归我管，学校的很多矛盾都是我化解的，但打老师真的是有点过了，这号人到社会也是祸害，直接开除，到社会上你试试！

……

看了这些评论，你该有什么想说的呢？

似乎很解气。但每个人都要觉醒，不容麻木，面对道德教育的断层，自由评判已不能从根本上解决问题。我们都在受教育，或都有正在接受教育的孩子，共同拯救是当务之急！

也有人说，对于片中出现的打老师的学生，令其退学是最佳选择，让他们去接受社会的洗礼。

我不知该如何评判。我是教师，我很痛心。无任何对策，只是满眼含泪。我们行走在人生这个亘古的旅途，在坎坷中奔跑，在挫折里涅槃，忧愁缠满全身，痛苦飘洒一地。我们累，却无从止歇；我们苦，却无法回避。

柔软的腹腔里不全是悲愤，而是挤满委屈；不是绝望，而只是无望的妥协。我们的教育还没有到积重难返的地步，只是遭遇了一些鬼魔！我希望社会、家庭共同努力起来，留住教师心中仅存的希望，保护好教师，教育好学生。

反正我们一直在努力，温柔温柔再温柔，情急之下必须窝囊！我们一直在路上。

一位毕业班教师的秘密

亲爱的同学们，我的孩子们：

均安！

提笔竟不知如何开口，写信原本是一件简单的事情，如今对我而言竟成了一道难题。再多理由，终抵不过我的失职失责，我总觉得愧对大家。

作为一名毕业班教师，疫情之下，临近中考，复习时间何等宝贵，时间就是分数，我不但没有给大家教好，一同做好备战，相反突然中途离场，当一个"逃兵"，悄无声息地离开了讲台。

同学们，时值六月，决胜之际，校园弥漫着花香，大地仍仁爱无声。多少年来，每年的 6 月 25 日正是孩子们走向中考战场的日子，也是我与孩子们握手分别的日子。六月的风，温热而又夹杂着离别忧伤的味道，多少眷恋与不舍，多少憧憬和期盼，都在这如火的日子里融化。然而，今年的 6 月 25 日，你们还坐在教室里，做中考前的拼命备战。疫情虽无情，中考却有义。为了让大家能充分复习好，取得好成绩，上级决定延期考试。孩子们，不要慌不要怕，查缺补漏，慢慢攻克，保持良好的心态，拿捏好自己，一定会稳中求胜。

疫情又反弹了，无奈我被滞留隔离在病房里。我没有回家了，我怕一离开医院回家，疫情期间就可能再也进不来这医院了。这里的医生护士都很好，对待病人很关心很可亲，使我深感温暖可亲舒心。

站在病房的窗子向外望去，我内心极为复杂。低头透窗俯视楼下，只能看到包裹得很严的医护人员、警察以及排队做核酸检测的市民和病人。医护人员全副武装，警察来回指挥，提醒他们保持一米距离。他们是逆行者，是战士，顶着烈日，有责任心，勇于担当，心中有大爱。正是由于他们日夜坚守岗位，尽力控制疫情，我们才能继续安心坐在教室里学习。

孩子们，不知道你的梦想是不是想成为和医护人员、警察他们一样的人，但老师希望你们成为一个有责任、有担当、不怕困难、勇往直前的人。同时老师也活明白了，病魔不要怕，比起那些短时间就失去生命的人来说，我没有立刻死去，还能慢慢活着，已经够幸运了。我会坚强乐观地活着，相信现代医疗技术，积极配合医生，带着所有人对我的祝福、鼓励、期盼，勇敢地同病魔作斗争。我一定要活下去，活得相对久一点儿。

尽管我中途离场，同学们，你们还是幸运的。学校在第一时间为你们挑选来一位教学能力极强、毕业班教学经验极其丰富的黄老师给你们上课，黄老师在教学上曾经是我的榜样，她可是往年中考成绩第一的老师。她认真、敬业、细致，对学生严格要求，跟着黄老师复习，你们不会吃亏的。果然不出所料，你们二模的语文成绩的确稳步上升，这都与黄老师的精心讲解、系统引导是分不开的。

在我患病期间，有不少学生通过 QQ 或微信询问我："老师你怎么了？""老师你病的严重吗？""你在哪个医院治病？什么时候回来？"……我由于身体原因，每天输液吃药，没有及时回复信息，即使回复，有时也没有说实话。其实我不想隐瞒大家，但还是有些隐瞒，只是因为我害怕那两个字从我口中说出。

中途离场，临阵"脱逃"，有不得不说的秘密。实话告诉你们：最后给你们上课的那天，早自习放学后在学校吃饭时，我感到咽喉不舒服，以为是喉咙上火，吞咽馒头困难，同事们还提醒让我去做个检查。那天早饭后，我的内心极为复杂，也有点恐慌，我强撑着又坚持上完上午的四节大课才回家。从清晨五点多一直上课到中午十二点，咽喉一直肿痛。下午去医院检查咽喉，第二天又做胃镜进行检查……

检查的结果是：我不幸罹患癌症！

孩子们，老师当时并没有流一滴眼泪，我拖着沉重的脚步平静地走出医院的大门。我只是觉得自己像是陡然间一脚踏空，掉进了没有盖的深井……突如其来的灾难，狂风暴雨般地劈头盖脸向我砸来，猝不及防。我顿时感到天旋地转，问苍天祈大地，终无处可逃。老师现在在北京的一家医院接受治疗。

孩子们，我不是逃兵！我之所以匆匆地离开了讲台，没留下一句理由，只是因为我不愿相信自己患了绝症，又怕同学们害怕。不过现在我想通了，生死乃人生规律，生命常态。人生无常，而我不敢奢望来日方长，唯一的做法是：珍惜当下，开心每一天。这些天，我无时无刻不在竭尽全力与病毒搏斗，用生命铸造起了我和死神之间的一堵墙。

在学校里，我走了，学校会赶紧派来一位优秀的老师，补我给你们落下的任务，可是在家里，无人能替代我的角色。我上有老下有小，肩上责任重大，那几位病残羸弱的老人至今不知我的病情，大家每天只能用谎言欺骗他们，说我"去旅游了！""外出学习了！""去上海看口腔病了！"……这是最残酷，最令我痛心的地方。

最近，我喜欢上听音乐，看花。英语老师，还有办公室宋老师，每天发在群里的花花草草，让我绝望和惶恐不安的心慢慢沉静下来了，我开始像看待每一朵花一样重新看待生命，我不再那么害怕了。

史铁生说过："死是一件不必急于求成的事，死也是一件必然会降临的节日。"

从得知我患重病的那一刻起，我竟没有流一滴眼泪。我在安慰自己：病魔不可怕，它只是暂时让我停下来，平静地喘喘气，过滤一下生命中不必要的忙碌，让我珍爱自己的生命，珍惜日子，珍惜身边的每一个人。

不耽误大家时间，我该止言了。同学们，复习时间不多了，振作自信起来。乌云遮不住升腾的太阳，风沙挡不住翱翔的翅膀。记住：只有流过血的手指，才能弹出世间绝唱。距中考仅有二十天时间，让我们挺直腰杆，迎难而上，合理安排时间，憋足猛劲，决战七月。

战火逼近，勇士拔剑；中考在即，英雄满弓！

——正在与病魔抗争的老师写于 2020 年 6 月 25 日凌晨

第三辑　活着，想着，把生活描摹得斑斓

女人永远是一朵花

女人不管到了哪个年龄，永远都是一朵花，当花海芳香四溢、烂漫绽放、尚未凋谢之际，你想做些什么呢？

——题记

最近，我对自己的形象越来越不自信，越看越难看：身体发胖了，体重增加了五公斤，穿衣随意搭配，每天急匆匆去上班，容不得去思考衣着的搭配，有些候显得不伦不类，让人不忍直视。

今年的春天太长了，五月天还要穿毛呢之类的厚衣，忽冷忽热，让人不知道该怎样搭配穿着。有时候看天气预报说有雨，我就穿着厚衣，到了上午却阳光炽照，又热又燥的。因此每天都是胡乱穿衣，自己看了都搞笑。

我要去买件新衣去，样子太难看了。逛了两个小时的服装超市，都是小姑娘、新媳妇之类的服装，我却没能选中一件服装。

我是个对穿衣很挑剔的女人，但我不属于那种很细心很精致的女人，为什么这么说呢？

因为精致而讲究的女人钟爱折腾头发，穿高跟鞋。可我已经有三年没折腾过头发了，因为之前我折腾的时候，当时三个月发型还可以，后来真的苦恼不堪，发型难看，难打理，一个劲儿地大把大把地掉发，心疼死了。一年不到头发稀少，发质薄如劣麻，一天不打理，乱如疯女。

于是这两年我既不烫发，也不拉直发，顺其自然长吧！果不出所料，以前脱掉的头发又从毛囊里钻出来了，现在掉发现象很少，扎马尾松时显得很厚实，以前用手一拧只有小指头那么粗，现在长得两个大拇指那么粗了。

对于穿衣，我是随性的，不怎么追时尚潮流，完全是凭个人眼光，有时候哪件衣服根本还不流行，但我依然喜欢，我能穿出另一种风味来。现在的我基本不穿曾经超爱的高跟鞋，毕竟年龄不饶人。

在中国，女人年过二十五不再谈青春，年过三十五不再谈年轻，年过四十，无论曾经如何花容月貌，也就不再谈姿色了。她们忘记了女人本可以永远谈美丽。

爱默生说过："只要你穿着体面，狗都不会咬你，会对你尊敬三分。"

我们都想表现出优雅的一面，却在生活中往往四处碰壁，从而显出粗拙。事实上，不可能每个人的着装都能让人满意，每个人都有自己的审美和喜好，各有各的衣着风格，并且难免产生认同不一、审美偏移的现象。

就拿我的着装来说吧！

领导老郭说："你是归国华侨一枚。"

早饭后，我穿上我在网上千挑万选的一身衣服，上衣黑色，类似老父亲级别穿的便衣坐领中袖，中长风衣宽松衫，下身着墨绿色九分阔腿裤，来到单位。刚走到政务处门前，老郭迎面走来：

"哦！××好！你像归国的华侨，棒棒！"

真的吗？不至于吧！这身是老年服饰，不时尚啊！

领导说：我以为咱们这里来个老外！

夏天阳光炽毒，照得人眼睛不开，路上骑车来上班，柏油路上蒸烤着大地，热气直扑行人的脸。我无奈买个连领带纱的口罩蒙在脸上，戴副太阳镜，穿个水墨花纹长裙，挎个包去上班。刚走到门口下车，就被老郭戏称为："我以为咱们院里进来个老外！"

我的妈呀！老外能来这里上班？我要真是个老外多好啊！

学生说：老师你这身衣服很霸气！

这件皮风衣已经过时了，这条阔腿裤已经五年了，今年又流行阔腿裤了，那就凑合穿吧，今天有点冷。走在人群中很普通，低调就好，随性着装得体就够。讲台上全心投入，高音扯嗓，配合手势讲着，吆喝着。学生丽娜专心致志地盯着我，下课了，丽娜快步走到我的面前：

"老师，你这身衣服霸气十足！真的，不骗你！"

我笑了笑，摸了摸她的脸，这孩子，上课思想肯定没集中。

丈夫说：你不适合穿时尚精巧的服装！

今天要出门，打开衣柜，精致瘦身的衣服也是我曾经的最爱。选了一件又一件精致瘦身的衣服，却都没法上身，老杜瞥着眼睛不想正眼看一眼，半天来了一句：

"挑好了吗？别穿那些小巧精短瘦身之类的，你不是那风格，你就穿休闲裤腿之类的是正事！"

哼，光泼冷水，就不会给我女人的信心！

老娘说：你这衣服像麻袋，床单子！

母亲打电话让我中午去她那里吃饭，来了客人。我穿了件半袄半呢的长款衣，下身有个衬裙，进屋后我将外衣脱下，帮母亲干活，当着客人的面，母亲说：

"你把裙子也脱下，坐下不利索，我看你穿的这衣服，就是个麻袋粗布，像个被单子！"

客人赶紧说："你眼光老了，这才叫大气时尚呢！"

我的亲娘啊！我这是麻袋布床单吗？气晕了我。

女儿说：你曾经是我穿衣的偶像！

女儿上初中时曾经对我说过："妈妈是我穿衣的偶像！"总夸我衣服不贵，但总有特别个性，穿在身上很得体。可现在不行了，女儿总认为我的眼光老了，衣服不够时尚，关键是身材和模样都变形了，穿什么都难看。有时开玩笑说：

"妈呀！你穿衣曾经是我的偶像，现在不行喽！"

这孩子真不孝顺，净整些伤老娘自尊的话。

……

不管什么样的装束，只要大方得体，干净整洁即可。个人也可根据不同喜好，或优雅飘逸，或淡雅清新，或高贵大气，或精致潮流，总之不同场合，不同年龄，应该有不同的着装。

哎！如今，整日忙碌不堪，来回匆匆。我已经无心也无暇去逛商店，没有时间去买衣服，更不会打扮了。现在是黄脸婆一枚，胖身子一尊。可是，我难道就这么颓废、自暴自弃下去吗？

不行，我还没老，要优雅，要得体，要个性，要风度，要自信……

"云想衣裳花想容"，女人不管到哪个年龄都要打扮，都要优雅得体。选择适合自己年龄的着装，精心搭配，提高自身的阅历修养。不能过于随便和不修边幅，"没人会透过你邋遢的外表去窥探你高尚的内心"。

在快餐店吃饭，一位将近四十岁的女人，穿着暴露，露着双肩，露着白花花的大腿。可是大腿实在不美，虚胖的肉，走起路来腿部的肥肉乱颤。

自以为漂亮无敌，在人群中晃来晃去。

还有一些女人，穿着又太随便，不注意自己的形象。随便穿个裙裤，踢拉个低档次的拖鞋，脚后跟还有许多灰，在人群中吃饭时，还不时地用一只手摸着脚后跟，让人恶心。

相信生活中有不少这样的女性——重要场合可以美如女神，日常却糙得未免有些让人不忍直视。

其实女人应该有一种时刻得体的自知与习惯，这绝非要求你每分每秒都以完美的妆容、高贵的华服示人，而是能够保持干净利落的大方形象。

好的穿衣习惯，会影响、改变一个人的精气神以及生活状态。无论是外出前还是在其他场合，都要注意检查自己的着装是否无误。

一些看似不起眼的小细节，恰恰是决定了你人生成败的关键。

定期整理衣橱也是非常必要的，除了换季时需要查缺补漏，随着年龄的增长，你的气质风格、地位身份还有身材都会发生改变，必然有些衣服不再适合你穿着。

不要舍不得扔掉那些几年都不想穿，但又很贵的过时的服装。要么送人，要么扔掉，与其打着节约的名义占据有限的储物空间，还不如及时处理掉，让物尽其用才更有意义。

取悦你自己才是穿衣打扮的最终目的。尽管开始很在意别人的评价，但真正去付款时还是要问问自己的内心，如果自己觉得不如意，绝对不会心甘情愿地买下。毕竟穿衣服是穿在自己的身上，最终还是为了取悦自己内心的。

女人你要明白，学会穿衣搭配固然能够为自己增添自信、增加光彩，但女人的美丽，绝不只是为了迎合讨好男人，更不是为了虚荣拼个高低，而应是源于对生活的热爱，是一种自爱自尊的表现。

那些一开始盲目跟风，模仿别人着装，一味迎合别人的人，如果把自己不喜欢的衣服穿在身上。自己也会觉得别扭，至多三天她就会扔下不再穿了。

请永远牢记，女人真正的美，是从学会取悦自己开始的。

英国作家塞缪尔·约翰逊说过："精致服装的好处是为你提供赢得尊敬需要的手段。"

处在这个像我这样不尴不尬年龄的姐妹们，动起来，去逛逛街吧！抓住中年的尾巴情趣一点吧！别把自己整得真像老年人一样无趣，不要忘记，女人本可以永远美丽。

生活本来就是五彩斑斓的花海，女人永远都是花，趁花朵正在肆意烂漫，尚未凋零之际，动动腿，伸伸手，去装扮自己吧！

湍河里的春天

思索了很久，想去河边赏春，顺便去摘构角吃，每年都是清明前后，满树的构角毛茸茸的，细嫩柔软的。去年我们去摘的时候，河边的村民告诉我们来晚了，构角都老了，清明前来最好吃。可今年我特意赶在清明前来，可来得有点早。

既然来了，就来河边看看春天吧！

顺着崎岖的河边小路缓缓骑车，的确，枯草树枝满地，只有那些不知名的野草，野艾蒿子才刚刚齐住脚脖。放眼望去，满地都是不知名的蓝色小花和粉色小花，像星星，像雪花，蓬勃地向着阳光的方向露出了笑脸，似乎都争着在向我示意："春天来了，我们向你问好！"

毛构树真的连芽都没有发。我在想，这时差也太大了，真的是每年都是清明之前半月能见到满树的构角？我伸手扯来树枝一看，发芽处正在往外鼓着，灰蒙蒙的泛着黄绿，如米粒。远处我看见有几枝上有长出来的新芽，嫩黄毛绿的，裂开了小嘴巴，呈向上的呼啸状。仿佛在向我暗示，提醒我"枸树已经在发芽！"

不过，俯身看去，艾草已经在肆意发芽生长，那种特有的艾香味是我喜欢闻的。大多数人都不喜欢闻这种苦味，我倒喜欢，我冬季总喜欢用艾叶、野蒿煮水洗脚。用艾叶做枕芯，治疗失眠。我顺手掐了一袋子艾叶、蒿子，拿回去放在窗台上，或者卧室里。

河边有一棵很粗的枯树枝，应该不是枯树吧！只不过到现在还没有发芽。我想，过不了几天，它就会发芽，它肯定能长成引人注目的河边风景。因为它长的地方太奇特了，竟然在河边很陡峭的半坡中间，斜着生长出来，毫无美感，歪歪曲曲，像两个偎依着的瘦猴子。看样子已经被人无情砍伐了很多次。

酱黑色的树身，一身烂皮，爬了一层蚂蚁和虫子。不规则地向四面八方生长着枝条。树身有人的大腿那么粗，突兀嶙峋的样子。有的枝条已经死了，被人砍断，耷拉着头，指望着发芽估计没多大希望。

我静静地看着它，它是那么默默无闻，长在不起眼的地方。它正在贪婪地吸收着阳光的照耀，感受着春天赋予它的恩宠。它没有选择优越的生长环境，相反，它在庆幸，庆幸自己长在独特的不平凡的陡峭夹缝里。它就像一个饱经风霜的河道老人，也像一位守卫边防的平凡哨兵，不屈不挠。

河对岸有机器轰隆隆的声响，他们在施工。那里正在崛起一座座高楼，城市的扩建已经来到了河边。

湍河的水流不再是往日的清澈与宽阔，河中心处只有几米宽的水流，最宽处也只有十几米。一股激流旋转到最窄处，泛起了白花，传来哗哗啦啦的声响。

河中间被崛起的沙屯阻隔成几个不同的水湖，湖水中间还有个绿色的小洲，湖水已经成了死水，下面有浓青色的苔藓和绿藻，水面很平静。

走在河边湿地独有的乱草地里，除了这几种有着顽强生命力的野草外，我连一棵蒲公英也没有找到！

我在这棵枯树的上岸坐下了，透过树枝，我看到对岸的精致，忽然明白，这棵树长在这里太幸福了。它能听到河水哗哗的声响，也能目睹对岸高楼的建设。我把脚伸下去，正好能触及到树枝的上方。

再抬头时，我猛然看见有一个人搬着椅子坐在河边，他的身边有很多吃的，还有渔具，他动作麻利，伸长了鱼竿，将钩子潜入水中，然后静静地注视着水面，等待鱼儿上钩……

向左看，左边有一个搅拌机，再向右看，右边有一个老吊车，再看看一行行刚刚堆积成山的沙堆，我的心开始愤怒，他们这是在掏空河的内脏，使原本清澈见底，宽阔的河流变得面目全非、千疮百孔……

再往左后方看，有一棵桃树开花了，满树粉红，朵朵争艳，傲然屹立在河畔边。它也长在了不该长的地方，它应该长在桃林里，与伙伴们一起争奇斗艳，竭力媲美，为何也要在这光秃秃、面目全非的淄河岸边独自开放呢？

驿在河边，独自绽开。寂寞开无主，只有香如故。

本来是来散心，赏春景的，可眼前赤黄一片，刺目荒凉，气若游丝的河流，起伏的沙丘、沙堆、沙床、沙墙，让我满目萧然，感极而悲。河流哪儿去了？游鱼哪儿去了？河面上低飞的燕子哪儿去了？两岸的水草和芦苇哪儿去了？

钓鱼的人越来越多了，一对老夫妻也来钓鱼，淘沙的工人也陆陆续续来上工了，一辆白色轿车在泥上蜿蜒移动，车开到一个老吊车处停下了，我顿时明白了，他们又要开始对河流内脏掏挖了……

而我坐在那里看着这景象，满腹心事……

"三八节"里的遐想

当我去教导处拿卷子时，一群女教师都在兴奋地谈论着。

"××，你赶紧去后勤院领礼品！"

"啥礼品！"

"明日三八节呗！还有现金明日领取！"

我才明白醒悟过来，整天过得迷迷糊糊，根本就没去留意日期，每天只留意是星期儿。再加上一连几天的考试改卷让我头脑发胀，视力模糊。

洗衣液两瓶，牙膏、毛巾各一，洗发露一瓶等。

拿到这充满关心，渗透尊重，布满温度的礼品时才明白，女人标志性的光荣节日——三八妇女节在浓浓的春意中翩然而至。真诚感谢领导对女教师的关爱与尊重！

年复一年，岁月易逝。我们这群女人的容颜与辛勤是该在节日里被洋溢、被唱响……

在这个只属于女同胞的日子里，涉及女性的文字，故事撞击我的心房。

从古到今，一直以来关于女人的话题，如花絮般飞洒文人墨客的笔卷中，文人们都"浓妆淡抹总相宜"，或褒扬，或贬斥。

前一阶段我为了完成一个写作专题，对三国女人做了一番肤浅层面的解析。《三国女人系列》三篇，分别在今日头条、一点资讯、凤凰新闻、UC头条号上发布，我个人对三国女人的整理与解析，得到作家们的肯定，内心也在鼓励和肯定自己。

与三国女人一起目睹了战争夺权中女人的命运和处境：她们要么内心纯真而被人捉弄，随波逐流；要么贪图富贵而最终惨遭遗弃；要么不敢违抗而被亲人任意摆布；要么自强自立勇而有谋与夫君共商国计。

每每读到她们的故事，我总会感慨万千，惋惜与同情并存，赞赏与鄙视同在。

其实民国女子更是故事多多，她们的故事大多是从短文或微信里读到的，很肤浅的认识。

下午正和香丽在谈论萧红、丁玲、林徽因、董竹君等民国女子的故事。显然周老师很爱读书，记忆力很强，谈得有因有果。我们也不由自主地对那个时期的女子的命运感叹唏嘘不已。

之前我在教学生学习《呼兰河传》时，我写过关于萧红的短文《活得苦寂，死得凄凉》，也在中国诗歌文学的平台发布过，仅是从个人的角度写点感悟。

当时人们都在向往富贵与浪漫，可偏偏有一些古代或民国才女命运多舛，情路坎坷，她们是那个时代的典型女子，被人们永远铭记着、流传着。

翻开史书，古代女性的流离容颜总是与三从四德、贞节牌坊完美合一，这才是后人传颂的典范。

然而新世纪、新观念、新女性、新风尚。妇女节的推出，半边天的称号，田间地头，职场打拼，女性思想有了进一步解放。

今天早晨，打开手机，关于女人节的文字图片涌满屏幕，唯美而富有哲理。我看到很多的感悟文段，如：

"一个女人成熟的标志，是学会狠心，学会独立，学会微笑，学会丢弃不值得的感情。"

"外在的容貌会慢慢衰老，但内在的修养永远不会贬值。一颗善良美好的心灵，好过虚荣浮夸的外在。"

这些箴言勉语，充满正能量。

……

的确如此。

不要轻易去依赖一个人，无论何时何地，都要学会独立行走，它会让你走得更坦然！

打扮打扮自己吧！这张长久被粉笔末腐蚀的皱脸，苍老极快，赶快化妆吧！一个女人必须要懂得穿衣的艺术，她们懂得从衣装上去提升自己的品位，增添自己的外表魅力。

从阅读、旅行、运动中去发现和体验生活的美，她们的身上有经过岁月沉淀的、谁也夺不走的风华与气度。

说走就走的旅行！听海霞说想去旅游，苦于没有伴儿。我听了后立即决定，我去！急匆匆找到海老师，说等联系好了再说。

旅行就是一次心灵的安抚，说走就走，星期六。趁身体不错，抓住岁月的尾巴，走走看看玩玩，快乐认真地生活！

我倒很纳闷儿！这一群被岁月折伤的女教师，早已被那群学生磨炼得面目全非，那种朝阳与青春已渐行渐远。从来没有体悟出什么是真正的高贵。

沧桑历练后，韶华已不在。这群女子如今不敢奢求潇洒与时尚，只求安静地活着，保全性命。在倾力教导这群孩子们时，家长们少一点儿谩骂，多一点儿尊重。

节日里我要说：女教师的高贵就是尊严地活着！

——写于三八妇女节之际

"洋节日"里的无意解读

今天，我认为是个普通的日子，不想跟风追随，于是我

拽一缕阳光

赏一道清影

掂一捧自娱

品一顿晚餐

悟一份真情……

小时候只知道"七夕"是有情人相聚的日子，后来当大多数人信奉"情人节"时我只是好奇而惊喜，这同样是个西方节日，在这样一个国度招来如此青睐和追捧实属必然。我无权干涉别人，更无资格评判别人的举动。

今天是别人认为的情人节，清晨打开手机，微信朋友圈，群里都是情人节的祝福语，看了一个写作群，那里面有关情人节的文章更是五花八门，让我看得眼花缭乱。其实对于那些狭义理解"情人"的文章与说法我都不想细读。

唯一留意到师徒二人在对话，徒弟问：情人是什么？师父的回答很精辟：情人是爱人、仇人、陌生人，也是照顾你的人、折磨你的人。

自古以来，爱就是人们永久传唱的歌，亘古不变的话题，一直鲜活，从不褪色。

我曾想，情人节在文人墨客眼里是浪漫而又柔情的诗词歌赋，在画家眼里是一幅淡雅含情的水墨画，在音乐家眼里是一首柔意缠绵的情歌；

而在我这位历经沧桑的中年人眼里就是柴米油盐和清淡无味的白开水。

顿悟即感还是源于昨晚娜子与东子的对话。春节已渐近尾声，然而年味仍在，我们一家，对门弟弟一家，东子一家，三家人在一起聚餐。娜子和我干弟弟原来是初中同学，他们一见面都很亲切，大家都有说不完的话。从他们随性的交谈中我了解到了娜子当年是校花，自己也坦言当年中学时期追她的男生很多，虽然是玩笑但也不乏她的真性情。娜子是家里的公主，从小家境优越，长相丽质，父母疼爱有加，优越的家境造就了娜子天生的大方开朗、豪爽自信。东子是一个沉稳寡言、理智成熟的英俊男人，二人的结合真可谓般配之极。娜子每次在酒桌上谈话都那么的豪爽，每每谈起东子对自己的好，眉目间总掩饰不住幸福和满足。那种常人总结不出口的幸福之辞从娜子嘴里吐出来，是那么的自然和真诚。

娜子的话我虽不能完全领悟，但承认也许很经典："女人首先自己要爱自己，自己要看得起自己，随后丈夫才能把你当回事。"

无论生日或是情人节，东子都要给她买礼物，的确，她手指上、耳朵上、脖子上、手链等都是东子给她的礼物。爱心是行动的基础，爱的最高境界是心疼。

娜子爱吃肉，东子总给她做好吃的，夫妻间的呵护胜过初爱情侣，蓦然间发现：情人就在身边，爱你疼你陪伴你的人。

但如今不能狭义理解"情人"，有感情的人，对身边的人有爱心、同情心、感恩之心的人，都可视为"情人"。在咱们这样的幸福国度里，我实在不愿去以西方情调去理解"情人节"。热血沸腾的今天，感动溢满心扉，与你同甘共苦，携手同行的亲人，朋友都是我们的情人。

岁月流逝，有情人如柳絮般纷飞人间每个角落，抵达有情人的软腹地带，世语多多："有情人终成眷属"，"问世间情为何物？"这一问会纠缠一生。"我放下过天地，却从未放下过你。"也许有人能包容，也许有人携手。不要渴求擦肩而过，因为那只是一种传说，不要相信一见钟情，因为它抵不过用心。

同学群里超峰转发的信笺这样解读：

"可是很多人误解了情人节的含义。以为情人是除夫妻之外的第三者！今天我们就分享一下，罗马帝国时期，信仰基督教是非法的，有一个瓦伦丁的基督徒因此被关进了监狱，监狱长有一女儿，是个盲人，经常在监狱里走动，她被瓦伦丁的博学征服了，甚至产生了爱慕，他告诉了女孩可以治疗眼睛的方法，可惜当女孩治好了自己的眼睛，赶回监狱的时候，瓦伦丁已经被处决，于是当天晚上，她在瓦伦丁的坟前自尽，人们就把这天定为情人节，象征着忠诚、友谊、爱情。而不是和除了爱人之外的人过才叫情人节。因此我欣赏一句话，情人节不在于你有没有情人，而在于你是一个有情人！"

世航转发的更是真切：

"夫妻才是一辈子的情人！丈夫是左手，妻子是右手。左手摸右手总是没感觉。当有一天，左手流血了，右手一定去帮着止血。当有一天，左手提东西累了，右手一定会去帮你负担。所以，不用去嫌弃你的右手，更不能嫌弃你的左手。因为左手拍右手，才能鼓出精彩的人生。"

执子之手，与子偕老，爱在有生之年，爱在当下，祝天下有情人，情人节快乐！

当我正在思索之时，丈夫给我发来信息："中午你想吃啥饭？"既没有鲜花，也没有礼物，有的确实真切的关心。顿然感到历经沧桑的中年人，也许这种原始朴素的表达方式，是世上最有力、最长情的告白。

午饭后和同事的随意交流后，我有万般羡慕，七彩感慨。臧老师的"你是不知足的人，你要是自己知足了你就幸福满满"。思量之后深悟：情愿做人家的右手，因为只有左手离右手近，右手流血了，左手也会情不自禁地去帮着包扎止血。常说爱你，不敌做事帮你。

一代名僧苏曼殊飘零尘世三十五个春秋之后留给尘世一句"一切有情，都无挂碍"，是勘破、是无奈？或是对自己为情所困一生的一语交代？抑或是对红尘人的一种劝慰。斯人走远，无可知晓。

假如一定要我说出点节日感悟，这一句可能恰切——

爱情，是在历经沧桑后的久香陈酒。

"情人"，是在流年逝水后的神话故事……

于是我照旧——

寻一方心灵之田，静谧

撷几缕岁月清影，陶醉

许一分青涩夙愿，朴素

握万般残阳老情，足矣！

一群教师的疯狂早餐

前言：在这里，我只是在如实诉说，收藏感动。这并非意义或技巧上的优美散文，甚至只是近似于白开水的文章。这不是用华词渲染，浓笔重墨的刻意之文，也不是为了登大雅之堂细琢的惊世之作，它仅仅是我的生活记忆。

"我犯病了！"风尘仆仆，一进办公室我抛出这么一句奇葩话。

"咋了？你犯啥病了？"

"我的口腔病又犯了！"

"你这是上火了，别吃上火的东西啦！"善意的提醒。

"都是咸菜惹的祸啊！"我坐下来一股埋怨口气，夹杂着自责和悔恨。

"别怨人家咸菜，就是怨你自己忍不住，你这是好了伤疤忘了疼啊。"一群人在攻击数落我，我终于理屈词穷。

我在看书，发誓不再吃咸菜了，要忍住。可是桌子角落那几瓶咸菜得意地挤在那里，继续释放着它们秒杀一切的魅力。

"大块腐乳""香菇酱""夹馍菜"虽然被我们用筷头、叉子、大勺蹂躏得千疮百孔，遍体鳞伤，但它们还有残底余力，极其自信地稳坐钓鱼台，准备随时放射出糖衣炮弹，给我造成暗伤。面对我这个被它们引诱得口腔犯病的吃货，它们此刻像胜利的大军，甩掉一路被欺凌、被残害的遭遇，向我咧开大嘴露出报复性的大笑。

我这口腔病一年多都好了，不再吃药了，可最近有点疼。前几年去上海治疗，一趟又一趟地跑，大家都在监督提醒我禁止吃刺激性食物，禁止喝酒，这近一年多没有犯病，我真是好了伤疤忘了疼。

这是一所寄宿制中学，有早晚自习，毕业班时间紧，饭后只有半个小时，免不了要在校就个早晚餐。学校没有教师餐厅。以前没有集体办公室时，我们都在教务处吃饭，把碗、筷子、咸菜瓶随意堆放。不该放的地方都放，档案柜上，办公桌上，桌子兜里，办公桌底下，墙上钉上，塑料袋里拴着，无处不放。教务处领导当然也很心疼理解我们，学校没有教师餐厅，领导也只能妥协，随我们便吧！因为这群老师吃饭后还要赶紧进班辅导呢！

遇到上级领导来检查，觉得难看不雅观，就想办法把碗筷往纸箱子里一塞，藏起来一会儿就是了。现在有了新办公室后，我们都乖乖地把碗筷子、缸子勺子移到自己的办公室桌子上。

我们每个人都把办公桌收拾得干干净净，鲜花一束，花瓶花盆精致，电脑一台，作业本一堆，教科书一摞，训练题一捆。

一段时间我们还网购花盆，花草花苗，办公室成了涌现"花草花盆"比美大赛。刚直不阿的一叶兰，深青幽碧的吊草，野性随意的吊兰，秀气含情的海棠，孤傲清高的朱顶红，妩媚张扬的绣球……下课了瞧瞧这心爱的花，心情好极了！

再后来毕业班工作繁重，我们忙起来时对这些花草无暇去管理它们，死的死，枯的枯，蔫的蔫。干脆连根拔起，死去吧！扔到垃圾桶里，眼不见为净。

桌子上留下一台旧电脑和一堆堆浸透着一百多人气味的作业本、练习册，还有布满我个人一种气味和九千九百九十九个指纹的教科书和参考资料。

不知什么时候办公桌上又多了瓶瓶罐罐，大大小小，高高低低，形态各异，圆形瓶、方形罐、玻璃瓶、塑料盒，那里面装的啥呢？不用明说，就是香死人，诱死人的小吃，咸菜之类的，出自于这群智慧老师的巧手。什么老干妈、老干爹、麻辣豆豉、香菇酱、香辣酱、牛肉酱、豆瓣酱、豆腐乳、海白菜、萝卜干、辣白菜、蒜薹、醋蒜瓣、香椿头、油炸鱼香花生米、生蒜苗、黄瓜……让我换口气吧！

是八辈子没吃过这些东西吗？那可不是，在家里我们基本不吃，盐分太多，不利于健康。

抛开卫生不言，在这里我们似乎忽略了食品的安全隐患，我们去掉矜持和文质彬彬，竟能在这里吃出温馨，吃出气氛，吃出欢乐，吃出铁打的感情。这是任何高档小吃店、酒店饭庄所吃不出的感觉，这独一无二的美味佳肴，都是老师们独创的精品大作。

不信你看，看看你也抵抗不了这诱惑！

豆瓣酱、榨菜丁、海白菜、豆腐乳是常见的，算是低档的，但咸味十足。老干妈、牛肉酱、香菇酱，价格又高一个档次。这一瓶吃开了一顿饭就吃完了，这几个吃货不需要推让。

我被它们独特的香味诱惑着，渐渐地又吃起了小菜。同事们也觉得我不可救药了，随你便吧！犯病了再去吃药吧！

尽管不敢吃太辣，但我还是犯病了，因为腌制品咸度高，吃多了同样刺激口腔伤口。我要撑住不吃药，不外传，别传到家人嘴里哦！

有的小菜像海军陆战队，已经连续登陆了好几天；有的小菜像潜水艇士兵，会长期潜伏着。

不再潜伏，施展法力。我要降火，我要做降火小菜。

昨天提前熬熟的精五花，去掉油腻，切成片，再横切成细条，然后切成小丁块。葱、姜、花椒、生抽、白糖一齐上，"刺啦刺啦"翻炒骨碌几下，红烧肉丁泛起了亮光，像跳跃的珍珠，又像蛤蜊肉，赤酱泛红的光滑的娇小身段，在锅里骄傲地抖动着浑圆的躯体。我仿佛看到有几百双筷子一齐伸入锅里在叨它们。

盐巴、味精，撒上虾米，出锅！装瓶，盖上盖，装入塑料袋。今早儿早餐让他们这几个老师打去吧！

老师们就是因为有这个小咸菜，不由自主地多吃了馒头，体重也增了，血脂稠了，也都是小菜惹的祸！

一天到晚都不饿，谁要是半晌工作后饿了，吃嘴小菜，喝口茶立刻不饿了，精神倍儿棒又去登台表演去了。

在这里我们很开心，要求不高，喝着喷香金黄的玉米糁，另配几个五颜六色、辣味十足的小菜就不错了，本来你就是吃咸菜喝玉米糁的命，结结实实活着就好，就别想那么多。

我们吃早餐时，就没有固定位置，坐着的，站着的，跑来跑去的，三间房的办公室东西南北走遍，馒头里夹咸菜，边吃边说笑边评论小菜味道的好坏，做的成功与否。

小菜散发出来的酱香，辣香味飘荡在办公室里的角角落落，那香味谁也不能独享，人人有份。窗台上、作业本上、电脑上、插座里、毛巾里、椅子上、桌子缝里、抽屉里，甚至发丝里……

从早到晚，我们都弥漫在酱浓醇香的美味之中，即便在改作业备课时，面前桌子角放的酱菜瓶子依然时不时地吸引你的眼球。

疯狂小菜，香了这世界！

疯狂早餐，疯狂了这世界！

文外之音：

也许它不能说明什么，它只是一群教师生活中的普通片段，庸俗的镜头，不雅的吃相。也许看后你会说："这就是一群粗俗疯狂的吃货！"

然而就是这些随性不雅的吃相，和低档次且不够绿色环保的小菜给我留下了难以磨灭的形象。那些笑容的背后，总有一些东西震撼着我。我无法停止笔尖，我想将朴素与真诚留下，将情怀与感动封存，让镜头载入我的述说寻常记忆大库里。它让我内心有了异常情愫，就像皮肤被刀割会疼痛，寒风吹到身上会战栗一样。原本我只是为了收藏记忆，写完之后才意识到，它已经不是单纯的逗人发笑之篇，而是扯乱了我内心的柔软情思，不是疼痛，也并非发冷……

省城取经记

教育本身就是充满肃杀的战场，你就是光荣的钢铁将士，勒紧腰带，手握手榴弹，当军号没有吹响，你一定要挺住，握紧，抱紧，誓死不能引爆……

（1）

战争就此打响——

一年一度的中考备考会又开始了。

普天下都是五花八门的讲座报告会，各培训机构、教育机构都趋之若鹜，分头行动，挤挤抗抗，散发传单。领导们接到通知也不惜代价，派老师们一路紧奔，争抢时机，四处去"取真经"。

听说，省城又要举办中考备考会，举办单位是×××教育机构。我们免不了要去"取经"，"取经"的时间定在周六周日，不妨碍学生学习，但可以牺牲老师的休息。不过我们是寄宿制学校，这个星期根本就不过，学生娃们坐在教室里等着老师上课。学校只能派几个代表去省城。

一行九人肩负重任要去取经。

清晨五点我就被电话催促起来，洗脸抹脸，整装打扮，一样没落下，出门要弄得精精神神。也没看天气预报，只害怕冻坏冻死，就穿上又长又厚的羽绒袄，毛呢裤子里面又套个厚保暖裤，大围巾、小围巾围着。一路狂奔到了校门口，大雾迷蒙，虽然春到，但清晨寒意未消，灯光影绰，树影摇曳。好不容易等司机来，都六点了，商务车来了，大家还称赞这车不错，九个人正好能坐下。

点名，七女两男！上车！开路！

一群人坐上车后急匆匆来往高速路口。

突然说让下车！再上另一辆车！

原来是和××乡的老师合租一辆普通大巴。上车一看，前面几排基本坐满人，××乡的老师们都已经齐刷刷坐着。后两排空着，那就到后面坐吧！晕车的也没有办法，总要讲个先来后到吧！谁让你和人家拼车呢！

今天大雾，缥缈透明的白雾织成一笼巨大的白帐子，严严实实地罩下来。雾像个顽皮的精灵，在施展魔术，挥动着那块奇幻的纱幕来迷惑人。

大巴车穿行在浓雾中，蜿蜒行驶在高速路上。

车上显然很憋闷。今天气温很高，出门时我也忘了看天气预报，我还傻乎乎地穿着厚而大长的羽绒袄，厚保暖裤。

"呕呕！……"车上有老师要破坏空气。终于到了服务站，快下！快下车！下来透透气！

"我要吐！呕呕……"老杨还没说完就呕呕两声，喷洒一地……

"我也要吐！……"老高也在那边草坪破坏环境。

我倒不错，只是替他们这几位老家伙发愁。

"吃点橘子，坚持一会儿就到了！"我在骗他们，其实还有三个小时的车程！

一路上大家都无语，都在迷糊，都在坚持，都在煎熬！

到了省城，已经十二点多了。司机将车开到了一家宾馆门前，司机要我们都下车，说市区内不让通大巴车。××乡的老师们就在这里住宿，很方便。我们这九个人还需要步行四五里才能到住宿地点。

听人家的话吧！下车！

顶着白晃晃的阳光，个个都是蜡黄蜡黄的脸，一头蓬乱的头发，一身被座位挤压得枯怵巴脸的衣服，拖着疲惫的身体像瘫鸭娃儿步行到了住宿点。

听会的地点就在这××宾馆楼上。大厅内人头攒动，挤挤扛扛，主任个子矮，使劲挤，使劲挤才排到跟前，一沓身份证全交给他。

宾馆门口站满了人，老天爷啊！清一色人民教师。大家都很疲惫，焦急地望着马路上川流不息的人。我们这几个老师都像叫花子一样，这儿立立，那儿晃晃，腿站得发疼，看看主任还没有办完入住手续。

累啊！腿疼啊！饿啊！我们看见宾馆左右两侧都有一排石凳，不管它干净与否，顺手用纸一擦就铺摊摊坐下了。

肚子饿得"咕咕"叫，大家都皱着眉头，东张西望。"来！我这里有一个苹果，咱们分分先啃两嘴止止饿！"老单把一个锤头大的苹果削成七块，一人一小片，大家都不推辞，远远地伸长了手。

主任办完入住手续后已经快两点了，我们赶紧去街对面匆匆吃了点儿饭，然后马不停蹄地赶往听会场地。都已经三点多了，会场里座位都满了，我只好坐在后面两排。

所谓的讲师们在上面站着讲，大概是时间紧吧，嘴巴像机关枪，又剥蒜瓣似的快。当讲到有新议题时总会说"我是预测的"，或者说"我说的我不负责任"等来掩盖自己。当讲到自己的本事时，似乎都是摇笔可散珠，落墨能成玉。

课件在大屏幕上一页一页地放映着，真的像看电影，走马观花，我们下面的老师们都来不及记笔记，都站起来拿着手机拍照。我在后面手机总是照的不清楚，听着讲师的讲解，我在本子上紧张凌乱地记着，龙飞凤舞。

我也不再矜持不怕难看，不知趣地跑到人群中间拍照，然后再回到座位上摘抄。我看到在场的老师们大多是举着手机，架起双臂，撅着屁股，尽力放大手机画面，力求将屏幕上的内容照下来。

我坐在那儿纳闷儿：想想我们掏几百元钱，跑几百里来听报告，就抄写这些凌乱的无层次的笔记。讲师讲得太快，像过山车，甚至把一些疑难点避开不作细究，设些悬念。

课结束了，有人提出要求，想把讲师讲的课件拷贝出来，或者给大家一本相关的书。没想到主办方说这是版权，不能外漏。花了几百元，坐了两天过去了，身心疲惫，听后脑子里没有留下真正想要的东西，也就是没有得到真经，这回去给领导咋交代。

这时有人在中考群里发了一条寓意深刻的信息：

"小明昨天早上5点多从深山老涧里出发，翻山越岭走了一上午山路，进省城到书店花几百元买了一本书。付款后，书店只让带走书皮，小明和书店理论，书店有理有据地说书中内容属个人资料，因著作权问题不能让小明带走。小明本来是因为听说书中的内容太好才伤财费力地去买书，结果只买来一张花里胡哨的书皮。

"山里人好糊弄。省城人套路深！"

几百元的确啥也没买到，真经也没学到，只买到几张花里胡哨的书皮、画报、激情四射的宣传广告纸。

晚上，宾馆内憋闷，窗户封闭打不开，空调也不送风，我们三个人一间，都翻来覆去睡不着。我更是奇葩，半夜两三点燥热得睡不下，又起来去卫生间用凉水敷面，浇身。就睡了两个小时的觉。

第二天上午又听了一场。两手空空，返回！

大概是那条信息主办方他们看见了，有所反省。后来才有讲师发过来课件到群里，但有的老师发现这发过来的课件内容不全，和讲师在台上讲的不太一致。

他们套路是深啊！

（2）

实在热得难受！干脆把袄子、棉裤都脱下，只留下单裤子、毛衣在身。

中午十二点多，火急火燎吃饭，又是急匆匆离开，让司机来接我们，吃了个闭门羹，人家还是不来接，让我们步行返回。

我们身上背着一个自己携带的包，手里提一个很大的足可以装十斤苹果的大红色简易纸袋子，上面周吴郑王地印着几个漂亮的举办方的大名。那是我们几百元换来的主办方给馈赠的礼物，里面就几张花里胡哨的书皮、广告纸，胳膊上还搭着袄子围巾之类的东西。神色恍惚，疲惫不堪地往大巴车所在的宾馆走去。

徒步四五里，到了××乡老师们所住的宾馆门口。老远看见大巴车门开着，我们几个就上去直接坐在前两排位置。

没多久，××乡的一群老师从宾馆楼上下来。个个朝气满面，青春靓丽，打扮时尚。显然和我们不是一个年代的人。

其中一位女教师最先上来，面带笑容，径直向后走去。她就是昨天来郑州市在大巴车上给我们每人发一个橘子吃的老师。她一上来正赶上我们几个老师正在吃橘子，我们就赶紧掏出几个橘子给那个女老师吃，以示对她昨天举动的感谢。那女老师又是满脸堆笑连声说谢谢，很有修养。

"咋你们这样坐？为什么不按照来的时候的座位坐？还占位置哩！"另一个年轻女子满脸牢骚地对着我们这群人说着。

"咋，你这小姑娘说话真难听！谁说要按照上次来的时候位置坐？我们早都上来了，坐这里很久了，咋能说我们占你座位了？总要有个先来后到吧！这又不是购票上车的！"

"我晕车，我就不能坐到后面。我们昨天来的时候就坐在这里！要不让司机评评理，说说应该咋坐！"一个年轻女子伶牙俐齿，咄咄逼人。

司机上来了，吞吞吐吐，竟然偏向那位女子，说："那……那就按原来的顺序坐。"

"这是哪门子道理呀！这大巴车没有卖票，又没有排序，就是谁先上来谁坐，哪有固定给某个人的说法！"

良好的情绪，是一个女人的顶级人格魅力，这经典语录大家都知道。可此时此刻大家都全然不顾，情商、修养、容忍全都抛之脑后，说到底，拼的是口气。

老董把提包放在第一排座位上，去厕所了，当她返回车上时，她不明白车上刚才发生了什么。她上车一看我们几个老师去后面坐了，她也将提包拿起准备向后坐。车上人还在吵，老董越听越不对劲，最后听明白了，就说："我就坐这儿，看谁把我咋着！我早就来了，难道这座位卖给你们了？"

"这几个年轻人不懂一点儿礼貌，一上来恶狠狠就把我们老年人往后赶，这些老年人昨天来的时候坐在后面，路上又呕又吐的，你们没有看见？"我们中间一位老教师在后排嘀咕着说。

"公共汽车上年轻人都懂得尊老爱幼，况且你们还是为人师表的年轻人。"齐老师也忍不住了发句牢骚。

不料，有两位年轻女子竟大言不惭，硬声回应："我凭啥让着你们？你们年纪大的为啥不知道让着年龄小的呢？"

呀呀！这世界太疯狂！全车人哗然。

林终于忍不住了，站起来朝那位"美女"说："你这姑娘真说的美！你能张开嘴，能把这几个年纪老的赶到后面！"

"这小姑娘你还是老师哩，你披个老师的皮，枉当一个老师！"一向老实的老梅也开腔了。

反正不能总和自己的心过不去，最起码不能憋死。

"让她们年轻人坐前面吧！人家长得美！"老王也气急败坏，脸上、额头上冒着汗。

哎呀！对战开来了，清一色教师在吵架，双方都有点儿不像话了。那两位女子不敢再说话了，大概是觉得自己的确做得过分。

每个人都会发怒，这很简单。但向恰当的人，在恰当的时间，以恰当的动机、恰当的方法，表达恰当程度的愤怒，并不是每个人都能做到的易事。

我们几个只得坐在后两排，让她们几个年轻女子坐在前排，因为她说她晕车，我们坐在后面的晕车也只能认输，等着呕吐在车上吧！不过细想想，再吵有点儿难看，丢人，都是老师，不能过分了，度量大点儿吧。

压抑了，换个环境深呼吸；困惑了，换个角度静思考；受气了，换个法子劝自己。

现在的年轻人真是厉害！

这两天温度有点儿高，拿的袄子压根儿就没有沾身，车上更闷，车窗封闭很严，前面不知是哪位男教师脱鞋了，脚臭气味难闻之极。那气味仿佛从前排地下蔓延到走廊，又悄无声息回旋到整个车厢，最后直钻进人的鼻孔。

我感到要窒息，我歪着头四处搜寻那个目标，没有瞄准到。我想提醒一下周围人，又想想别再惹事了吧！弄不好再整出句难听的话，我是受不了。就嗅着吧，忍忍吧！

扭过头，我看见其他人也在捂鼻子，一脸埋怨。大巴车迎着春日，飞速行驶着。车上静寂无声。

内心受气又闻着臭气，哎！吃个橘子，压压臭气。啊！真的，橘子一吃，咋闻不到臭气了。也估计是脱鞋的人自己也闻到了，觉得难闻就自觉地又把鞋子穿上了吧！

窗外的景色很迷人，车速很快，树木房屋一律向后倒去。睡觉吧，迷糊一会儿就到了！

突然，老王有点儿烦躁，她想晕车呕吐吧！不过我在没话找话给她说话，她闭着眼睛坚持着。我也正了身子，这时我的视线正好直达刚才的那个年轻女子身上。我看见她不像晕车的人，她一会儿用手理着自己的长发，一边吃着东西。面带笑容，时而向左，时而向右，时而又转向后面，对旁边的人挤眉弄眼的，根本不像是容易晕车的人。

我眼睛直盯着她，两目对视时，她脸红了，赶紧转过身去，继续吃着。

小女子套路真深啊！

（3）

大巴车中途服务站停车休息。

我们都下车透透气，这时我们可看清楚那位妙龄女郎了：高高的个头，灰白色的长款毛呢大衣，黑黝黝的长发披肩，还把头发全侧到左边肩前，明星头饰，悠悠宽腿裤，脚上穿一双血红色的半腰皮鞋，在阳光下红的辣人的眼睛，脸色略显黑黄。

不算丑，但想起她上车时飞扬跋扈，咄咄逼人的样子，此时此刻，我觉得她极丑。我们一群人甚至都不想多看她一眼。

下了高速快到城边了，天黑了，司机说先送 ×× 乡的老师们回去，让我们这几人坐车到 ×× 学校后，再返回城里，再送我们到学校。意思是让我们再陪着他们来回坐几十分钟的车程。

大家都不愿意，因为 ×× 还有三十多里，有两个晕车的老师实在不愿多坐一分钟车了，她们要先下车在路边等司机返回。

司机就让我们下车，站在 ×× 街北头等着他返回来接我们，我们也想下来透透气。

我们太天真了，站在××街头，风沙很大，七八点了，暮色笼罩，凉风袭来，大家赶紧把一路没穿的袄子穿上。七嘴八舌议论着，愤怒着……

将近一个小时过去了，司机还没有返回。大家都在猜测：他肯定是在那里吃完饭再来拉咱们。

主任给司机打电话催促，谁知道司机说是路上堵车。可是乡下的路，况且是晚上，怎么能堵车呢？

"骗人的，是故意拖延时间不想拉咱们！"老师们在猜测。主任又给司机打个电话，问问怎么回事还不返回，你是不是在吃饭？司机说是在吃饭。

是××乡学校领导请他吃饭。顿时我们火冒三丈，愤怒之情可想而知。我们站在冰冷的街头感到内心冰冷，算了吧！咱们自己打车回家。

看似荒唐的故事情节，在现实生活中却真能找到真实的映射。

（4）

暮色苍茫，凉风袭人。店铺门前有个老太太直勾勾地看着我们这群人的议论，她似乎明白了什么！我觉得不好意思，落魄在××街头好丢人啊。我们只好拦了一辆出租车，八十元拉到城里。

出租车司机也说，下乡的路从来不堵车，来回时间只需要二十多分钟。

司机车速太快，狭窄的小道他也能一溜而过。田野里，麦苗在静默着，车窗外风声呼呼，远处有几盏路灯阑珊着。车上依然很闷不透气，坚持一会儿就到了。

我们的心悬着，总算把我们送回城里……

隐藏自己

如今，接触的人越多，就越能发现每个人都有隐形本领，或学习，或悟性，或社交，或吃喝，与之俱来的也有掩盖和藏匿自己情绪的能力了。

当一棵树从春季开始发芽时，枝头上的嫩芽万头攒动，鼓足劲儿，你争我赶展示自己的身子，但终究是一时齐发，分不出叶片谁好谁坏。在它们历经酷暑之夏的折腾洗礼后，有的累了倦了，恹恹耷拉着枯黄的肩膀，等待冷秋岁月的发落。

有的树叶有自知之明，干脆眼一闭，直接从枝头蹦下，幸好完好无损，只不过躺在地上有点儿憔悴和衰黄；有的树叶赖在枝头那里，张望着左右，心存期盼，可一个电闪雷鸣，猝不及防，他们齐头撞地，粉身碎骨，惨不忍睹。

傻吧！早都让你自我评判明智点，找个好时机蹦下来，你偏要赖在那里，故作清高，瞻前顾后。明知道没有自救返青的能力，非要让雷电警告你，暴雨掠杀你，弄个四分五裂，才肯罢休。

如今的人，怕别人多想，怕人对自己印象不好，希望在别人眼里永远是美丽的、青春的，自信满满；浑身有使不完力气的。为了没有结局的结局，在那不属于自己的世界里苦苦强撑，久久等待！

该清醒的时候，还是别装糊涂吧！你在那个世界里不可能出人头地，你在那股热流中注定被烫死。因为你和他们也许不一样，无论从才智上，还是运气上。

有多大的智慧，就成就多大的辉煌。

任何承诺和保证，都会在真相大白时给你当头一棒，重重一击，自信和勇气瞬间化为乌有。渐渐让你明白，稳重老练，智慧从容，坦然安逸才是良计，收敛自己曾经的狂妄，做个会隐藏心情的人。

越来越多的人开始隐藏自己，不是存有心计，而是害怕冒犯了别人，伤害了自己。

就像现在的微信朋友圈，大多人不再频繁地表露自己的真实情绪，不会再发那些负面的状态和落寞失声的消沉，甚至表达一个观点前都要前思后想的考虑很久。

也许与年龄性格有关，太多的人都一样，藏起了自己的心声，宁愿偶尔每天发些不痛不痒的段子，晒晒沿途的风光，转转优美的文段，人云亦云地说些无关紧要的话，也不愿过多表达自己的心声。

那些外人不知的难过，那些深夜里失眠的煎熬，那些不开心的情绪想要抒发表达的内心，通通被我们关住管起来了，往往能一个字表达的，坚决不用两个字，发个说说也是再简练不过，简单的让人捉摸不透！甚至有时候刚发吧就删掉，怕影响别人心情。这种啬啬词语的想法不是做作，也不是彷徨，目的是不许某种情绪肆意的叫嚣，不许他们狂妄的张狂。

有人说：越来越不想把自己的脆弱展示给别人看了，越隐藏越好，毕竟朋友圈里的人不一定都是与你有惺惺之交。

有时候虽然蹦两句，那些不痛不痒的安慰背后是别人日后茶余饭后的笑料，那些难过悲情的瞬间会被人认为你负能量太多不适合接触，发张家人合影被人视为幼稚，发点开心事可能招人嫉妒。不过仔细想想就是如此，干什么事总有个度，说话、做事要与年龄，身份相符，免得让人笑话议论。

"生活在这个复杂的社会里，你不能蒙着眼睛过日子，要有自知之明，学会得体地退出人群，悄然离开。不是所有人都很喜欢你，就像你有时候也会讨厌别人一样，你还得睁大眼睛看清人性背后的东西，否则你会吃亏的。"这是一位老者的忠告。

活得自如点儿，做得谨慎点儿，说得含蓄点儿，成了这个五颜六色社会的行事标语。

看看现在成熟点的人啊，有时朋友圈干脆什么都不发了，或者发一些不妨碍别人心情的东西，要么笑话，要么文段，还有的干脆把朋友圈关起来，设置为三天可见了。

其实微信朋友圈给你生活带来便利的同时，也无形中增添了烦恼。我们总是这么顾忌别人的感受，但连彻底关闭朋友圈都不敢。朋友在一起也常说想退出一些群，但怕被人误解为清高，怕那条尴尬线成为人际交往中难以逾越的鸿沟。

还是那句话，当春意浓浓时，大家都一起在枝头尽情伸展腰肢，大口吸收阳光赐给的营养。当夏季过去，你一定在趁自己体力不错时，不妨碍别人，悄然来个一百八十度，或者三百六十度翻跟头，完好无损，华丽着地，最后开个漂亮的站姿。

多想想，世上没有绝对的美好和永恒的斑斓，自己并不像想象的那么幸运，一切都终究是幻现幻灭的。

跟暗香一起学作诗

总有写诗的欲望，但拙词劣句总是与真正的诗词的严格标准相去甚远。每次从内心涌动一堆词句，只讲究对仗、字数、韵脚，总想着顺口，能表达情绪就可。其实，那只能是即兴的打油诗，虽然也是诗的一种，但不够严肃认真。

临近中考，大量有关中考复习紧张局面的文章很多，我也忙里偷闲，前后写了七八篇，纪实体，评论体都有。每天心绪繁杂，紧张而毫无头绪，面对小山似的试卷练题，总是那么心急如焚，彷徨抑郁。

窗外，阳光炙照，桂花树头稍稍晃动，夏风无力。室内，紧锣密鼓，书声琅琅。面对整日急惶惶、憔悴欲昏的学生。又来一首打油诗：

押卷（外一首）

貌似无情却有情，精讲细做试才行。

紧催严逼逐题演，缠思绕虑头发痛。

师细讲，生苦练，押题卷里岂从容？

这般辛苦为哪般？抛却利益为留名。

忙疯

从早到晚齿发困，两眼昏花卷中行。

八方宝题堆成山，七位神仙逼成疯。

你言难，我也难，多歧路，今安在？

踏破征路会有时，计日凯旋自由行。

也是尽可能把我掌握的诗词要点都注意了，为了让大家点评指导一下，写后顺便发到年级群里，同事回复一个词"打油"。我知道这里面有打油成分，因为我不明白自己写的是不是诗体。谁能真正指点呢？

我想，应该让自己突破一下，寻找正确的切入点，掌握要领，认清自己的创作意图，不能漫无目的地练习。

午后，我将这两首"诗"发给了一位诗人，她是甘肃的著名诗人暗香，这只是网名。想让她指导一下，没想到她赞了我一句："有点像鹧鸪天的格式，但要再注意平仄、韵部。如果是打油诗，很不错。"

我很高兴，心想，不能老是纯粹的打油诗，应该向格律接近，严肃规范点。我就问怎么写鹧鸪天的词。暗香诗人很耐心地发给我有关鹧鸪天的格律式和创作这首诗词的要点。

真的，全是干货。暗香诗人又发给我一首词，是她自己的鹧鸪天词让我参考。

她的词太棒了，言辞凝练精准，意境清新雅致。伴随着一首《酒狂》的乐曲响起，暗香的《鹧鸪天·酒后真神》恰似一股淡淡的墨香雅致袭来，暗暗地，悄无声息地沁人心脾，潜入我的脑髓，抚慰我的心房。

风乍起，午后睡意全无。画面徐徐展开……

一位身穿深红色民族风外衣，长款飘飘，下衬黑色褶皱裙裤的美丽女人，把酒临风，醉望皓月，深邃幽眸，眼皮上方的灰棕色眼影在月光下泛着亮光，迷人，醉人，是她醉了这个夜空，还是夜空醉了她。

何处无夜？何处无月？只是缺少她这样的善思勤虑的女子而已。"人生哪个不沾尘？"道出了世间的纷嚣与冗杂，又写出了内心的无奈与规箴。好词！

虚心接受建议，我按照她给我的有关鹧鸪天词的格式，又改了一遍，迫不及待发过去给她。

暗香老师，恳切指出我诗中的问题，她校验我的诗句，用红字体，紫色字体分别指正我。速度真快，两分钟发过来信息："你进步很快，紫色处韵有误，红色处平仄有误。"

我又认真地对照鹧鸪天词的格律一一修改，或换词，或更字，力求在该押韵的地方押韵，在该平仄的地方平仄。

修改后：

鹧鸪天·考前苦练

貌似无情却有情，精批细做为真经。

严追紧逼天天做，勤虑多思头脑疼。

生苦练，练精通，单凭拟卷岂能行？

心中杂念统统忘，学业专攻方铸成。

鹧鸪天·忙疯无怨言

六月骄阳酷热天，园中桂树醉恹恹。

八方宝卷堆堆摞，七位神仙阅在先。

题难做，难钻研，眼昏腰断尽无言。

陋桌静置花一束，恰似清风除去烦。

一首是写学生，一首是写老师。

是词，不是诗。鹧鸪天是词牌名。鹧鸪天 [zhè gū tiān] 是词牌名。双调，五十五字，押平声韵。也是曲牌名。南曲仙吕宫、北曲大石调都有。字句格律都与词牌相同。北曲用作小令，或用于套曲。南曲列为"引子"，多用于传奇剧的结尾处。

初写这样的词，我很卖力，写出来的句子总觉得幼稚，不过这是我勇敢尝试的第一步，为自己加油，鼓励一下吧！

哀悼余光中先生

今天天气很冷，坐在办公室里冷得发抖。

"你好！今天是你的生日。祝你生日快乐！"正在苦闷时，一位蛋糕店的送货员提着蛋糕，拿着鲜花进来了！这是单位给每个教师的生日礼物。

幸福感满满，顿时一股热流涌满全身，又冷又热。于是含糊其词地发个朋友圈"又冷又热，祝福今天的自己……"点赞无数，有的朋友也不知道我发这句话的意思。

午饭后，打开手机，朋友圈里有两篇文章是写台湾诗人余光中于今天病逝，享年89岁。"啊！"顿时浑身又冷起来。我很快就把他与《乡愁》联系在一起。

余光中台湾文学家、著名诗人，代表作《乡愁》《白玉苦瓜》等。余光中先生热爱中华传统文化，热爱中国。代表作《乡愁》被全球华人传诵。

这首诗目前被编入九年级语文上册课本中，前不久我才带领学生学完。

小时候我读到这些句子时认为都是大白话，随着年龄增长理解的深度就不一样。这首诗以时间为顺序（小时候—长大后—后来—现在），以感情为线索，以大体相同的诗句和格式反复咏叹，使情感逐层加深，由思乡、思亲升华到思念国家。

乡愁原本是一种抽象的情感，而诗要讲究形象性，余光中将抽象的乡愁形象化了，分别以四种意象"邮票""船票""坟墓""海峡"来表达自己的乡愁情绪。

"一枚小小的邮票"，它象征着作者少年时代乡愁的骨肉之情。母亲牵挂儿子，儿子想念母亲。

"一张窄窄的船票"，它象征着作者青年时代乡愁的恋人之情。这是青年男女之间的思恋和向往。

"一方矮矮的坟墓"，它象征着作者中年时代乡愁的生死之情。墓里墓外母子骨肉分离，虽然只有咫尺，却又那么遥远。

"一湾浅浅的海峡"，它象征着作者中年时代乡愁的故国之情。海峡虽然是"浅浅"，但是故国之情深不可测。

作者从个人到家庭的亲情再到海峡两岸的爱国之情，这使"乡愁"具有了鲜明的时代色彩。通过联想、想象，塑造了四幅生活艺术形象，作者把对母亲、妻子、祖国的思念眷恋之情熔于一炉，表达出渴望亲人团聚、国家统一的强烈愿望。

《乡愁》这首诗以朴素、简明、隽永的语言，加重了乡愁的浓重意味。阅读此诗，让人回味无穷。集单纯美和丰富美于一体，物象集中明朗，如邮票、船票、坟墓等，不蔓不枝，意境幽远深邃诱发读者多方面的遐想。

《乡愁》是余光中的代表名作之一。回忆起70年代初创作《乡愁》时的情景，余光中说："随着日子的流失愈多，我的怀乡之情便愈重，在离开大陆整整20年的时候，我在台北厦门街的旧居内一挥而就，仅用了20分钟便写出了《乡愁》。"

他又说："虽然我只用了20分钟，但却酝酿了20年。"

余光中表示，这首诗是"蛮写实的"：小时候上寄宿学校，要与妈妈通信；婚后赴美读书，坐轮船返台；后来母亲去世，永失母爱。

诗的前三句思念的都是女性，到最后一句我想到了大陆这个"大母亲"，于是意境和思路便豁然开朗，就有了"乡愁是一湾浅浅的海峡"

一句。

余光中一生从事诗歌、散文、评论、翻译，自称为自己写作的"四度空间"。他最初写诗大多有西方元素，有些脱离现实，后来扎根乡土，转为东方味，他曾被台湾文坛称为"回头浪子"。

他的表达意志和理想的诗，一般都显得壮阔铿锵，而描写乡愁和爱情的作品，一般都显得细腻而柔绵。

我在网上看到有人这样评论：一个没有写过一篇小说的人能成为文学家吗？除了愤怒之外，我真想替余光中先生扇他几个耳光！

多年来，余光中笔耕不辍，创作了许多经典的诗歌和散文。梁实秋曾称赞他"右手写诗，左手写散文，成就之高，一时无两"。

而今天，一个代表中国的符号在台湾消失！哀痛！惋惜！我与余老没有任何关系，但今天的日子使我和余老有了不解之缘：

而今天，我在庆生，你却离去了。

谨以此文，作为我的生日礼物，也是对余老的哀思：愿余老一路走好！愿余老与您的乡愁一样随风飘过浅浅的海峡，落叶归根！

情不自禁地再发一条朋友圈：今天我又冷又热又冷……

第四辑　思着，念着，将亲情镌刻成永恒

老爹迷上了保健品

烤红薯，爹的最爱。买一个。

父亲的卧室今天敞开着，有点离奇。平时家里要是来人，他总是锁上门，尤其对于我这个爱管他事的女儿，防备性极强，他很讨厌我。

我信步走进卧室，一眼就看见一个纸箱子半倒着放在床头。

"爹！你弄这一箱子是啥？"

"油茶！八宝粥，骨髓油花生，咸的甜的都有！你拿走一点儿吧！"

"我不要，你弄这干啥！质量都不好。在哪儿买的？"

爹不说话了，每次问到这儿，他总是回避不语，沉默再沉默。

他缩着脖子，窝坐在沙发上，拉着布满皱纹的脸。额头上的皱纹横竖交集，左右脸上的皱纹呈竖纹，嘴角处呈双括号形，一笑起来，甚至五重括号。下嘴唇基本不合拢，微微张着，只有嗓子有痰时才张开嘴"哼"——"呵啦"——"咔咔"抛出去，大多时都是抛向窗外的小河沟，有时也会规规矩矩缓缓吐进痰盂。

这时他假装没听见，只顾看着他的电视，又是山东台那个女人在说书。

"人家可会花钱，可会享受，家里的鸡蛋肉饭不好吃，街上的胡辣汤也不好喝。在会场听人家一忽悠说那油茶好，他可上心！"母亲在厨房里一边干活儿一边满腹牢骚地数落着。

像这种被卖保健品的商家忽悠，乱花钱的事，在老爹身上已经见怪不怪了。啥话都讲尽，现在我已经对他没招了。母亲仍在厨房把牛肉、白萝卜、莲菜，还有干豆角剁在一起准备包包子。

沉默就是理亏。

我要探个明白，到底是啥神秘产品。我趁父亲不注意，蹑手蹑脚又溜进他的卧室。卧室内惨不忍睹：床头上堆放着很多空烟盒，还有成条没开过封的烟。父亲吸烟家人都反对，但他总是以"不叫我吸烟，除非我死了！"来回应我们。

床前放个痰盂，但他总是啥东西都往里面扔，茶水、痰、烟灰、瓜子壳，母亲拾掇不及，干脆有时随他便。床上的被子从来不叠，有时我去了看见不像话，就随手将它叠叠，他就高声说："叠啥叠，我一天睡无数回，都别给我叠，叠了我晚上还要费事伸开。"又是神借口。

不过这借口是在为他的"阴谋"做掩盖：上次就是我在给他叠被子时，在他被窝里发现了"秘密"：西洋参、海狗、蜂蜜、足贴等。还在他的床底下发现有一箱子十瓶所谓的养生蜂蜜、两个太空被、枕头等。

他把这些东西埋在被窝里不让母亲和我们看见，谁知被窝让我搜搂出来。发现后我们每次都是吵啊吵，每次他都是红着脸辩解，并下令"以后谁也不准乱扒我东西！"

"爹呀！你又在瞎买东西！光上当。要把人气晕。"

像这种早上天不亮就去听课，免费领东西，时机一到就被钓鱼上钩的事，在爹身上时常发生。

家里有父亲置办的高级东西：按摩椅、头盔、床垫、太空被、降压枕、人参胶囊、灵芝草、冬虫夏草，还有能返老还童、降压降脂，什么治疗心脏病、糖尿病、中风偏瘫等神药。老人们深信不疑，我对老父亲没招了，东西都买回来了，能咋地，有的拿回来他就没用，只能放在家里。

家里来人了，他总是有意把他的神效产品拿出来让人们体验。其实他也知道根本没有多大用处，虽然也不同程度地受到亲戚的批驳和攻击，但都考虑到他年纪大，也没有过多指责，只是大骂卖保健品的商家太黑心，专骗老人，并回过头来提醒老父亲长个心眼儿，不能听信他们的话，他们都是忽悠老人，骗钱的。

有时父亲也知道自己上当了，每次买罢东西回来，几天后他也知道后悔，但又理亏，不好意思说出。也向大家保证，以后不再买了。但每次都是管不了几天，一遇到哪儿有讲座，总能传到他耳朵里，他就又犯病了，总会有一种力量在后面推着他，腿总是觉得痒痒的，总走向那个魔性场合，手总是痒痒的，情不自禁地将钱从口袋掏出。

我嘴唇磨薄，牙叉骨说的发疼，对老爹基本无用。咱又不能把人家商家怎么样，即使举报、投诉也是治标不治本，咱老百姓又能咋样？

然而，有一次是父亲主动配合我，上演了一幕最惊心动魄的追款戏。

爹和娘那几天不知为啥事生气了，娘半路上遇见我说："环啊！我是有苦难言啊！你爹要把我气死！"

"咋了咋了，妈？咋又气住你了，咋要死要活的？"

"他不让我对你说呀！他又花了一万多买东西，算了，我不给你说了，说了也没用，东西已经买回来一周了，他都吃了两瓶了。"

"啥产品？放在哪里？"

母亲摇摇头终究没有说出来，转身走了。我急着去上班，没有再继续问下去。

那天上班，我内心很乱，心不在焉。

心想：这老爹真要把人气晕啊！五百多元的头盔说能治疗高血压；四千块的床垫说能软化血管，通经络，赠送神奇太空被，神药枕；买人参西洋参等名贵草药酒；价值四千元的按摩椅，按摩腿部的，后来他和几个老人砍价，最后一千五，说能治疗腿疼；墙上钉了很多钉子，挂满了五颜六色的塑料袋子，里面各色的药品、保健品等长生不老药；被窝里，枕头下，床底下，私人箱子柜子里，袜子口袋里，都藏着秘密，长生不老法宝，神药。

爹呀！你被人家蒙骗，回来却和我们捉迷藏。尤其我这个爱管闲事的女儿，你更不想看见。

我一去他家，他都赶紧藏匿他的东西。尽量别出现在我视线之内，像我给他叠被子，打扫卫生之类的事，他算恼极，张开嘴巴大骂我。

母亲和他不住在同一间卧室，爹好咳嗽，吐痰，因此晚上自觉分开卧室。母亲也管不住他，他一辈子就不想让人管，说话难听，好发脾气，老子天下第一，唯我独尊，亲戚邻居得罪完。因此都不想去和他理论争吵。

这一次我必须管！我不能让母亲气死！不能让他再受骗了！

下班，我二话不说直达他的房间，搜寻一圈，没看见东西。最后在床底下看出来一箱子东西。打开一看，像成条的烟，一共有几十条，上面写着"海狗玛卡×××"字样。我浑身发抖，这就是母亲哭的原因。这就是这几天父亲神色不对的原因。

这时，我听见父亲回来了，我赶紧把箱子放回原处，要不他又要骂我在扒他的东西。

他声明过，不准我进他的房间乱扒。我蹑手蹑脚出来，装着什么都没看见，坐下来吃饭。可是爹的一句话让我倒噎了一口气。

"你也别装，你娃子刚才在我床底下扒啥哩，你当我不知道！"父亲边吃着饭，边把帽子取下来，用手使劲抓来抓去，也不怕头皮屑落到碗里。我端着碗身子下意识地向后一避，唯恐头皮屑落碗里，哎！大家都习惯了他的邋遢，然后再继续吃着。

"爹，你看见我扒你东西了？那你老实说，你那箱子里是啥东西？多少钱？"我也壮壮胆说话了。

"叫你爹自己说多少钱，家里没有闲钱，他还让我去取钱，我没去，就把我摆摊的钱凑凑给人家，一万多！"母亲见我说话，就干脆直说，她压抑很久的脓该挤出来了，要不真要把娘气死。

屋里的气氛很紧张，静得连根针都能听到。我听得见父亲心跳加速的声音，也听见母亲愤怒得大口大口喘气的声音。

"实话给你说吧！那天我鬼迷心窍了，听信那两个人的话，说这药能治我的脑梗，长期喝能治疗百病，预防中风。他们都跑到家里来讲，有两个妇女也在旁敲侧击，三不说两不说，你妈也主动把钱拿出来给人家。"

父亲这次似乎没有起高腔说话，声音很低，还略带悔恨，满脸红晕，一边说着自己当时的无奈，一边骂着那些买保健品的人，"买罢我都后悔了，东关老王也后悔了。我也没办法。那鳖娃们，喊爹喊妈，可亲热了，没法说不买。"

"我是被逼的，当时我要不拿出钱，人家能走吗？你别说能话儿，我成天都叫你把我气死，家里就那几个钱，非把它整光，你才安心！"看得出母亲当时肯定也被忽悠迷了，他俩谁也不说谁。

"爹，你给我说，那个人现在在哪儿，他们是个集团，这几天住在哪儿？我去找他。"我放下筷子，忽地站起来，一副要替父亲出气的模样。

爹一脸不屑，认为他女儿在吹大话，说：

"他们说在北环路有个办公地点，长期在这里服务，这咋退，我都拆开箱吃了两瓶了，怕人家不给退。不过那人给我留下个号码，说有不懂的地方可以随时给他打电话。"父亲一脸惊恐，又垂头丧气的样子。

"爹，你别怕，你再跟那个人打电话，就说你邻居也想买这保健品，让他过来。我让他把你的钱退回来。"我在父亲面前的那副胸有成竹，使他觉得眼前的女儿似乎真的有能耐。

没想到第二天，父亲真的把那个卖药的年轻人骗来了。那人还真以为邻居也要买，又要钓大鱼了。

我正在上班，母亲打来电话，声音很小，神神秘秘地说："那个卖药的人来了，正坐在咱们屋里，你赶紧回来！"

半晌旷工，罚钱！顾不了这些。飞一般回到母亲家里。打开门的一刹那，我看见那位西装革履的年轻人，正在和我父母和"邻居"（就是我公公，来充当要买药的邻居）讲着什么。看到我进来，那人连忙闭口不讲了。

我站在门口一分钟时间，没说一句话，只是怒视着那个人，我那天穿着黑皮大衣，站在那里不说话，那气势很吓人。

屋子里瞬间鸦雀无声，静的出奇。大家都不说话了，父亲看看我，又看看那个人，而那个年轻人浑身不自在，脸上一阵发红，顺手抓起茶杯喝了一口茶。

"你就是卖给我爹保健品的人，我问你一个问题，这产品你父母吃了没有？你会让他们吃吗？你知道这个老太太推着小车每天出去，能挣几个钱？你一箱药把她的一年血汗钱骗走了！你真能做得出来！"

"这东西不是坏东西，我父母也在吃！"

"你纯是胡扯！不要多说话，我们要退款，你必须把钱退给我们！否则我要报警。"

"退，可以啊！但必须到下个月退。我们公司有规定。"

"你们有公司吗？你们的办公地点在哪儿？到下个月你们不给退钱，我们找谁要钱去？"

"有！在北环路！不会骗人。"

"走！我跟着你一起去看看，你们在哪儿办公！你给我签个字退钱！"我步步紧逼，容不得他说谎。

我始终站在他对面，手指着他，步步逼问。开始声音也不大，但句句直达要害，掷地有声，后来声音大得连我自己都害怕。父亲、母亲和我公公在旁边吓得都不敢再接话。我接下来的话更让他们胆战心惊。

我一刻都不愿意留这个年轻人坐在家里，我赶他走，并表明让他前面带路，我去他们的办公地点看看，判断他说的是真是假。母亲害怕了，拽住我的衣袖小声说："别去那里，他们要是找人打你咋办？"我一把甩开母亲的手，甩门而出。

那个人走下楼，我在后面，都骑上电车，一前一后。就在路上我报警了，正说着，我跟着那个人拐了好几个弯，来到贝壳酒店后面的私人房子，那是座四层单元楼。那个人对我说："那上楼吧！公司在四楼！"

我吓出了一身汗，四楼！会不会将我骗到黑屋子里，我联想到传销窝。又想到母亲刚才的担心，我腿有点儿软了！

"吭吭"，脑子一动，我掏出手机站在一楼转弯的台布处，假装给亲人打个电话，吓唬一下那个人：

"喂！大哥，我在你家门前，你在家吗？好的！在家就好，我现在上你家四楼有点儿事，一会儿我再下来你给我开门哦！"

我哪里有大哥，纯是瞎编。因为我的确害怕上四楼。那个人听见我打电话，就问了句：

"你大哥也住在这楼上？"

"是啊！一楼就是他家！"

到了四楼，那个人打开门示意让我进去，我吓得浑身冒汗。真的怕屋里有坏人，我说："你先进去吧！"

那个人走进去，又走进里屋，我就没有进入，只是站在门口看到墙上都是广告画面，公司简介，公司领导人讲话内容。我又迈进去一看，里屋是两室一厅，没有人，我悬着的心放下了。他们员工都是打的地铺，地上的被褥很乱很脏，没有床。靠墙边堆满了成箱子的保健品，看起来有两百箱。一箱子上万元，两百箱两百万元，这家伙们坑老年人的钱不眨眼睛！

我退出门站在门外说："这就是你们公司？那我还不放心，你给我找个证明人，要是你们跑了，我找谁去要钱？"

那人说:"你放心,到下个月我肯定回来给你父亲送钱!要不我领你去见一个人,让他证明一下,要是我下个月不退钱,你去问他要!"

"那走!去找他!"一刻都不能停。

我噔噔噔下楼,那人在我后面走。我又骑上电车跟着他拐几道弯,来到体育场院内的单元房里,五楼一家,打开门一看也是七十多岁的老两口。那个老人安慰我说:"妞儿,你放心,你们如果不想要了,下个月他会退钱的!我保证!"

我才罢休。

回来后,我对父亲说:"你知道吗?这一路把我吓得,我怕他们把我杀了!你以后可别再上这当了!他们都是骗子,啥公司,都是用假产品忽悠你们老年人的。几块钱的产品卖给你们几百元,几百元的产品卖给你们一万元!"

父亲低着头一句没说话,理屈了,或者也许真的领悟了!

到了下个月,钱是送来了,但父亲拆开的两瓶药扣除五百,又扣除手续费等,剩余九千多退回来了。

哎!后来,父亲见到大东关的老王夫妇俩,说起这件事,父亲似乎以女儿的"跋扈"为荣。老王说:"你闺女真厉害,能把钱逼回来,我买了两份花了两三万,还不敢让我儿子知道,现在放在床底下,后悔死了,不敢告诉儿子啊!"老王老婆还抹着眼泪。

父亲还说:"我闺女那天恶里很,那个人惊了,不敢不退。我闺女那天的气势啊!我见了都怕。"

爹呀!爹呀!别说了!这是丢人事,不是光彩事!那天我吓一身冷汗,你是不知道!

父亲就对保健品感兴趣,对那些纪念币、收藏之类的东西不感兴趣。他不买,他可怂恿鼓动我公公去买纪念币。还说:"亲家,这东西好,十大元帅纪念章,你给你孙子买一套,等以后升值!"

我公公真的被忽悠买了一套纪念币七百元，还觉得占了很大便宜。不过他儿子回来了说："都是忽悠你们老年人，这东西值一百元。"

然后转过身又对我说："你爹可挺美，他不买，可叫他爷花钱买。"

我的爹我可知道，他从来不为他人着想，只想着为自己吃保健品着想。

如今，听母亲说，父亲又在起早去听讲座，不知在哪儿听的，下雪天每天拿回来鸡蛋、挂面、牙膏、锅碗瓢盆、佐料粉、毛巾等。有时他见我了还硬把他获得的便宜分给我，我就是不要。他屋里堆了一堆占来的便宜物件，不过母亲说，钱不让他掌握了，他身上至多装二百元，让他跑，权当锻炼身体。

说的真好听！

爹呀爹，你忘了吗？你那个老朋友张老头，那年死在家里，等儿女们打开床底，发现下面有八套西装，都是他买保健品赠送给他的，他连他儿子都不让知道，西服也不让儿子穿。最后保健品也没吃完，人突发心脏病上西天了！你忘了这件事了？

这大雪天，爹你每天早上都又跑哪儿了？我都忙死了，我已无力追问了，也没时间跟踪你了！我真拿你没招了！

我都累死了！我都气晕了！……

父亲，你有没有陪我们走过亲戚？

清明节之前，无意之中，我读了一篇关于儿子祭念父亲的文章。

文章的大意除了表达对父亲思念愧疚之情外，就是对父亲的不满和疑惑，包括小时候父亲对家人的冷漠不关心，到后来求学后对儿子的不管不问，以及后来父亲去世时自己的麻木与欲哭无泪。

读了之后，我内心五味杂陈，总感觉有些事情似曾相识，不由自主地拿文中的父亲与自己的父亲对比，内心感触很深。

晚饭后，我闲着没事来到母亲家。母亲正在做饭，父亲一个人坐在沙发上看着电视。今天父亲的打扮有点特别：脚穿一双母亲的红色大棉拖，头上戴了顶藏青色有很长帽檐的青年帽子，帽子上还有几个醒目的英文字母。一个七十多岁的老人，这样一身打扮很搞笑。

对于我的到来，他总是视而不见，从来不打招呼，只顾一个人静默地坐着看电视。

我和母亲闲聊几句后，我又坐到客厅沙发上，尽量坐在父亲对面，试图让父亲一抬头就能看到我。可是父亲一个劲儿专心看着电视上那个"说书"的女人。我不在意是什么内容，但是他却听得出奇入神。

母亲问我："清明节放几天假？"

我说："三天。"

话音一落，父亲这下可接嘴了，大声说：

"丁丁（父亲的孙女）她们放假了吗？让她回去给她爸烧纸。"

"烧啥烧！小孩子家她懂个啥？人死了啥都没有了，烧个纸不当他又活了！不回去。"母亲接过话茬儿，坚定地说着。

母亲这样说大概是因为弟弟太年轻，侄女又太小假期还有作业要做，不想让她分心。父亲不语了，接着看他的电视。

"你年轻时也没有主动去给你爹上坟烧纸，现在老了来指挥别人。"母亲显然有些抱怨。

我也凑热闹，不断地帮母亲说话。母亲数落起父亲年轻时懒出头，什么事都不愿伸头，不知道心疼体贴母亲。

我忽然问了一句："爹，我也问你一个问题，我们小时候，你有没有陪着我妈，带着我们走过亲戚，赶过大集？我咋小时候就没有印象。"大概是忽然想起上午读的那篇文章，这个问题水到渠成，随口问出。

父亲仍旧对这个话题不感兴趣，镇定自若，没有作声，面无表情地张着嘴，看电视依然专注。

"他从来就不和我一起走亲戚，就连我们刚结婚那年，回老家给你爷上坟他都没去，后来你奶奶和我一起跑几里路烧纸上坟的。上你外婆家走亲戚都很少去。"母亲一股脑儿地说了一大堆牢骚话。

"那些年都是步行，我领着你们，走亲戚，走路很艰难，背一个抱一个，他都不说帮帮你，我累死累活他也不说替替你。"母亲越说越上火，愤怒之情溢于言表。

屋里的硝烟味有点儿大了，老人战争即将打起。父亲这时候慢吞吞地说：

"我那时主要是怕喝酒，所以不想去走亲戚。"

父亲刚一开口为自己找个借口，又被母亲打压下去。

"别说能话，你就是不想管我们娘儿几个，你怕出气力带孩子，拿东西！就不像个男人，我不想提过去，我那时艰难死了，不知流了多少眼泪。"

父亲好似真的理屈词穷，无言以对，才慢慢起身离开了沙发径直走

132

进里屋，然后又走出来，摘下了那个酷似导演的青年帽子。

对于我提的那个问题，从父母那里是没有答案的。那个岁月给了父亲们太多的无奈和力不从心。以父亲的保守固执的性格来说，他是不会给我清晰的答案的。

但我内心其实是有答案的。

"父亲，你有没有领我们走过亲戚？"这个问题我问了身边的朋友，他们大都说，在那个岁月里，别说一块儿走亲戚，就连回娘家，夫妻俩也不能并肩并排走路，也不能一前一后走得太近，免得村里人笑话。有的夫妻俩回娘家走亲戚，男的要么提前去，要么等女人到娘家了然后再走，害怕在路上一起走路碰到熟人。偶尔见到两夫妻一起抱着孩子回娘家，并排走，人们都会说人家闺女没教养，不正经。

这大概就是父亲在那个年代不愿和母亲一同走路的原因吧！也许还有其他原因。不过，如今父亲的沉默和对于母亲的指责、抱怨的不抵抗，大概就是自己最好的解释吧！

童年的记忆在肆意蔓延，疯长着，我却始终抓不住我想要的镜头，极力搜索，总看不清父亲的温柔与细腻……

小时候我们都害怕父亲，自己的言行、穿着总受到父亲的钳制和监督，见他时总吓得大气不敢出。

现在我步入中年了，不再怕他了，父亲也老了，他更多的时候是沉默和寡言。大概是历经岁月淬炼，饱经风霜之后，他承载的悲戚太多，他渐渐收敛了昔日的倔强与暴躁，选择了对生活的淡然稳练和对子女的妥协。

命运给这个渐入暮年的老人开了个玩笑。他唯一的儿子丧命于车祸，那年，他 67 岁，他的儿子 35 岁。

那天去南阳殡仪馆里，当我们把弟弟的死讯实情相告他时，父亲老泪纵横，没有说话，只是张开嘴巴大声地"啊！啊……"几乎昏厥。

弟弟活着的时候，很少与父亲交流。父亲对他这个唯一的儿子并不娇惯，相反整日冷言冷语。弟弟从小都很害怕他，有心事从来不和他交流。弟弟遇到困难时，做父亲的也从来没有正面鼓励帮助他，相反父亲总是借酒，或者在人多场合里贬低弟弟，以至于后来弟弟压力太大，后来被一场车祸终结了人生。

一口黑乎乎的棺材将父子俩隔开，一里一外，阴阳两隔。

弟弟出殡那天，父亲在亲人的搀扶下趴在棺材上，看着他唯一儿子的最后一眼。自己高大英俊的儿子冰冷地躺在那个黑黑的棺材里。当他揭开盖在弟弟脸上的黄布时，父亲却哑着嗓子"娃啊！我的娃呀"之后接连不断地咳嗽，一阵昏厥。这是我第一次见父亲彻骨恸哭，但是却悲哭无声，老人只是嘶哑悲鸣，那声音似乎是从肚里鼓出来的，让人撕心裂肺。

痛穿了心脏，泪浸湿了衣裳。

听母亲说，奶奶去世时，父亲都没有哭出声来，只是在心里鼓着，泪水盈满眼眶。弟弟的死，他是破例用劲儿哭出声来，只是声气嘶哑。可见老年丧子之痛远远超过了老年丧母之痛。

经受老年丧子凄痛后，父亲变得寡言了，像变了个人似的。他后来有一段时间心理上有了问题。

英雄广场上有一个三四岁的男孩没人要，据说是位爷爷带着孙子出来，想把孙子送人，家庭困难，孩子没了父母，爷爷照顾不了。父亲内心有点儿湿湿的，他回来跟母亲商量，想出四万元将这个孩子买下，想自己养着，当孙子、当儿子养都行，遭到母亲和我们的极力反对。

后来他就再也没有提了。

可能是受传统封建思想的影响，父亲认为没了儿子，在人面前就低人一等，尤其是在农村里。于是他在弟弟去世后就基本不回老家了，住在原本应该住着自己儿子，现在却不见踪影的房子里，那种落寞孤寂的心境可想而知，所以出现想再买个儿子的错误想法。

就是这件事从此改变了父亲的性格。他变得与世无争，不愿与人辩解，包括女儿对他的指责批评或者关心体贴，他也面无表情，丝毫没有情感流露。

带着思绪浅浅掠过昔日的岁月，追忆的闸门关不住过往的印记。

在我的记忆里，虽然父亲很少领过我们走亲戚，赶大集，但父亲内心还是很疼爱我的。小时候的我：大眼睛、白皮肤、自然鬈发，像个"洋娃娃"。有一个镜头刻骨难忘：我生病了，父亲曾给我梳头，那天我坐在地上，父亲为我扎过辫子，为此招来邻居姐姐的羡慕之意，因为她父亲从来不会这样做的。除此之外，父亲还单独带过我去街上买鞋子、看病等。

随着年龄的增长，父亲试图努力在弥补我们童年缺失的父爱。

在我考上学的那年，父亲亲自送我去上学，在路上父女俩几乎没有对过话，一路沉默，一直到校，安置好我的住处后，父亲领我在校门口的饭馆里吃了一碗面，又带我去见学生科的魏科长，魏科长是邓州人，父亲说好歹有个熟人，有个照应。魏科长一家对我的确不错，父亲也很放心。

我在那个山城上学时父亲去过三次，每次去我们都没有过多的话，父亲只是过来看看我，因为那个时期我身体有病，父亲总不放心。每次父亲离开我都没有送过他，只是说："那你回吧！我在这里会好好的，药我会记着吃的！"

在那个岁月里，这也许就是父女俩最简单、最原始、最感人的对白。

在父亲面前我没有撒过娇，没有任过性，很少和父亲争论过什么。不过只有一次，不知因为什么，我和父亲在那个暑假的夜晚，在家里发生了争吵，双方仅仅就各自吵了一句。我记得那天晚上我哭的很伤心，我睡在里屋的床上哭着说着什么，具体后来我说什么我也记不清了。我只记得那天晚上父亲仅仅就吵了我一句，而我却哭诉了很长时间，仿佛把我从小到大的孤单苦闷和对他的不满全抛出来了。父亲在正屋里坐着一句没再说，可能是母亲不让他说话，他只是听我边哭边说着。我记得妹妹睡在我脚头，妹妹也在被窝里哭着说："姐，你别说了，别哭了！"

那晚之后，我的病更严重了。不久开学了，我又踏上了北去的车走了……

也许是对那晚的争吵的愧疚或者对我的身体不放心，在一个大雨倾盆的日子里，父亲只身来到学校看我，什么话也没说，只是站在我们教室门口和我身边的同班同学闲聊几句，问他们这里学习忙吧，生活好吗，问问这些孩子们都是来自哪个城市，好似他们是自己的孩子，就不问我的情况。

我站在他身旁，没有拉他的手，只是站在那里一声不吭地看着父亲的全身。虽然父亲没有和我对话，但在那一瞬间，之前和父亲那次争吵，仿佛抛却在遥远的以前，我蓦地感到了父亲内心还是有温度的。

最后父亲要走了，他才说："钱够用吗？药给你拿来了。我走了，我回去还有事，天不早了！"

父亲走了，他没有让我送，我也没有勉强送，至今想起有点儿后悔，为什么没有送他到大门外，只说了句"那你回吧"。因为从小到大我和父亲很少并肩走路，即便一块儿，父女俩总是一前一后，一路基本无语。还不如不送他，不过我站在楼下目送他的背影消失在路的尽头，满眼含泪，那天晚上我没有和同学们去餐厅吃饭……

一晃二十几年过去了，岁月轮回更替，流年似水疾走。那些属于过往的镜头总历历在目，时不时地撬开你的脑壳钻入你的脑髓，让你苦苦追忆，慢慢品味。或伤感、或沉思、或愉悦、或难忘……

时代的铁刷，磨平了父亲原本应有的性情棱角，抹掉了他对亲人本能的温柔情愫。残酷的是，他呈现给我们的是难以描摹刻写的底板和无法正确评判的中性角色。

也许，父亲有属于他自己的那份担当和迁就，只是不愿流露，他暗自独尝着尘世的味道，承担着人情的冷暖与俗事的繁杂。

那些年，父亲和我们的距离很远很远，有时我试图拉近他和我们姐妹几个的距离，总那么艰难，力不从心，他也在努力改变，却难以奏效。

如今父亲老了，不再有过去的暴躁威严、任性和冷峻，替换的是老年的痴呆、满腹心事和沉默寡言。那副僵硬的脸是在流年之中打磨历练出来的，那道道刻在脸上的皱纹裂痕，犹如正在同岁月残酷地进行较量和比拼。

"父亲，你有没有陪我们走过亲戚？"这是一个幼稚而沉重的问题，也是一个在特定年代里，谁也无法给出合理解答的问题。答案已经不重要了，重要的是父亲今后能不能真的与岁月较量，与身体病魔抗争。

愿父亲在迟暮岁月中，仙福永享，寿与天齐！

你在天堂，可好吗？
——写在失去你的日子里

再一次走上小弟的坟头，已是他第四个祭日了。

靳庄村里大多数人家都外出打工了，游走在村头或家门口的只有老人和小孩。进村后我一路同父老乡亲问候寒暄一番后来到家门口，娘家的大门依然紧闭着，生锈的老锁上落着厚厚的尘土，隔着门缝向里面望去——满院杂草，荒芜。我很清楚为什么会这样，自从小弟去世之后，年迈的父母不得不离开这个容易让她们伤心的地方，搬到县城居住。我摸着那把布满灰尘的老锁，良久无语，只是腿和手不争气地抖动着……

我拎着鞭炮和所谓的"纸钱"，拖着沉重的双腿，乌龟似的从门口经过麦地走向坟头。田野里一片空旷冷寂，麦苗刚露头，遥看青色近却无。秋风萧瑟，迎面吹来，一个冷颤使我浑身顿生"鸡皮"。抬头一看，弟弟的坟就在眼前，我两腿又开始抖动起来，泪涌眼眶，不争气地流下来。荒凉的坟头，又低又矮，坟头上几棵野草在秋风中无精打采的摇曳着。烧纸时用的土口砖洞里很干燥零乱，除了有一堆上次烧纸时留下的纸灰之外，别无他迹。弟弟太年轻，因此一般没有人来给他烧纸的。

我告诫自己不哭你了，以前我每次来都是伤心欲绝，哭得死去活来，甚至十天十夜都哭不够。而今我抓着坟头的土，紧紧地，依然控制不住自己，低声哭着……

小弟，不管你出事前内心到底在想什么，现实是你永远离开我们了，留下你最亲的人在这个世界上。他们总显得极度落寞与孤寂，尽管姐姐

138

们会尽力照顾他们。

一向要强的妈，在你出事当天伤心过度，几近昏厥。她嘴里哭喊着："我的儿你可争气了！"我不明白为什么妈要那么哭你？她绝望可怜的眼神总会流露出更多的疑惑，她始终认为你是想不开而借车祸了结生命的。自从你离世后，妈就离开家来到城里你的房子里住，因为埋你的地方到咱家门没有任何遮挡，妈每天开开门就望见你的坟头，伤心欲绝，哭的死去活来。来城里后我基本上不让他们回老家，然而就在你百日之际，妈开始说好她不回家，可后来她总找各种借口要回去，并保证不去坟头哭你，谁知午饭后她背着亲人一个人偷偷跑到你坟头哭得撕心裂肺，肝肠寸断。后来我们听到哭声来到坟前，大家并没有劝她，都静静地站在那里任泪水淋湿我们的衣裳，任哭声刺痛我们的心脏，让她哭吧！否则老人家会憋出病的。

妈哭道："我的儿啊你死得屈啊！你让我这白发人送黑发人啊！儿啊！你好狠的心啊！"

"娘把你养了三十多年，到头来妈却盼个土鼓堆呀！叫天天不应，叫地地无声！"

"儿啊！妈为了你，再苦不叫苦，再难不求人，到现在我落个啥呀！"

…… ……

雪依旧在下着，妈两手紧紧挖着你的冰冷坟土很深很深，久久不松手。妈哭的话太多了，太凄惨了，她仿佛把这多年积压在心里的话都哭出来了。那天哭后，妈生了一场病。为了打发寂寞时光，更为了不过度伤心，抑郁成疾，年迈的老母亲推起了小车在城里做个小买卖，她并不是为了挣钱，她每天穿梭在附近的街道上，结识了许多老年朋友，开心多了。然而当她拿着每天挣来的小钱时，并不那么开心，她总会说："人老了要那么多钱没意思！"看得出来，她失去儿子，总感到生活没了意义，没有了精神寄托。

　　爹更是像变了人似的，一向健谈的他突然间变得寡言少语了。有时低着头闭着眼睛长时间不语，有时目光呆滞看着窗外，有时沉重地嗯嗯叹气。你刚离世的日子，他为了掩饰痛苦，到亲戚家帮人家干活儿，浇地，借此冲淡悲伤，有时一个人坐在冰冷的地头吸烟，凝望天空，任凉风吹面。后来来城里生活，看着这原本住着自己儿子而现在不见踪影的房子，爹总一整天待在家里不说话。有时亲戚来了也会埋怨他平时对你太严厉，不和自己的儿子交流，才导致儿子心里有苦却不敢表露。有时他也深感后悔，觉得自己平时对你关爱太少，总爱伤你自尊。

　　现在爹的身体一天不如一天，他有许多顾虑，有一次他老人家提前照个大头像，声称"遗像"，并说早点儿准备着，省得以后得急病死了来不及照相，为此我又吵了他。可后来有一次我去家里看望他，发现他拿着你的全家照和他的"遗像"呆呆地看着，看见我进去，他赶紧把你们的全家照放在他的照片下面，为此我又吵了他。不过每次吵后，我心里很不平静，也很后悔。那些天，不知什么原因两位老人总为一些小事吵嘴生气，我天天去给他们评理、开导，有时我哭他们也哭。爹很少来你的坟头，但每次回家他总站在家门口不说话，死死盯向你坟墓的方向，然后眼睛红红的，看得出他内心比谁都复杂……

　　更可怜的是你的女儿丁丁。也许是命中注定，可怜的孩子五岁就没了爸爸，也许她还没有把你的模样清晰地记在脑海里，每次问起爸爸时，她总不善多说，低着头很无奈，不知道怎样回答别人的问题。在你事后不到一年，她妈妈在没有通知任何人的情况下就带着娃子另嫁他人。孩子从此开始过着寄人篱下的生活。孩子不懂事，根本不知道什么是幸福，也许认为只要有吃有喝有住就可以了。最初还可以，后来娃子回来告诉妈：她们并不幸福，并说有天晚上母子俩被赶出来，冒着大雪，深夜母子俩住在宾馆里。还说自己一个人睡觉时，半夜从床上跌落下来，头枕着冰冷的地面……在那个家里从来不敢蹦上蹦下，胆小缺乏自由。妈听后抱着孩子哭得很伤心，妈很疼爱丁丁，每到星期天就等着她回去，妈给她做好吃的，把以前你没有得到的爱一股脑儿地倾注给丁丁。

孩子很思念你的。有一次到我家，无意中我翻到你的照片，也有你和孩子的合影，娃子拿着你的照片好久没有说话，攥在手心里紧紧的……当我小心翼翼地抬头望着她时，娃子已经满脸通红，满眼泪花。可怜的孩子最终没能看到幸福，当她对妈妈的幸福充满期待时，她妈妈又离婚了。原本咱们全家都希望着她另嫁能带着孩子过幸福的日子，尽管刚开始我们都接受不了。谁料到她又带着孩子回到娘家，娃子又开始过着居无定所的生活。

我们尽量开导孩子，告诉她并不可怜，因为爱她的人很多。后来，从孩子的只言片语中得知：她妈妈又要复婚了。我们不知道该怎样对孩子说话，尽可能不提这样实在令人伤感的话题，因为有些问题孩子根本就不知道怎样回答？是继续让她妈妈带走辗转漂泊，还是留在爷爷奶奶身边？孩子小，二老年纪大根本照看不了，还是随她的愿吧！弟弟啊！只要她妈妈真的找到她所谓的真爱，咱们就放心吧！

小弟，你现在在那边可安心吧！你再也没有忧愁和烦恼，没有压力和争吵。你早早离世也好，因为依你的能力无法使别人称心如意，满足不了别人"金钱至上"的虚荣。要知道尽显风度与富裕必定要排除奢侈和浮华，你能有这样的底气吗？有这个能力吗？小弟，除了父母和你女儿，你死而无憾就是了！

但姐总感到内疚自责，有些事情为什么明白得那么晚。姐也为你感到可怜：可怜你始终没能得到亲人的理解，尽管你总尽力解释；可怜你到死也没能发泄内心的恨，尽管你愤怒之至；更可怜的是，你直死没能得到真正的爱情，尽管你那么爱她……你就这样不明不智，连一句"再见"的话也没来得及和亲人说，就客死他乡。一场无情的车祸，一张冰冷的殡仪床，将你和亲人们阴阳两隔。

紧紧抓住你坟头上的土和草，任泪水肆意涌流，燃烧的纸火斑驳地亮着，随风浮动……那阵阵鞭炮声撞击着我原本伤痛而又断裂的心，我似乎听到小弟你哀怨低沉的呼喊："姐！我多么舍不得这个家，我永远爱着你们！"

小弟！你安心休息吧！你的亲人永远记着你，我会照顾好二老和你的孩子的！一路走好，小弟！

姐

写于失去你的日子里

大娘

当一个人不知今夕何年，甚至连亲人的名字都忘了时，她已经傻了，病了。——题记

大娘病了。病在床上已经十几年了。后来又摔了一跤，腿也摔断了。如今真真正正瘫痪在床，需要照顾。

大娘有四个儿子、一个女儿。他们都有自己的工作，都很忙碌，照顾她自然成了一大难题。

去年大伯也去世了。以前都是大伯伺候照顾着大娘的衣食住行。每天给她配药、倒水、做饭。两位老人相互搀扶，相互照应，艰难地与日子对抗着。不过后来一段时期，大伯身体也不好，听说都是几个儿子闺女每天去给他们做饭吃。

母亲经常夸赞大伯对大娘的照料很细致。大伯的确很细心，以至于忽略了自己的健康。突发的病痛使大伯无力抵抗，在经过短暂时期的治疗无果后，大伯驾鹤西去，留下孤独的大娘。兄弟四人商量后，决定由大哥和堂姐轮流照顾，因为他们已经退休了，不太忙。一个轮半月，尽心尽力照料大娘的饮食起居。

这可不是很简单的照料。听母亲说，大娘整天胡噘乱骂，大脑一天天萎缩，很难照顾。腿摔断之后更是艰难，大小便基本失禁。堂姐也是六十岁的人了，自己也有几个孙子需要看护，一边照顾老人，又抽空照顾小孩，的确也是够累的。

我只是听说他们照顾得很细心，很劳苦，一直没有亲眼看详细。今天正月初六，我去给大娘拜年。到了大娘的家里，只见大哥和大嫂在家里忙忙碌碌。已经接近十点了，早饭还没有吃。

　　大嫂说："每天得先把大娘扶起来擦洗身子，换纸尿裤，有时还得抱下床解大便。"

　　我看到大嫂正在地上的盆子里揉搓着一块蓝色的布。那是为大娘擦洗臀部的毛巾。大嫂大哥都已经是六十多岁的人了，伺候老人显然也很吃力。嫂子气喘吁吁，一会儿蹲下身子洗，一会儿起身到床上，揭开被子擦洗大娘。

　　大哥在左边的床沿边慢慢地将大娘的身子向左翻动，大嫂就赶紧擦洗右边身子、臀部、大腿。大哥累得咬紧了牙，半弯着腰支撑着很长时间，大嫂原本白皙的脸庞此时也憋得满脸通红，头发显得很蓬乱，她根本来不及去顾及，只是两只手交换着伸入被窝给大娘擦洗，挪动身子下面的垫子。

　　大哥终于直起了身子，要换换去右边床沿翻动。只见大哥深深叹了一口气，耸了耸肩膀，用手捶捶自己的腰部，就开始又一轮的弯腰翻动。

　　我盯住大哥的脸凝视了好久：那是一张黝黑的渐瘦苍老的脸，没有了光气，同样是一脸皱纹。

　　哦！六十多岁了，他原本也是个老人！

　　一张张宽大的纸尿布，纸尿裤从大娘身子底下抽出来，那是满满的一兜子尿，斑斑渍渍黄色的尿迹，发出骚臭气味。大嫂的胳膊也累得受不了了，她只是轻轻抖动了一下，她的脸仍然是憋得通红。

　　接下来嫂子的一个动作让我惊呆了：她用手伸入大娘两腿中间，大嫂的脸几乎贴近大娘的干瘪屁股，将更大气味的一片浸满尿液的纸布抓出来，那是一大张带着体温的尿纸裤。大嫂慢慢直起身子"哎哟"一声，然后下手一揉，卷起来放在地下，又连忙用温水一遍又一遍地将两腿之间擦干净。

大嫂的动作是那样的熟练，那样的自然，这看似不可思议的动作，在他们看来是那么的理所当然。这是她们每天的功课，习以为常的程序，丝毫没有嫌弃和厌恶的表情。

嫂子怕大娘两腿放在一起时间长了会疼，因为大娘已经瘦骨嶙峋了。大嫂用个软软的枕头夹在两腿中间，左右移动，力求达到舒服为止。

"嫂子，别弄那么细致，随便擦一下就行了！病人嘛，哪能多干净！"我有点儿忍不住了。

"这必须洗净，每天都洗净，要不屋子里会有气味。我们每天把她弄干净，她也舒服，外人进来也不难闻。"嫂子一边忙碌着一边补充着。

我在旁边站着，叹了一口气，一句话也没说。我知道此时我无法找到合适的语言去迎合这种场面，我只能无语地站在那里……

我始终没有说话。

我怕打扰大哥大嫂原本细致的照料计划。我想上前帮助大哥大嫂，大哥赶紧说："你别动，你弄不好！你光看着就行，看看我们成天都在干啥！"

说完大哥笑着，丝毫没有不耐烦的样子。正说着，大娘忽然亮起了好嗓子："我 × 你妈喽！我 × 你爹喽……"

我真惊呆了！

大哥说，她整天就是这样，脑子萎缩，想骂谁就骂谁，每天骂的没回数，习惯了！

又一阵乱骂，更难听了，我们忍不住大笑了。大嫂笑着对我说："你还没听过，今天叫你听听她骂人骂得多难听。"

大哥说："这两天天气好了，她表现还不错，前些天，下雪天冷，她天天闹腾，难伺候得很啊！"

大嫂说他们妯娌几个，兄弟几个都会干这活儿，都干得很内行。大哥总觉得大娘睡的姿势不舒服，又使劲抱起大娘挪动几下，每一下大哥都累得气喘吁吁。然后从床里面跨过来，又开始打扫地上的废纸屑，整理床头的杂物。

大嫂仍在地上的水盆里仔细地揉搓着那块布满尿渍的蓝布，是那样的不厌其烦。之后她又将地上散落的尿布叠在一起，用手抓得紧紧的起身走向卫生间……

这是一项复杂的工序，真磨腾人，但大嫂大哥却总能不慌不忙，沉着耐心地做着，力求细致，力求完美。虽然他们也已经是个老人了。

我在内心默默点赞他们的耐心，全心的照料。

大娘睡在一张病人的专用床，大哥说这是专门给大娘买的，两边都有栏杆，防止久瘫的人不小心掉下来。大娘缩着身子呆板地躺在床上，基本是放啥样就是啥样。

那是一张因岁月霜割，疾病所缠而变形的脸：双眼微闭着，一只眼根本就睁不开，大哥用手拨开眼皮才能露出那只无神的眼球。枯老的赤色的脸上布满了纵横交错的皱纹，眼皮发红，嘴巴瘦得向外凸，牙齿外露基本不合拢，头发剪得很短。

她像一个婴儿一样被强行围坐在床上，床头被摇动起来，半坐半躺状态。她目光迷离地看着前方，似乎看见我站在她前面，又似乎什么也看不见。有时候认识我，有时候又不认识我，甚至连她的儿子也不认识。

我嗓子里有一种东西在哽着，心头上如巨石重压……我不知道，大娘这样活着是享福还是受罪？可恨的病魔，渐衰的大脑，终将使老人掌控不了自己的命运。

岁月无情，它就是一把杀猪的刀。尽管人再有魔力，也抵不过岁月的肃杀。轮回，更迭，人终究都要老去。

在我的印象中，大娘年轻时很干练，走起路来带风，步子很快。她一人在家带着几个孩子干农活儿，给孩子们做饭，照顾老人。那时候大伯在城里上班，几个星期或者一个月回来一次。家里的农活儿大多是大娘干的，她省吃俭用，精心操持家务。

记忆被拉长，思绪回到从前……

那清冷风雨中，从田野里小跑回来冻得瑟瑟发抖的薄凉身躯；那炙烤的阳光下，村东坡崎岖不平的地里瘦弱低矮的收割身影；那门前坑头，田野里冲刷不掉的碎片记忆，在我心头剪辑成一幅幅古老的乡土画卷，一张张不加修饰的黑白照片。

后来她的几个孩子都大了，都工作了，她才住到城里跟随大伯度过晚年。这时她的身体已经垮了，终不能再奋力挣命，一天不如一天。

现在已经八十多岁了，身子骨彻底不行了，瘫痪在床，自然需要儿女照顾。就这么没有质量，没有快乐而言，我不知道大娘这样活着是享福还是受罪。

她的几个儿子儿媳都很孝顺，照顾时都能尽心尽力，毫无怨言。照顾老人、赡养老人是儿女们必须尽力去做的事。

就在这几天，我公公也是病倒在床，需要人照顾。大嫂大哥给我传授一些照顾老人的方法，给老人做饭的技巧，预防便秘，等等。

走出大娘的屋子，我骑着车子，一路上心不在焉，慢悠悠地往前走。阳光洒在整条街道，显然这是一个晴朗的天气。然而我却阳光不起来，蓦然间我意识到：这是这个家族中年龄最大的老人，内心不禁有些沉重……

记忆持续回放到过去。东院二妈在临死前的几年里也是痴呆发傻，后院大妈晚年也是整日精神错乱，痴呆发傻。这婶娘们在历经一辈子的生活磨难之后，都遭受相同的病魔折腾，过着不能自理、丧失思维，甚至没有尊严的生活。相反，这几个叔伯们，晚年意识思路都很清楚，直到突发病重，但他们都走得让人猝不及防，让人难免长时间悲伤。

她们晚年得病期间的片段生活镜头总烙印在脑海里，时不时地从脑海里浮现。有时我在想：母亲以后会不会也得这种病呢？

默默祈祷，活着的人岁岁平安！我不知这个操劳一生的老人到底能撑多久？她到底有多少潜在的能量在与暮年岁月对抗？愿儿女们都要有耐心，沉下心来尽力去照顾老人，也愿天下老人都有一个安详健康的晚年。

祝愿大娘能真正扛过剩下的日子……

一场跨世纪的亲人重逢

经过了相当长时间的分离，当亲人重新团聚时，时光之轮突然向前快转，一瞬间，他们就从当年我脑海中凝冻的形象，瞬间成熟或老去！

此时的你，是情绪激动、兴奋无比？还是油然升起一种时光不待人的感伤呢？现在就让我们一起来看看三十年没有归来的亲人们，现在的模样吧！

这是一场跨世纪的团聚，源于亲情，源于时光，源于思念。

四爹，一个年过七旬的老人，离家几十年，突然从黑龙江回来和大家团聚。这次回来，一家八口人，两个儿子，两个儿媳，两个孙子，披着东北的寒风，裹挟着思念，沐浴着年味归来。见到亲人他们都十分亲切、高兴。

正月初四的晚上，我突然接到母亲的电话，说我四爹回来了，想要见见我。我很吃惊，这么多年，近三十年了，四爹一家一直没有回来，大家都认为他这一辈子都不一定回来了，村里人也是这么认为的。

因为之前，大伯、二爹去世他都没有回来。可能是旅途遥远，年纪大了的原因，回家成了困扰他的难题。

晚宴在汇丰酒店三楼举行。我进去门，一个满头白发、身宽体胖的个头不高的老人坐在酒桌的正上位置，和父亲并肩而坐，正对着门口，我一眼就看见了他。他的两个儿子，王斌和王冬也在桌上，六哥的一番介绍后，我拉着四爹的手不知说什么好，只觉得有股热流从心底涌动，慢慢上溢，填满整个心房。

"少小离家老大回，乡音无改鬓毛衰"。四爹的家乡口音一点儿没改。我在问他："四爹，你生活在东北五十多年了，咋还是满嘴河南家乡话？"

他笑了，眯着眼睛笑得很灿烂，"我肯定不会忘掉，我一直就是河南话，有时候孙子也会说河南话。"

"去年你大伯死的时候，我正好在生病，感冒了二十多天，你小大（六爹）告诉了我，我说今年我不回去了，明年春节我尽最大努力一定回老家看看。"

我见了四爹，四爹一个劲儿地解释着。黄红的灯光下，我看见他眼眶里涌动着晶莹的泪花。我似乎明白了四爹的心情，这是一个七十多岁的老人内心的自责愧疚。不过我们每个人都能理解这个已入暮年的老人的真情告白。

几十年漂泊使他慢慢适应了东北的生活，孤苦无依地在那个陌生的城市一待就是半个世纪，其中一定有他的苦衷和痛处。

我在想：在那个苦难的年代里，在寒冷的冬天，四爹一家人的内心肯定更加孤寂凄冷，承受着远离亲人的思家之痛，除了自己一家四口，在那个城市里再没有任何亲人。

生活的洪流一点一点吞噬了他们归家的梦想，生活年复一年，思念仍会疯草般猛长。

和我们每个人一样，独在异乡，他也在负重，每个人都要前行。那种漂泊、无奈、羁旅和乡思，肯定会纠结和牵扯着他们这个孤寂的家庭。

我在想，这几十年，尤其是中秋节或者春节时，四爹他肯定会想家，想家中的老人和兄弟姐妹们，他肯定极其渴望在这座寒冷陌生的城市里有一些能与自己分享喜怒哀乐的亲人。

人都是有感情的，也许他会站在自己的家门口，面朝河南老家的方向沉思凝望。邓州靳庄是生养他的地方，那里有他的父母亲人，是他魂牵梦绕的地方。也许当他遭受生活磨难，陷入低谷或者被人刁难时，他会想到亲人，他肯定会因为身边没有亲人的帮扶安慰而深感落寞。

这么多年不回来，肯定不会像村里有的人说的，是忘本了，是怕亲人粘他。我小时候听到这话时，只是听听，根本没有分辨对错是非的能力，更多的只是独自纳闷儿。

如今，我以一个同样为生活奔波的成熟人的思维，尤其是以一个亲人的思想来推测，四爹肯定有自己的苦衷和生活的诸多无奈。

不管怎样，亲人回来了，带着一家八口回来了，跨越时空的重逢，不能不说是一种难得的团聚。去年夏天六爹和婶子从合肥回来了，当时大家也是在汇丰酒店团聚的，那晚的热闹气氛如同今晚。年底大伯去世时，六爹从合肥带着儿子回来了，亲自为大伯送葬。

六爹原本住在山东，已经在那里生活几十年了。博士生儿子工作在合肥，后来六爹退休后就随儿子一起生活在合肥。六爹也是军人出身，他爱读书，像个文人，很文雅、和蔼，言谈举止中透着军人和文人的气质。他总是微笑着对我们谈话，还给予我们这些晚辈更有效、更中肯的嘱咐，以及如何陪伴父母、赡养父母，等等。那晚，亲人们坐在一起谈天论地，似乎有说不完、扯不尽的家常话。

家，永远都不会远离你！即使是相隔千山万水，即使是远在天涯。然而，沉默的老家总是在你疲累漫长的行程中生死凝望，所有的思念与牵挂，就是你穿越时空，义无反顾回家的理由。

王东、王斌从当时十来岁的懵懂少年，已变成如今成熟老练的有志男人了。他们的诚恳，他们的谦和，他们的笑容让人铭记。我紧紧握住弟弟温热的手，一种似曾相识的感觉油然而生，那是一脉相承的亲情的温度，瞬间蔓延在面前的圆桌上，升腾到整个房间，温暖着每个人的心。房间屋顶上的顶灯悠悠晃动，灯光迷离闪烁着，原本寒意仍浓的夜晚，在那晚却温暖热闹。大家围坐在桌前，品尝各种美食，年味十足。

饭桌上，一瓶带有红色标签"宁城"字样的黑龙江白酒映入眼帘。

那是来自东北的白酒，那个原本冰冷的瓶子，在这热闹的饭桌上，瞬间升温，东北的浓醇麦香一滴滴流进了亲人温热的心房，慢慢融化，沉淀于心底……

然而再美的佳肴也抵不过久别亲人的团聚。暖灯之下，每个人脸上的笑容都像一朵朵盛开的玫瑰花。

父亲和四爹坐在大圆桌的正上方，两位白发老人谈得更加投入，并不时地挥着手臂，摇头晃脑。灯光下，我看见父亲激动得唾沫星子喷射到四爹的脸上，四爹却全然不顾。四爹几乎把脸贴到父亲的脸上说着心里话，四爹憨态十足，那体态极像二奶奶。

他们的世界我们不太懂，他们可能有属于他们自己的古老话题，是我们这些晚辈未曾经历过的。四爹身体很好，比我父亲强多了，听斌的媳妇说，四爹身体硬朗，退休后还种地种菜让他们吃。

晚宴上大家纷纷拍照留念，幸福之情溢于言表。其间，远在合肥的六爹也给大家视频通话，连连问好。他当时的心情肯定不亚于我们现场温馨团聚的欢乐。他在手机那头显然很高兴，笑的像个孩子，不停地问这问那，母亲还同六爹开起了玩笑。

饭桌上，我听到父亲、母亲、四爹、四妈四个老人的对话：

"没想到转眼我们成了老太婆了！"四妈对母亲说着。

"咱们一定不要忘记咱爷死在竹林桥（湖北）。"父亲在对四爹强调着。

人类最最不能动摇的情感，也许就是那深深的落叶归根的情怀。人们心底最深的牵挂，真真就是那生你养你的家。

对话仍在继续，大哥、二哥的补充说明，才使我对自己老爷的身世有了了解。

老爷当年带着老奶、爷爷、二爷、姑奶讨饭死在湖北竹林桥。老爷死后，当地人把他埋在当地，就把老奶母子四人送回老家。老奶的弟弟

（老舅爷）看着几个外甥可怜，就终生没有结婚，抚养姐姐的几个孩子。

后来二爷就过继给老舅爷当儿子，把姓李改成姓王。听他们这么一说，我才明白家族的历史。李王本是一家，原本都姓李，老家胡张唐的，以前我总对这些家族历史迷迷糊糊，搞不明白。

听父亲说，爷爷和二爷他们后来也曾去湖北竹林桥寻找过老爷的坟墓，但总找不到老爷当年埋葬的具体地址，后来起坟一事就不了了之了。

这是一场跨世纪的亲情会面，但愿以后这样的场面年年都有！

房间内的欢快气氛仍然很高涨，每个人的笑声回荡在整个酒店的上空。走出酒店，亲人们彼此握手拥抱，依依分别，祝福祈祷。

蓦然间，我突然觉得这个小城热闹了许多，亲人的笑声驱走了这个城市的寒意，夜晚的空气温暖了许多……

阿莎的愿望

（1）

阿莎再有半年就毕业了。

今年的寒假她有两个愿望，一是要去打工，二是要摘下眼镜。

正月初十，女儿阿莎从武汉打工回来，拖着大箱子，到家就说道："累死我了！"

阿莎今年六月就要毕业了，她年内吵着闹着要出门打工。阿莎信心十足地要南下打工，利用寒假，准备凭借自己的能力，捞一把金。

她说她在校园招聘中签订了南京一家名牌服装公司的合同，她和室友都要去，我很担心，因为路途太远了。

阿莎却不以为然，她说她要出去锻炼，要我放心，自己暑假已经出去打过工了，有了胆量和自我安全保护意识了。再三争执下，我同意了，只要安全回来就行。

腊月初去的，到南京后，她打来电话说公司对她们专门培训三天。三天后被分到不同的省市门店去做门店导购。三天后，阿莎打电话说她被分到湖北武汉，离家不算远。

干两三天，她说："妈呀！太累人了！我不好意思张嘴卖东西，不会介绍。一天到晚站着不让玩手机，也不让坐。说的是上八个小时班，实际上加班到夜里十来点。"

"不想干了就早点儿回来算了！开始我都不想让你跑那么远，咱们这里的超市也能上班，真不行了早点儿回来吧。"我开始埋怨她跑的太远。

"那我再等两天看看再说！"

两天过去了，我又问她回不回来。她说："算了吧！我就干着吧！到哪儿干活儿都得吃苦，我干一个月吧！"

她执意不回来了，注定春节要在外地过年了。从小到大还没有在外面过过年，今年是第一次。

后来听她说累的话少了，可能适应了！除夕晚上她说她们店里吃团圆饭，初一上午还上班。我通过微信给她发了过年红包，她高兴得合不拢嘴。和我视频时，她说初八就回来。后来又说老板让她们初十回来，店里的人数太少了。

日盼夜盼！

终于到了初十，阿莎回来了，带着打工者胜利的气势归来。工资没发一分，自己还买了几件衣服。公司规定，工资下个月初发，直接打在她的卡上，因为这是大公司，比较正规，该给的工资一分不会少的。阿莎说，估计能发四五千块。不错，真不少啊！

我给她布置了作文题，叫《阿 S 打工记》，写下来做个纪念，因为经历是一种财富。把打工期间的见闻和感受写出来，她答应了，说开学后再写。也许她在骗我，因为她不喜欢记东西、写文章。

（2）

接下来她要实现她的第二个人生计划：飞秒激光手术。

她不想戴眼镜了，嫌麻烦。已经考虑了几年了，说是等到毕业时做了算了。

给眼视光医院联系并预约好，两天后就去。因为年内都已经去做过检查了，说过过完年预约手术。

手术当天的大清早，我们一家四口开车去了南阳，到了医院，就开始做复检，点眼药水，听术前讲座，注意事项。

进手术室了！我和她爸把她送到手术室门口，医生要求她脱下外套、鞋子进入消毒区。我们在家长休息室等待，休息室里家属很多，时间一分一秒过去了，我们都很焦急。休息室里有电视，电视上放着《浪花》电影。

我内心焦急，心不在焉地看着电影，担心这手术有什么意外闪失，我的心跟着《浪花》，泛起一层一层的涟漪。

医生在手术室门口喊患者名字，就说明这个患者手术已经做好了，家属们就要出去迎接。我在走廊里走来走去，听不到喊女儿的名字。

天气渐渐昏暗了，外面哗哗下着大雨，雨点仿佛滴在心坎上。

阿莎两点半进入手术室，一直到五点钟才听见医生喊女儿的名字。我一听见喊女儿的名字，就赶紧到门口扶她，穿好鞋子，带上给她准备好的墨镜，慢慢下楼去。

我看女儿精神状态很好，她说只是感到左眼酸疼。做完手术后四个小时内需要平躺，注意保护角膜，力求尽快愈合。可是我们还是开车回来了，一个小时的颠簸，女儿平躺在我的腿上。我后悔不应该回来，应该住在南阳，因为担心颠簸后对角膜愈合不利。

终于到家了！阿莎经过一夜的休息，第二天早上七点又去南阳复查，我没去，她爸带她去的。检查结果，不错！就等着以后的保养。

阿莎的飞秒手术还算成功，后期主要是用眼卫生，不要过度用眼。

近视虽是常见病，但会给自己的学习、工作、生活带来诸多不便。随着电子科技的发展，青少年痴迷手机、电脑，网络上的信息很多，影响了身心健康发展。

熬夜、饮食不当、近距离看书都对眼睛不利。目前近视的群体越来越大。家长很担心孩子的视力，但孩子们仍不以为意，还是经常熬夜、看手机、玩电脑游戏。实在没有办法。

科技发达了，人们的健康也随之出现了问题。现在是"三人行，当有近视眼"。

数据分析，目前我国近视人口超 4.5 亿人，平均每三人中就有一个是近视眼。其中近视的重灾区是 10～18 岁的青少年，我国青少年近视发病率已超越其他国家，高居世界第一。

前段时间，一篇名为《三五年后，眼睛失明大面积爆发！》的文章引起热议，文章的大概内容也是说人们对电子产品过度依赖，眼睛不堪重负，长此以往，"眼睛癌症"将成为人们健康的重大威胁之一。

可能其结论有点儿夸大，但是有一点是对的，近视会引起失明。到目前为止，我国因近视而失明的人数已达 30 多万人，而我国青少年平均每 10 人就有 5 人患有近视，其中 1 人高度近视，这些都很有可能成为以后威胁孩子眼睛健康的隐患。

按照我国所处的社会阶段，预防近视的技术、手段并不缺乏，真正缺乏的是父母预防近视的意识，对近视的深度了解。

近视是一种疾病，高度近视更是威胁重大，一旦孩子患上真性近视，便再也无法回头了！孩子还小，不懂趋利避害，作为父母，有责任给孩子一个清晰的未来！

不管采取何种治疗方法，父母孩子都要配合好，要有一个严肃认真的态度。

阿莎的两个愿望达成了！祝愿她今后的路一帆风顺！

儿子大学退学前后

我的错误决定致使儿子在求学路上走了弯路……

十六岁不算成年吧！儿子做出了人生的重大决定：从大学退学。

受周围有些孩子上学跳级的影响，加上儿子身体不太好，作为母亲很容易盲目跟风。为了能让他早日考上学，我采取了缩短学制的方法，小学四年级没有上，从三年级直接跳入五年级。不过在他三年级上完的那个暑假，我做出跳级的决定后，就利用半个月时间将四年级语文、数学全部学完。

儿子接受能力不错，就这样，在秋季开学直接进入五年级学习。起初我很担心他跟不上课程，经过考试，我看到孩子成绩一直名列前茅。就这样，孩子一路优秀，很听话升入初中，后又考入重点高中。

到了高中虽然孩子成绩不是很出色，但两千多名学生也能排到二三百名。转眼到了高二，于是我再一次做出了在别人看来不可思议的决定：不让他读高三，让儿子高二直接参加高考。如果高考成绩过二本线就让他走了算了，因为我很清楚到了高三，大量训练题如小山似的，每晚要熬到十一点才能入睡，孩子很累。加上陪读两年，我已经深深体会到高中学习压力之大，我也整天身心疲惫，心力交瘁。

考虑再三，我同儿子商量，儿子也同意了我的想法，决定六月参加高考。当时的报考政策是，只要有身份证，按社会青年报考就可以。

按正常的节奏学习，儿子一直在高二学习，也从未额外做过高考模拟训练题，凭着高中两年储存的半瓶墨水在六月只身奔赴高考考场。

从考场出来儿子一脸平静，波澜不惊，好像什么事都没发生一样，按他所说"就算经经场吧！不行明年再战"。

　　高考后儿子又回到二班级学习，准备高二的期末考试。没等到高二期末考试，高考分数下来了，分数虽然不高，儿子也算如了我愿，过了河南省的二本线。儿子还是平静如初，既不兴奋，也不失意。全家经过商量，决定随便选个二本院校上走了算了。

　　这个决定其实遭到亲朋好友的强烈反对，都认为不能让孩子跳级上大学，小学都已经跳了一级了，不能再拔苗助长，急于求成了！况且孩子才十六岁，未成年，但我还是为我的决策列举万千理由，坚定依然。

　　很快八月到了，福建××学院的大学录取通知书如期而至。儿子把高中所有的书籍统统扔掉或收起，等待着九月六日的报到。

　　毫不犹豫，整装待发，我和他爸送他吧！

　　坐了十几个小时的车，透过车窗向外看去，一路心情舒畅。由家乡的一马平川到福建的山川峰峦，由家乡头上的模糊浮云到武夷山头的团团美云，我们一路陶醉，恨不得一下把美景尽收眼底，那个××城市毕竟是旅游名城。

　　到了××市，下车就看见××学院的学生举着牌子站在那里。孩子们脸上都洋溢着青春活力，在他们的指引下，我们坐上了开往学院的校车。到了学校，我就看见大门口设立许多接待站点，同学们穿着有标志性的服装为新生跑前跑后，极为热情。

　　校园真是气派，从大门进入走到儿子宿舍有好几里的路程，宽阔干净的马路，路两旁有自然而立的小山，湖水平静，树林阴翳，房屋顺着山势自然而建，地势高低起伏，房屋也高低不在同一水平线上，缺乏俨然但也不失自然之美。看上去这学校很年轻，宿舍和教学楼都很新。几经手续之后，我们在一位学生会主席的耐心指引下走进了机械13班的宿舍。

由于方向感不强，我也不知道宿舍门朝哪儿，只知道宿舍进深很长很敞亮，八人间，开始进门就是学生们的学习桌位，桌位上方是个人用柜，整齐划一。再往里走是八张上下铺床位，儿子是最里面的靠窗户的那个床位。最南边是阳台和洗手间。我和他爸帮他把寝室卫生做好，当时我们去得较早，安置好床位后，把被子一铺简单收拾后又回到火车站附近的旅馆住了一晚。

就在当晚，在火车站附近的饭馆里吃饭时，那位厨师的话使我们内心起了波澜。厨师得知我们是河南人后说："河南的孩子怎么来上这所学校，你们河南的学校多好，我们这里的孩子大都考不上你们那里的学校，这所学校不怎么好，原来是个师专，后来升为二本院校，实际上就相当于你们南阳师院或南阳理工学院。"

这些话我们听了内心都不舒服，儿子当时的表情也很尴尬。一位出租车司机也说："这里的孩子们都不爱学习，富家孩子多，大多是靠做生意生活，有钱人很多，所以学风差，一年考不出几个研究生。"我们都没有多说什么，似乎每个人心里都在发生着微妙的变化，彼此相知却又不愿触及。算了！既然已经决定来了，就不能再多想了。

第二天我们就去办理入学手续，一切都很顺利。渐近中午时，我们带孩子在学校的餐厅随便吃点儿饭，我能感觉到儿子内心有了微妙的变化，表情时而强笑，时而凝重，也许就是受饭店厨师和出租车司机的话的影响，我内心也有点满满的，那种情绪不由自主地溢满心头。只是没能说出来，不敢表现出来，怕影响儿子。我内心觉得儿子上这所学校有点儿吃亏，年龄太小了，还没有上高三，要是坚持高中上完也许能考上比这所学校要好的学校。

当天从家里出发的时候，朋友都说这孩子上大学早了有点儿亏，朋友开车送我们到内乡火车站时还说："算了吧，不去上了！现在决定回头还来得及。"虽是玩笑但绝对发自内心，我们已经决定出发了，几乎没有回头的可能。

下午儿子陪我们在学校里逛逛，偌大的足球场，宽阔的马路，高大雄伟的图书馆、橡树、枫树、香樟树等相间植栽，俯仰生姿。校园景色宜人，山环水绕，湖面平静，绿树成荫，一对对恋人也成了道道迷人的风景。

我们该走了，离开儿子返回。我不敢多给儿子说话，尽量说这所学校如何如何好，还让他安心在这里学习，不能让他动摇。我们在大门口与儿子分别时，话还是越少越好，我怕说的多了眼泪会不争气，毕竟儿子太小千里之外求学实在有些于心不忍。我在克制自己的情绪，说一些转移心情的话题。边说边走，出租车开了，我赶紧坐上了出租车，和他挥手告别。

看着儿子也向我们挥手，这时我的眼泪决堤了！泪水扑簌簌往下流，只觉得心口堵得很紧，透过车窗我看见儿子也在克制，有着男子汉固有的坚强，表情牵强笑了一下转身离去……

在返回的火车上，从福建出发一起朝着北方走，天上的云由团团清晰变为迷茫模糊，我的心情的变化比云还复杂。这一路上相伴的云彩，撒下的除了对儿子的挂牵，还有从没有过的困惑与纠结。

我们夫妇俩在车上还在为儿子过早进大学而讨论，内心愈加杂乱。我眼泪流了一路，一夜没有合眼却也不觉疲倦，重新审视着我们的草率决定，静坐相望，谁也无言。

事已如此，一切还是顺其自然吧！祈祷儿子能安心上课，快乐每一天，心思稳定。

一开始儿子每天一个电话，还没发现儿子的心态变化，我总鼓励他在那里安心学习将来考研。可是十来天后，儿子打来电话，他说出了我一直担心的话题，他说他想退学不上了！

我一听既害怕又慌乱，出乎预料但又在意料之中。他表达了自己对这个学校的看法，所有的观点大多是从学长学姐那里了解的：说在这样的普通院校上，将来考研的概率很小，一年考上研究生的就是不过十几人；说这里的学生大多不爱学习，学风不如河南学校，怕三年后考不上研等。

那晚电话沟通了很长时间，我千劝万劝，总算先答应在校继续上，明年3月回来跟高三班训练，大学学籍先保留，万一明年高考考不好了就继续来这里上，如果考得好就上别的大学，总之不能退学回来。

那些天，在单位只要我一静下来就想到儿子，想起这令人纠结的事总禁不住默默流泪。我总是一个人坐在办公室里默默静坐，不让别人提儿子，同事一提我就全线泪崩。我在反思自己的失策与急于求成，我真没头脑，自以为聪明无敌，硬生生非要拔苗助长。到头来落个两难境地，儿子心有不甘，大人也茫然无措。

三个月后高考报名开始了，儿子的心思早已不在那里，一心想早点儿回来进入高三学习，这一次儿子独自把一切都安排好了，他终于向辅导员说出了实情。辅导员说，做出这个决定是需要勇气的，我支持你，但这很有风险。儿子的义无反顾和断然执意让辅导员已无力劝阻，只得答应。

儿子决定回来的头一天，我让他爸去接他。他们到学校办理离校手续时，辅导员才知道他岁数小，说："十六岁还未成年，我弟弟十六岁才上初三，那回去吧！重新考试明年考入理想大学，我相信你能行！"

总有千言万语也难表当时复杂的心情。整理好行李，儿子当晚就和他的老师同学们依依告别了。

他和他爸一起赶到火车站，当正在酒店吃饭时，他们机械13班的全班28位男生都送他到火车站。那晚孩子们在一起吃饭，三桌子，他们围在一起，难舍难分，同学们都鼓励他回去好好学习，明年争取考个重点大学。

孩子们那句句肺腑之言像铁锤一样敲击在儿子的心坎，瞬间盈满整个心扉，难舍之余满眼热泪。

听说有个老乡是新野的，他和儿子相拥而抱，紧握儿子的手静默而立，对他更是给予很高期望。

……

这些都是从丈夫口中描述的，虽然我没在场，但我能想象感受到那群孩子的纯朴，善良与真诚，这也许就是儿子在那里短暂几个月的至高收获和最珍贵的财富。儿子答应他们，高考后再来学校看你们，我们后会有期！

饭后同学们都又乘车回到学校了，儿子就这样狠心向××学院说声"再见"，怀揣着师生们对他的真诚祝愿和深切期望，依依不舍地离开了那个美丽的城市……

儿子回来第二天就进班学习了，时间不等人，距离高考他的学习时间仅有五个月。我在学校附近租了间房子，我再一次加入了陪读的大军中。儿子的自制力我还是较为认可，一开始对他持有怀疑，担心他把大学浮躁腐化的特性随在身上。儿子周一到周五从不摸手机，我给他做饭也从未提过意见。

由于回来晚功课跟不上，他也焦虑困惑。到后来慢慢又上来了，经过拼搏努力，儿子不负众望第二年考入一所重点大学。虽然是所重点大学，但不是儿子中意理想的大学。当初如果不是我的那个所谓的"明智"的决策，也就不会白白荒废了儿子几个月的学习时间，也许儿子能上个更好一点儿的大学。

之后我在反思：不管在对待孩子成长，还是求学，或者是以后的就业，婚姻，万不可盲目草率替他做决定。我希望天下所有父母要遵循孩子的成长规律，不提倡对孩子拔苗助长，胡乱决策！

为何对你情有独钟？

外表看似豪爽洒脱的我，其实往往容易思虑多多，感情细腻，因而时常浅怀感伤，怀旧缠绵。

和往常一样，晚饭后我一个人漫步街头，准备向公园走去。

已是深冬季节，通往人民公园的路上人影稀疏，只有两边饭店里人声嘈杂，颇为热闹。路对面有一辆农用车的喇叭声吸引了我的目光，"香蕉，橘子，苹果，便宜了！"我是不喜欢吃水果的，于是就又收回了视线。当我无意间再抬头时却看到了水果摊旁边还有一辆小型三轮车，上面挂着几袋白花花的东西，细看原来是用大米做的圆形米蛋，俗称"米花蛋"。小时候农村也有叫"花喜蛋"的，一种特殊的感觉油然而生，春去秋来，在细水流年的平淡生活中它时常给予我心灵碰撞与情感触动，那种感觉只有我自己深有体会：怀旧而酸楚。随即我低下了头慢慢地走着，我在告诫自己这次可不能再买了，以前每次看到这"花喜蛋"，我总要顺便买一袋，让孩子们吃，每一次孩子们都笑话我："谁稀罕这东西，难吃死了，你想吃就一个人吃吧！"我告诫自己，这一次真的不要再买了！

等到快走到公园时，一辆三轮车从我身边开过，啊！就是刚才停在水果摊旁边的三轮车。这一次我看得太清了：是"米花蛋"，一位年近七十的老人开着三轮车，上面挂着五袋"米花蛋"，车上还有其他米花棒、米花糕、红枣等。这时前面有两个人叫停了他的车，估计要买他的东西，我盯着那几袋"米花蛋"足有半分钟，只是最终没有伸手去摸，我害怕一摸就会心血来潮。就这样怀着复杂的心情走了……

公园里霓灯闪烁，舞曲咚咚。人渐渐多了，有人在暴走跑步，有人在扭腰跳舞，也有人在悠闲品茶，古怪的音乐撩拨着人们因生活而日渐麻木的神经，忙碌而紧张的人们只有在这里才能找到放松的感觉。我无暇顾及，无心欣赏，只是低着头顺着绕道愁虑疾走，内心依然在想着那几袋"米花蛋"，脑海里又一次浮现出四十年前的刻骨旧事……

20 世纪 70 年代，大概在我四五岁时，当时家里非常穷，父母没让我们饥肠辘辘都算不错了，根本没有零食之类的东西。有时为了争一块糖，姊妹四个就会打架。不过有时村里来了一个卖东西的，都是些针头线脑的、糖块、米花蛋等。大家都叫"货郎挑"。大人偶尔也给我们买几块糖或者"米花蛋"。

有一天，村里来了个"货郎挑"，一群孩子都围上来了，眼巴巴盯着货挑里的馋物。当时说一毛钱八个糖，或者八个"花喜蛋"，如果没有钱，拿一个烂鞋也能换糖吃。可是当时家里没有烂鞋，都还能穿，母亲就说："算了吧，不吃了！"可是邻居二婶都拿一毛钱给她儿子买了八个"花喜蛋"。我就闹着母亲给一毛钱去买，母亲不给我就大哭。

据说我当时极为任性，母亲气极了将我暴打，一巴掌打在脸上，不小心碰到鼻子，随即就流血了，我感觉我快要死了，哭得更厉害，一直哭了大半晌。后来母亲对我这个任性馋妞束手无策，锁到正屋里，不管我，随便哭吧。可是我在屋里哭得更厉害了，害怕母亲真的不要我了。后来，我记得我姑姑扒住门缝往里看，恐吓我说："鳖女子你还哭，你妈都跳井了，让你气的，村里人都在捞你妈……"后面说什么我记不清了，我只记得我用手拍着门哭喊着："姑姑把门开开，我不哭了，你们赶紧去捞我妈呀！"一刹那，在我幼小的心灵中，尝不到"花喜蛋"的痛苦远远没有失去母亲更痛苦，我声嘶力竭，嗓子哭哑。

不知过了多久，门终于打开了，我看见母亲被姑姑和婶子搀扶着回来了，我立刻闭住嘴巴不敢哭了，肚子一鼓一鼓始终没哭出声来。当时母亲的样子很恐怖吓人，这是我一生都忘不了的镜头：母亲浑身都是湿的，裤腿卷得很高，脚上全是水和泥，脸上还有几处青泥，一副昏迷的样子，踉踉跄跄地进门，然后瘫坐在院子里的椅子上……姑姑又开始恐吓指责我说："你看把你妈气的，你妈淹死了，你以后就成了没有妈的孩子了！"我站在母亲身边吓得直哆嗦，满脸泪痕不敢出一声，只是用手紧紧握着母亲的手……

天黑了，姑姑婶婶也都走了，我记得那天晚上母亲经过一番"换洗"后，又开始在厨房里给我们做晚饭，她边做饭边向我详细描述着她"井下复活"的惊人场面，并警告我以后可别气她了，我坐在灶窝前抬着头一声不吭地听着母亲的批评和教导。母亲那时也不过30岁，很瘦弱，穿着花格子上衣，昏暗的煤油灯下我只看到她很瘦弱干练，样子怎么也记不清。大概是白天哭的时间过长，又受了惊吓的原因，听着母亲的教育，听着听着我就睡着在灶窝柴堆里，那天晚饭也没吃，听说那晚我又发了高烧……

这段苦涩而又铭心的记忆一直伴我成长，在那苦难岁月里，一角钱的随意消费就视为一种奢侈与腐化。那天即便我历经皮肉之苦和内心惊撞，最终也没有换来"花喜蛋"的幸福品尝。八个"花喜蛋"成了我儿时的一种奢望，也成了我一生难以消除的隐痛。

后来我长大上学了，谈起此事姑姑和母亲才告诉我，当年那个所谓的惊天动地的"井下捞人"事件原来纯属虚构，单纯是为了制止我的哭闹与任性。母亲假装跳井，假装让人搀扶，假装刚打捞上来，身上泼点水，脸上抹点青泥，假装昏迷，假装瘫坐……一系列的骗术如今看来是那么的理所应当和被逼无奈。我为那时候自己的任性和贪吃而羞愧不已，也为母亲当时对我束手无策与无助而深深理解。

随着年龄的增长，随着生活水平的提高，美味小吃丰富了人们的嘴巴，满足了人们的贪吃欲望，但"花喜蛋"始终在我心头囚居，我始终对它情有独钟。多年以后，我始终在心灵深处藏着这份特殊的眷恋，每次忆起总有酸楚的感觉。前年我教的学生，听了我给他们讲这个故事后，星期天专门跑到超市为我寻到现代版的"米花蛋"，个头比我小时候见的大得多。当那个叫"彭珊"的女学生把一串"米花蛋"放在讲课桌上时，我哭笑不得，眼泪"唰"的一下流出来了。

不知不觉在公园走了几十分钟了，我擦了擦潮湿的眼眶，已经八九点了，我加快了回家的步伐。刚走到范仲淹像的路口，啊！怎么卖"米花蛋"的老人还在这里？这么晚了还没回家？我忽然觉得这位老人似乎在等我，顿时热血涌流，我有一种非买不可的感觉。这一次我不再犹豫了，快步走到老人面前，直接伸手去摸那白花花的"花喜蛋"，温暖之感油然而生。

"闺女，买一袋吧！我这是糯米兑白糖做的，没有任何香精之类东西，酥脆可口还不上火，小孩子可喜欢了！"

"家里没小孩，是我自己吃的，想着小时候吃个这多难啊！"我笑着跟老人唠着嗑。可老人接下来的话让我惊诧不已："哎呀！闺女你可说对了，我在唐河卖这东西时，一位和你年龄差不多的女子说她小时候想吃这'花喜蛋'，没钱买，就偷偷拿了卖东西的一个'花喜蛋'，被人家发现了当场扇她一嘴巴，所以那个女子说如今看见这东西就想买。"

我的妈呀！天底下怎么有和我相同经历和感受的人！唯一不同的是，我被母亲打嘴巴，她被卖东西的人打嘴巴。我真想把我的经历也说给老人听，可话又噎回去了，怕他笑话，更重要的是天色已晚，让老人早点儿回家吧！

本来我只想买一袋，看着只剩两袋了，想让老人早点儿回去算了，我毫不犹豫地又取下一袋，老人笑了，说两袋便宜点吧！十元一袋，两袋十八元，非要再塞给我两元钱。

老人果真发动车子走了，我也提着两袋白花花的"花喜蛋"，拖着沉重的步子往回赶，不足两斤的"花喜蛋"今晚我拎起来异常沉重。在我看来，它承载得太多：它承载着对那个岁月的回忆与眷恋，承载着母亲多少的心酸与无奈，也承载着我对如今生活的满足和珍惜……

风雪中，母亲卑微地站着

　　莫言在获得诺贝尔文学奖上台领奖时说了这样的感言："我所有的才华与努力都配不上母亲的付出……"赞同之余，全是感慨，我想到自己的母亲。

　　和普通老人一样，母亲一生育有三女一男，任劳任怨，勤劳不息。已进入古稀之年，然而性格执拗刚强的母亲依然四体不闲，奔波劳碌。年轻时干农活儿赛过男人，那些年父亲有病，地里的活儿都是母亲干的。母亲动作麻利，干活儿速度快，操持家务也是能手，心灵手巧，经常给村里人剪裁缝补。母亲待人热情，善良仁厚，那岁月村里红白喜事大家都爱请她去帮忙。由于过度劳累，四十来岁时患上了严重的腰肌劳损病。我记得那时母亲整天都是弯着腰走路，还不停地下地干活儿。可她还是执拗不吃药，凭她的毅力和坚韧使身体慢慢自愈，她总是说"再大的病到我面前都是小病"。

　　母亲凭着自己的勤劳，用瘦弱之躯将我们兄弟姐妹四个扶养成人，而后又看着我们结婚生子。眼看着母亲就可以享清福了，不用再操劳了，可命运给这位善良的老人开了个大大的玩笑，就在她67岁那年，一场车祸夺走了儿子的性命，她和唯一的儿子从此阴阳两隔。这对于一个生活在农村的老人来说，失去独子乃是沉重而致命的打击。从此，老年丧子的彻骨悲伤几乎吞噬了他们晚年的幸福。

　　弟弟去世后，父母亲由于性格的原因，加上丧子后的伤心焦虑，老两口整天吵架，有时为了一些小事还升级为"打架"。那些日子我整天去给他们"评理"。后来母亲为了打发孤寂的时光，在城里推起三轮车做起了小买卖，那辆在她看来非常轻便简易的"小车"成了她的朋友。这样，她觉得每天出去跑跑结识很多人，内心充实了许多。我们也就没说什么，只要她老人家心情好，身体健康就行了。可后来我发现母亲不管干什么都很投入认真，有时我看她很累，她却说不累。

母亲心灵手巧，每到端午节她就自己亲手缝制许多精致的饰品，用针头打入点香药就能卖出去。附近的人都喜欢她手工做的香囊包，看到自己的"作品"被人称赞，每次她总是乐呵呵的。可让我生气的是，端午节前几天，她总是很晚才回家，我总担心她的安全。夏季还好，她基本不出去卖东西了，因为夏季没人要她的东西，只要一入冬她就整天早出晚归的，穿梭在附近的大街小巷，性格执拗的母亲总让我担心。

如今已进入隆冬时节，三九寒天，一连几天气温骤降，寒气逼人。懒惰的人都不想出门，缩在家里，倘若不是为了去上班，大家都不愿早起外出。

早上五点多我就起来去上班，从家里走的时候还没有下雪，只是地面上有冻雪。我全副武装把自己包得严严实实，我小心翼翼地骑车走向学校。不料早饭后，又下起了大雪，很快地面上全白了。我坐在办公室里心神不宁，一种不安情绪涌上心头……

前天我已经告知母亲，天冷了别推车出门了，待在家里算了，出去也卖不了几个钱，可母亲说了句："你不懂，天越冷越能卖出钱，人们都是到冷了才知道买手套、耳护、围巾、棉袜、棉垫子之类的东西，我这几天东西卖得非常快。"她说时笑得很轻松，可是我一听就生气，立刻就说："卖啥卖！冷死了，别再出去了，能卖几个钱！真是啊！"

"哦哦！我不出去了，明天要是下雪就不出去了！"母亲一边答应着，一边整理她的"货物仓库"。她把棉袜扎成一捆一捆的，棉垫子摆成一排一排的；帽子耳护装成一包一包的；围巾袖头挂成一行一行的，其他的则随意摆放，各种各样，总共有几十种货。

谁知今天真的下雪了，我担心母亲不听我的话，推车出去了。于是我拿起手机拨通了母亲的电话："喂！妈，你在哪里，是不是又出去了？"

"没有啊！"母亲回答的很快。但我听声音不是在家里，像是外面。我又问她："咋我听着你像是在外面。"

"不是不是，我在外面买点儿菜就回去了。"回答很干脆，不容我怀疑，我总算放心了。好不容易熬到放学时间，我又一次全副武装包头护脑，骑车往回走。

雪仍在稀稀落落地下着，冷风袭来蹿入鼻孔，酸疼酸疼的。冰冻的路面很滑，五分钟的路程我走得很小心，很慢。突然前面有人摔倒碰车了，我只好绕过去走到马路旁边的便道上，无意间我看见右边胡同里有几个人围在那里，吵着嚷着什么。我定眼一看，不愿看到的一幕出现了：是母亲！是母亲推着车子在那里卖东西。

我当时脑子嗡一下，又惊又气，你不是回答我在家里没推车出门吗？这分明在骗我。

我将车子稳在马路边，慢慢走向她，我听到了对话声："十块钱三双吧！""耳护你卖的贵呀！""你还是便宜点儿卖吧，等天晴了你卖给谁呀！老太太……"一群穿着很阔气的中年人围着母亲，极力地将母亲的东西价钱砍到最低。他们总显得百般挑剔和理所应当，风雪之中，母亲却卑微地站在那里。

我只听见母亲说："哎呀！我也不容易呀！我这么大岁数大冷天出来挣个钱不容易呀！我闺女都不让我出来，我骗她说我没出来。那好那好，就便宜点儿吧！我也不缺这几个钱，只是在家闲不住……"

我实在不愿再听下去了，真有点儿受不了，后来他们怎么对话我就听不到了。我只看见在零落的雪花中，母亲的手笨拙而忙乱地在车上给人们取东西，接钱装钱，那双粗糙干裂的老手在风雪中冻得成老红薯皮了。我不能再慢了，快步走向她的车子面前大喊一声"妈！"母亲吓得钱都掉了，抖动着手说："你咋跑这里来了？"

"你不说你在家不出来了吗？咋又出来了，光骗我，你能不能叫我省点儿心，快走快走回家。"我的嘴像机关枪一样射向母亲。母亲像做错了事的孩子一样，对人们说："我闺女心疼我不让我出来，说天气冷。"人群中有人也说："回去吧，这么大岁数了，别让她出来推车，路面滑，万一摔倒了后果不堪设想！"

我站在那里忽然间理屈词穷了，所有的言辞已经尽显无力，母亲在人群中就那么卑微地站着，我倒像真的做了错事的孩子一样任人们批评，我又愧疚又恼怒，又不安又无奈，又不敢再说她了。总算母亲在我的"逼迫和监视"下往家走……

路上母亲还乐呵地骂着说："你只管上你的班，别管我，我心里有数，会小心走路的，我跑跑暖和……"哎！我气得真拿她没办法。

也许是我不理解母亲的内心，在她看来，只要身体健康、心情愉快就是一种幸福安度，也许每天充实忙碌的生活节奏才是她忘掉所有悲伤的理由。

风雪之中，母亲卑微地站在那里，但她没有让我看到老年人的坐享其成、固守死板、矫情糊涂、自暴自弃，她让我看到了一个不需要安慰关照，不需要同情怜悯，仍能自强自立的老人世界。她有一颗从不向命运低头，倔强刚硬直至终老的心。照她常说的："只要能下床走路，我就不想闲着，不想去麻烦别人！"在子女看来，这是多么朴实而刺心的话语，却道出了母亲的一生。

母亲信基督教，我只能借神的恩典，求主保佑母亲平安健康，寿与天齐！

第五辑　爱着，憎着，为心头拂去了尘埃

活在尘世噪声里

堵在十字路口竟不知该怎样挪步，恨不得变成悟空腾云驾雾而过。

新年之际，街道上车水马龙，杂音刺耳。骑着电动车，两脚支着地万分焦急却无能为力，四面八方的噪声一时齐发：时代广场的新春贺语；手机店的激昂广告语；音乐快餐店的流行歌曲；内衣店的露骨宣传声；蛋糕小吃店的诱人推销词；眼镜店、服装店、麻辣烫店各显各招，肆意吹捧，包装自己的产品；电动车店的大屏幕滚动宣传片；促销活动的抢购声；美甲店、鲜花婚庆照相馆里的套餐宣传声……噪声极大，震耳欲聋。站在十字路口听不清到底是哪一家发出的声音，倘若你不走进店里就听不到该店到底放的是什么音乐、什么宣传语。有的店音响尽量调到最大，力求压倒其他声音，恶性循环，大家都为了让自家店的声音最大，因而整条街上噪声分贝都是最大化，心脏不好的人还真不敢长时间停留在那里。

我要掉头，寻个僻静小巷走回家，但是我该买的东西不能买了，算了，干脆到下午或者晚上再出来购买，也不失为良策。

在网上看到，科学家全面研究了噪声对生物和人类的影响。一般认为，40分贝是正常的环境声音，在此以上就是有害的噪声。噪声的危害主要有以下几种。

一是影响睡眠和休息。环境噪声会使人不能安眠或被惊醒，老人、病人、考生对噪声干扰更为敏感。长期干扰睡眠容易造成失眠、疲劳乏力、记忆力衰退。

二是损伤人的听力。噪声可造成人体短暂性和持久性听力损伤。噪声超过 100 分贝时，将有近一半的人耳聋。

三是对视觉产生影响。经常处于噪声环境中，使人的眼的敏感性降低、瞳孔散大、色觉和视野异常，容易产生眼花、视力下降、反应迟钝。

四是对心理产生影响。噪声引起的心理影响主要是烦恼，使人激动、易怒，甚至失去理智。

五是引起人体其他疾病。噪声对人的中枢神经系统、心血管系统都有一定影响，可引起头痛、惊慌、神经过敏。

对照自己的现状，我忧心忡忡，每天面对声音嘈杂的校园，住宅小区门前是菜市场，人声鼎沸，新华路街道噪声一路伴我上下班，菜市场喇叭叫卖声、超市音乐、产品促销大甩卖……唯有在家里这 140 平方米的空间才能找到宁静之感。我甚至怀疑，这几年自己记忆力在衰退，视力在下降，神经衰弱、易怒、惊慌、睡眠不好，或许是噪声喧嚣惹的祸吧！

我在想，如今人们生活水平提高了，城市里没有了往日的宁静，车辆越来越多，开车出行，不如步行走路。哎！如今的街道，道路拥挤，大多数人下班后都愿意宅在家里，看看电视，躺在床上休息、歇歇脚、平平脊背。只有晚上才愿意出来走动。

仔细想想，我们每天其实都活在尘世噪声里，但内心却是寂寞的。让我想起哲贵那篇文章的题目——《活在尘世太寂寞》，乱世之中人多嘴杂，尘俗中噪声四起，迫使你不得不捂住双耳。无奈之时，不断过滤着、分辨着，尽量将舒心顺耳的声音裹入耳畔。生活亦是如此，交友也如此，学会寻找真正的朋友，让一些流言止于智者，让一些诳语困于耳外。有些看似玩笑的戏言，的确应该认真思量，相反那些刺耳的噪声，倒应该坦然待之。种种噪声里，有真诚善意的提醒，有出自内心的赞赏，有深藏不露的妒忌，有看似无常的嘲讽……在尘世喧嚣里生存，能够中立之人少之又少，即便刻意保持，也会有所偏倚。

现阶段，一有空闲，我宁愿与寂寞相伴，也不愿与喧嚣世事纷争。步入中年，独处成了最爱，回忆成了习惯。远离庸俗的闲论，坚持自己做人准则，明白伶牙俐齿只能伤人心扉，直言快语难免遭人反感。学会委婉表达个人思想，虚心聆听他人之见。

浮世的繁华喧嚣了尘世的宁静，离乱了纯净的人性。浮躁的世道，迷离的人心，需要片刻的安宁，于是我都尽力寻找平衡大法。也许淡签素语，静书年华不失为一种良策，也许似水流年，看淡尘世喧嚣可视作圣人之心。

渐渐明白，以浮躁的心情对待尘世喧嚣是多么不明智。宁静才能致远，在尘世噪声里，宁静淡雅，心自安然。

陪读·细节与危机

陪读之风起兴于何时，我无从考证。

关于"陪读"，近十年肆意盛行，恶性追风的现象尤为严重。小学陪，初中陪，高中也陪，真可谓"世间爹妈情最真，泪血融入儿女身。殚竭心力终为子，可怜天下父母心"。

我个人认为陪读现象是计划生育形势下的跟流产物，独生子女在家庭中的地位也越来越被重视，独生子女稚嫩的肩膀上承载着太多父母的梦想。家长望子成龙、成凤的心愿越来越强烈，陪读之风也愈演愈烈。一切为了孩子，为了孩子一切！陪读现象就在这样的一种寄托中派生的。

陪读最初是由家境优越的家庭流行起来的，家境富裕可以不在乎这些租房费用。他们百般呵护，开车接送孩子，时间长了觉得来回奔波太麻烦，后来干脆把房子买到学校附近，或者高价租房。陪读的兴起使多数人盲目跟风，由最初的学习监管到最后的生活监管，我就是陪读大军中忠诚的卫士。

女儿比儿子就大一岁，人们都认为是龙凤胞胎，如此称谓我并不介意，能招来羡慕之福曾暗自得意。小学、初中基本陪读，女儿上高中时，我出于对孩子的信任，任其成长，相信"成材料树不用砍"，在茫茫学海中会自握航标，自使船舵。朋友曾说，高中是关键，弄不好把学业荒废了。后来仔细思量才发现，陪读对于自制力差的孩子真的有必要。转眼儿子也上高中了，我想：女孩子都这么令人操心，这男孩子更要注意了，弄不好到后来两个学业都荒废了，整出俩学渣回来。于是在大趋势的诱导下我也在开始跟风陪读，我上班路程远，将他爷爷搬出来住到学校附近，租个房子陪读。我千打听万搜索，终于租了个一室一厅，爷孙俩委屈住下吧。

的确有效，女儿晚上回来能按时睡觉，最起码白天她不打瞌睡，成绩有所提高。儿子在我们的监管下压根儿就没出现大的毛病，成绩基本稳定。后来学校规定不让学生走读了，那就需要天天去送饭，他爷爷身体吃不消，我就克服万难前去接援。

陪读的任务就是送饭、晚上等着放学，早上喊着起床。陪读期间我练就了厨艺，俨然成了"文厨双全，心灵手巧"的"慈母"。为了让他们吃好，我变着花样做给他们吃，甚至网上搜索美食的做法。孩子们在吃饭方面基本不提意见。我每天匆匆上班，算着时间点儿匆匆买菜，匆匆做饭，再掐着时间点儿匆匆赶往学校，然后看着时间等下课钟声响，眼巴巴地看着孩们走出来，幸福地看着他们一口一口吃掉，虚心地等待着孩子们对饭菜提宝贵意见，吃完后看着他们离去的背影，直到看不见为止，然后自己拎起饭桶饭盒急匆匆地回家，再急匆匆打开冷锅将剩下的热热，三下五除二地塞进肚里，然后来不及闭眼午休一会儿就又急匆匆地去上班，12：40作为班主任的我还要进班吆喝监管我的学生……哎呀我的妈呀！能不能叫我喘口气啊！

同事琳和我住隔壁，更是奔波劳碌，每天骑车到三十公里之外去上班，晚上回来加班送饭，风里来雨里去。丈夫在外是军人，几个月才能回来一次。她一个人真的里外操心，劳碌不已，总让我心疼不已。丈夫虽然在外，但时常给儿子电话交流，做思想上的陪读。每天往返几十里，紧张焦虑不言而喻，她常这样说："再这样弄下去，我非要急出什么毛病不可。"儿子在她的照看下很听话也很努力，成绩优异，顺利考上大学。哎！这期间我和同事身上毛病倒真的不少，小意思忍着吧！

……

这样的镜头每天重复着，每到放学前十分钟左右送饭的部队陆陆续续从校外进入校内。那时候学校有规定，坚决反对家长到校内送饭，但终究抵不过这群爱子如命、"泼皮无赖"的家长，学校稍有制止，家长这支难抵的泱泱大军就会横加吵闹、肆砸校门，弄得校门口一天到晚乌烟瘴气，喧嚣不宁。无奈，最后学校由最初的铁面无私变为暂时的妥协。

　　这些家长都认为，我们不能替孩子学习，总应该尽力做好后勤服务，照顾好生活起居吧！因为在你停下脚步的一刻，有人还在前行。就是这样一个细节，你若注意不到，无论是作为家长的你们，还是走进新课堂的学生，都将付出沉重的代价。你可知道，这是一条新跑道，由于你们没有在上面试行，假如开始就跌倒在起跑线上，以后就很难"追平"。我想，我的坚持就是为了平衡自己的内心，为了"追平"，就算最终跌入烦琐，洗尽铅华也无怨无悔，同样的付出，会有不一样的心境，同样的后代，也许会有不一样的结果。

　　从很多的新闻报告看，现在许多学生的自理能力，心理承受能力下降，不肯吃苦、懒惰，累一点儿的活都不肯做，不能理解体贴父母，这都是有缺陷的家庭教育带来的。

　　在这陪读的泱泱大军中，我也同样看到了吃惊困惑的镜头：送饭的尽量打扮的得体大方，饭菜尽量有档次，盛饭的器具尽量结实，大家在一起可能会比孩子的长相、比孩子的成绩、比穿着、比职业地位、比家属的勤快自觉等。孩子会不自觉地比家长的长相、地位、权力、年龄等。听一位家长说，孩子不让她进校园送饭，说她年龄大像奶奶，穿的不好像农村人，只能在僻静之地等他。还有的学生埋怨家长做的饭没味道，挑三拣四。弄得家长苦不堪言，不敢多说话，唯恐得罪这些叛逆之徒。

　　不可否认，陪读对孩子的身体发育和学习有一定的帮助，陪读可以让孩子的生活起居得到一个比较周全的照料，孩子正处于性格形成期，陪读可以正确地加以引导，避免走入歧途的可能。但是，陪读也有其不可避免的负面因素，因为走不出家庭的温室，无法接受风雨的洗礼和世事的磨砺，不利于培养独立处事的能力。由陪读而衍生许多令人可怕现象，有的由攀比学习变为攀比父母地位、攀比穿着、攀比吃喝、攀比住处。可在如此奢侈的投资背景下仍滋生一些腐化纨绔子弟，动辄就向家长任性咆哮，吵闹妄为，哄骗家长外出，甚至在家长眼皮底下就深夜翻墙而逃潜入网吧。表面上是在陪读，其实是在受气，甚至有的母亲痛哭流涕，父亲动粗动骂。简直是上辈子欠儿子的服务债，这辈子永远还不清。

......

我在想，这样无休止的跟风、无底线的投资有着家长太多的无奈。可事实上，不一定都能造就培养出优秀的人才，大量数据也证明了，没有父母陪读的孩子成才的也不计其数，相反身上集中了其他孩子不具备的自觉自信、自强自立，以及体贴理解他人的品质。在此时，我还是相信"成材料树不用砍"的言论。

陪读背后危机重重，困惑多多，本人非资深权威人士，对于陪读无从挖掘更多的观点言论，只是从众多细节中看到了中国孩子求学路上的困惑与危机。

如今的物资交流会

整日穿梭在五颜六色的人流中，行走在喧嚣碰撞的街道上，然而这两天忽然摊位多了，更加拥挤与喧闹。同事的一句提醒，让我恍然大悟："三月十八的物资交流大会"开始了。

今年的三月十八物资交流会会场设在新华东路，没想到开到单位门前的街道上了。对于现在的交流会似乎人们都不觉得新奇，不再有过去那么期盼，即使把交流会开到门前也丝毫引不起我前去闲逛的欲望。

老远看见条条醒目的宣传语："举全市之力、集全市之智、办一流盛会！""传承、和谐、创新、发展！""投资创业福地、宜商宜居新城"，等等。

还没有到三月十八，三月十五就有人把摊位占住了，前两天街道上都摆满了物品，人来人往，车水马龙，拥挤不堪。下班只能推着车子顺着人流走出去，不愿停下车子细看那些眼花缭乱的东西。

今天下午下班有点儿早，门前人更多了。本来我是想骑车到淄河岸边的树林里去拽毛构树的构角，谁知道路拥挤，走了一截路我又返回来。就在返回的路上我才特意留意了一下热闹的会场。街道上、会场里，来来往往都是熙熙攘攘的人群，买东西的，赶热闹的。真是满街色彩满街欢，让昔日街道无形中繁华了许多。

喇叭声此起彼伏，有高喊"产品大甩卖"；"本店商品一律两元，一律九块九"；有汽车展销声，电器降价声；有江湖卖家的边唱边卖声；有花鸟鱼虫的鸣叫声；有各种特色小吃的吆喝叫卖声，各种声音应有尽有，一时齐发。路两边的距离只有三米宽，摆满了各种各样的日常生活用品。

在侧路边，空出一片闲地，让那些外来的歌舞团队和变相赌博有奖活动占领着，演唱团声嘶力竭的兜卖声，为交流会平添了几分热闹。

会场内人头攒动，我夹在人流中，没有一丝购物的欲望，随着人群向前慢腾腾挪动。对我而言，此时逛会，只是怀着一种怀旧的情结而来的，再看看周边人流，瞧瞧他们表情，更多的则是冲着凑凑热闹，散散心情而去的，真正购物的寥寥无几。

今天天气晴朗，春意盎然，正春之季我仍然能看到豆大的汗滴从卖家的额头上渗出，大人们领着小孩围在玩具饰品摊位前精挑细选；老人们蹒跚走来，步幅缓慢东张西望，然后掂起了菜板仔细端详；靓妹儿们进入服装摊位内用挑剔的眼光搜寻着什么；我看了看色彩缤纷的物品，心无波澜。没有什么可买的，什么东西都觉得不稀罕，说实话，网上淘宝店比这里价钱还低。毕竟这种物资交流会上的商品大多是日常用品，一些盆盆罐罐、灯头电闸、首饰、床上用品、普通衣服之类，质量不太好，很多还是以次充好的三无产品。

走着看着，我看到有一个书摊上立一个牌子，上面写着"十三元一斤"，又是我以前见到过的场面，书能论斤称，真搞笑，我也没有进去看，只是匆匆而过。很大的糕点摊位上有很多糕点，我看见了我喜欢的"米花蛋"，不过这家的种类太多了，有巧克力色、有白色、有红糖色、紫薯色，我只是将眼睛多停留了一会儿，就径直离开，这一次我真的没有买。

终究还是空着手回来了，除了疲惫内心一点儿兴致也没有。

我在想，是什么让人们对这种昔日里向往热切的物资交流会看得如此平淡，不以为意呢？

记得小时候，每到农村的物资交流会，街上人山人海，人流高峰期时寸步难行。万头攒动的人流中时常有孩子丢失，老人因拥挤跌倒受伤。

据说有一年一位老太太因拥挤突发心脏病死去。那个年代里，不管大人还是孩子都在提前期盼，热切向往着物资交流会的来临。

一年中两次大会，农历三月十八和十月十五，不仅促进了当地的经济流通，而且借机丰富了农民们的生活。辛苦了一年的人们只有在这个时候才舍得花上几个钱买一些生活必需品。妇女们狠狠心为自己也为家人扯上几块布，买件新衣服；老头儿们从内衣口袋里掏出几个小钱买几包香烟；小孩们缠着大人非买几块糖果或一件玩具来满足自己的童心；男人们把养了一年的牲畜赶到街上争取卖个好价钱。

母亲总爱在这个时候和邻居婶娘们一起去赶会，买一些日常必需品，给我们姐妹几个买衣服，中午时会带我们去油条锅边，称斤油条，喝碗胡辣汤过过嘴瘾。有时候我们会为母亲买的东西少，姐妹们分不公而生气。记得那年会上，母亲给我们姐妹几个合买了一个毛球蛋，我总觉得买得太少、太小了，为此我在街道上哭过鼻子。母亲不想让我跟在身后哭，把我拉到人少的地方劝说我，劝说无效就会遭母亲一顿打。真的有效，一打就好，然后跟在母亲身后一路乖乖沉默。

现在想想，我小时候为什么性格总那么倔，总爱惹母亲生气，母亲那时候也总因为农活儿多，经济困难爱发火。哎！归根结底都是手头紧惹的祸，太多的心酸，太多的无奈。

随着生活水平的提高，人们的欲望越来越膨胀，需求越来越难以满足。商品已经不再是只有物资交流会才能见到、才能买到。手机上，电脑上只要进入淘宝网店，所有的东西一览无遗，想买什么就买什么。商场开在家门口，每天每时每刻人们都如同在赶会，就像平时"××时代广场"，"××商厦""××购物中心"等，有时每天顾客都能高达上千人，如同赶会。老百姓平时缺少什么，随时随地都可以购买，不再像过去需要跑十几里去赶一场会。

岁月刷新了人们昔日的本土消费观念，人们开始追求品位、档次和质量，腐化与奢侈充斥着生活在喧嚣尘世的人们的大脑，使得我们甚至忘却了过去的艰难与寒酸，甩掉了农村人固有的节俭与朴素，开始对商品的肆意挥霍。

现代化农耕技术深入农村，不管是收割耕种，还是搬运贮存，都是以机器代替人工，节省了人力和时间。农业变得高科技化，农村变得城镇化，农民变得市民化。

久而久之，这些传统的农村物资交流会也变得平淡无奇，不再引人眼球。会场上铁杵少了，犁耙少了，扫帚铁锨少了，油条牛血汤消失了，羊群牛群少了，农村味渐行渐远了。取而代之的是家用电器、手机、花鸟草虫、古玩字画、珍珠玛瑙工艺饰品，甚至还有小型野团低俗表演队、以次充好的养生保健品、论斤称的劣质盗版书籍、电脑高科技占卜算卦……

果真这种形式交流会，食之无味，弃之可惜。

我在想，不是人们不懂节俭，也不是人们忘记本色，是时代让农民变得不伦不类了，让农村变得不乡不镇边缘化了。农民已经不再是以农耕为生的保守者，他们阔走天涯，立志四方，把自己雕琢成半农半商的身份，甚至彻底脱离农村过着白领的生活。或许是人们生活水平提高了，消费观念提高了，总爱用挑剔的眼光去看待那些商品，不过仍有大部分老人小孩，经济不太宽裕的，保守节俭的农民会热衷于这次大会。

一切都在变，但不变的是人们对幸福生活的向往，对缤纷生活的追求。传统大会已经在人们的心中根深蒂固，扩大物资交流、促进经贸合作，可能是物资交流会永恒的主题。

一年一度的物资交流会仍在进行着，它极力施展着各种计策来博取很多的眼球，留住人们匆匆的脚步。它不愿被纷争的现实吞没，更不愿向新型的市场妥协，它在努力创新，它在与时俱进。为了鲜活和恒久持续保留，它不得不违心地以牺牲原始的本土气息来迎合时下市场的需要。

人流仍在涌动，喧嚣声仍在持续，虽然它打破了街道原有的宁静……

收敛你的愤怒

愤怒就是情绪失控时的口无遮拦，愤怒就是撕毁对方脸皮并踩在脚下的嚣张气焰，愤怒就是想站在对方头顶上的一决高下，愤怒就是竭力打压对方而维护自己的不留后路……

愤怒是什么？仔细想想，其实就是现场自己的丑容毕露，事后自己的一文不值，追悔莫及。

这位母亲一脸茫然地走进办公室，班主任礼貌性招呼一声，母亲也没有多说什么，我乍一看脸熟，后来班主任说"这是××的母亲"。我才想起，前段时间她和儿子在教室门口理直气壮地和老师撕脸吵闹的一幕……

他儿子由于在学校多次犯错，班主任费了九牛二虎之力，终于请家长来校一趟。儿子看见母亲来校，就大吼大叫指责母亲不该来学校，他又当面指责老师们，说老师们都挤对他，故意刁难他。母亲竟数落起老师的气量狭小，母子俩一唱一和，全然不尊敬老师，并扬言不上就不上。后来教室外面有几个学生看见这一场面，偷笑几声，噼里啪啦又招来他们一顿臭骂。太嚣张恐怖了，后来气冲冲走进教室把书包拿出来扔在母亲面前，径自离开了……

如今又想来上学，自己不来学校说，让母亲独自来学校找班主任说情，母亲流着眼泪诚恳道歉并再三保证。后来班主任答应让他儿子自己来认错立个保证。

哎！我在想：孩子，你当时干吗那么愤怒，那么嚣张，在老师和母

185

亲面前能不能沉稳谦卑点。自己有错在先，能不能收起随意发怒的个性，为自己留条后路呢？在家可以，在外可不行啊！外人不是你爹妈，人家不会包容你，处处迁就附和你，到头来认错丢面的还是自己。

若把任性和撒娇当饭吃，把愤怒和叫嚣当成专利，那就是没有自知之明。

《爱情保卫战》有一期栏目一对情侣发生矛盾，姑娘容易发怒，有时咆哮着、大骂着，像愤怒的母羊。嘉宾都说她像个长不大的小孩，不会控制自己的情绪，肆意践踏男孩的尊严。男孩由于长时间的忍耐和迁就，使女孩变本加厉，越来越肆无忌惮，后来男孩忍无可忍来到栏目组，决定与她分手。就这样，爱情之火在她的肆意愤怒和咆哮中熄灭了。

有的人在单位动不动就与领导、同事对抗动怒，好像天底下就你有能力，就你正直无私，一会儿看不惯这个，一会儿不赞成那个，甚至话不投机就与人争执、发怒，甚至对骂出拳头，一副老子天下第一的气焰。算了吧！低调点儿，谁也不比你差，谁也不比你傻，大家都是平等身份。即便你是领导，如果有问题、有矛盾，也大可不必居功自傲，表现出一副高高在上，唯我独尊之态。切记低声细语能暖人心房，谦卑和蔼能博人爱戴。

与亲戚朋友、兄弟姐妹相处，更应该讲究和睦相处，不要认为你资格老就应该摆架子，强树威信；也不要认为你位高权重，就该财大气粗，就该随意动怒。父母笨拙的手做的饭菜不好吃了，你指责吼叫；孩子学习成绩不好了，你动粗大骂；爱人不顺从惹恼你了，你高音烈嗓大吵大闹；同事触犯了你，你就伶牙俐齿狠言反击；大街上有人不小心踩了你脚，你张口就骂；酒店服务员态度不好了，你就得理不饶人，摔碟子扔碗，等等。算了吧！统统不言，大可不必愤怒，收起你的怒气，不要肆意挥霍。

面对生活，把你的微笑放开，周围很多人身上有让我佩服之处，他们总能在困惑烦躁时微微一笑；他们总能在身处舆论浪尖时镇定自若；他们总能在失意时平静地审视自己；他们总能在被人误解时丝毫没有哀怨和愤懑，更没有歇斯底里和出口伤人，呈现给我的总是自然唯美的表情，笑对生活，表面糊涂，内心澄明。

做人的最高境界就是抱朴守拙。明明什么都知道，却一副痴呆愚顽的表情。

韩信总把那把象征士身份的剑挂在腰上，寻找着士的感觉，却没有士的钱包，很打眼。屠夫拦住他："我看你长得高高大大，又拿着把剑，挺得意啊。但我看你是个胆小鬼，有本事，你抽出剑刺我，不敢的话，就从我的胯下钻过去。"

其实不只韩信遇到过这样的挑战。过了一千年，有一个叫郭威的人也被一个屠夫堵住，屠夫拉开衣服，露出肚皮："有本事你就捅一刀。"

可是两个人处理的方法不一样：

当屠夫堵住郭威时，郭威真的拿起杀猪刀，然后一刀捅死了杀猪的。

韩信却选择了卑躬弯腰，跪地爬行，他从屠夫的胯下爬过，然后起来拍拍身上的灰，在众人的嘲笑声中走了，一路走远。

当再次听到韩信的名字时，他成了刘邦的将军，西汉的齐王。而郭威被抓了起来，打进了死牢。

每一个选择都会决定我们的未来。我们要避免把最好的自己押给最不值的对象。

韩信可以把他的命押给项羽，押给刘邦，甚至是吕后，但不会押给屠夫。

同样，不要挥霍我们的愤怒。

天下可以愤怒的理由有很多，社会的不公你不愤怒，自己有错别人说你两句你就愤怒了？

愤怒都源于自己的心绪。看不到自己的问题，眼睁睁看着别人的缺点无限放大，到最后愤怒一触即发，撕下别人的脸皮贴在自己脸上，最后以无法收场告终。

喜怒哀乐是你生活的彩曲，每天面对不同的人，你的心情随之不同。动不动就发怒，声嘶力竭，那在跟自己过不去，身上气死多少细胞。凡此种种烦恼的根源都在自己这里，源于自身性格，源于家庭教养，源于学识水平和文化修养，所以，每一次烦恼的出现，都是一个给我们寻找自己缺点的机会，每一次愤怒的发生，都应给我们敲响了洗涤灵魂的警钟：

收敛起你的暴戾，不要挥霍你的愤怒！否则它会让你丑容百露。

始终钟爱着你

美丽邓州，安好！——题记

我始终钟爱着这座城市，从懵懂无知的少年到沧桑油腻的中年。

我很惭愧，在这座城市安然无恙地生存着，贪婪地享受着它的美好，却总觉得没有真正为它做过什么。爱它就应该亲近它，呵护它，爱它就和它休戚与共。

在一个有阳光的午后，我和同事相约去湍河岸边。

我们坐在湖滩的软沙上，捡起一枚石子，投入水中，可接下来的事令我大跌眼镜：想象中清澈的湖水，现实变为一片沼泽，上面还浮着不少垃圾，水中泛着腥臭的泡沫。可爱的锦鳞，早已不复存在，有的只是肮脏的淤泥，更别提水藻荷花了。柳树已被人砍去，只留下几个瘦骨嶙峋的怪形粗树桩。小燕子无处安家，相顾无巢，来去匆匆，毫无留意。

我原本悠然的心猛然一沉，有点不堪。手机里正在播放"学习强国"的小视频，"绿色共享""环保生态"等具有主题性的词语灌入耳根。

人间四月天，承载着岁月的沧桑，承载着如诗的心语。其实，四月是什么样的春天并不重要，重要的是大地做了太多隆重的准备。中国世界园艺博览会在北京召开，她像一扇绿色窗户，向世界展示中国生态之美，激发起中国人保护生态文明、建设美丽家园的意识。

一段奇妙的绿色旅程，人与自然在此相遇。中国和世界携手，共建美丽地球家园。

绿色世园，世界共赏；绿色家园，世界共建；绿色梦想，世界共筑。这是践行"绿水青山就是金山银山"理念，建设美丽中国的重大行动。

　　拥有天蓝、地绿、水清的美好家园，是每个中国人的梦想。邓州人你应该有怎样的行动呢？

　　不过值得肯定的是，邓州人正在努力打造生态文明城市。湍河以北，湿地公园绿树成荫，芳草萋萋，让多少行人驻足欣赏。彩虹桥以北，一排排高楼拔地而起，新式的商品房鳞次栉比。每座园区都重视美丽的生态种植，各种花草树木生机勃勃，花带造型美观。

　　誉满全国的雷锋纪念馆在城市的东北角巍然屹立，雷锋林庄严凝重，树木有几百上千种，郁郁葱葱，整洁干净的草坪，平坦蜿蜒的小径。无论白天还是晚上，忙碌了一天的人们三五成群悠闲地走在幽静的树林里，放松这一天的神经，感觉非常惬意！

　　湍河两岸，那似剪刀的二月春风，剪出"千里莺啼绿映红"，剪出"万条垂下绿丝绦"，剪出"汀沙云树晚苍苍"，剪出"百般红紫斗芳菲"。和煦的春风中，那绿茸茸的小草整整齐齐焕发出勃勃生机；那一棵棵小树苗吐出嫩绿的新芽；那万紫千红的花卉，争奇斗艳，点缀着浓浓的春意。

　　一次从思源学校研讨出来，我一个人骑着电动车奔赴于我一直钟爱的西湖——邓州的天堂。迎着春风，披着晚霞，一路风尘仆仆，崎岖抵达。

　　眺望西湖的黄昏，犹如天河里坠入一轮金色的月亮，亲吻着温碧的湖面，品尝着湖水的甘甜。倏地，从近岸居民房里蹿出来一条黄犬，几声叫嚣吼叫，仿佛把我带进了遥远家乡朦胧的意境中。

　　那时候我家门前也有一口在当时看来很大的水潭，沧桑巨变，历经多少春秋，我在那里种下过快乐和乡愁，编织了无数个五彩纷纷的梦想。而今，我离开了它，物是人非，它慢慢地失掉了昔日的容颜，干瘪的面孔，满面沧桑，几次回望，我无限惆怅，满眼含泪。

霞光柔和婉约，给西湖增添几分神秘，如絮的白云含蓄散去。我顺着洁净平坦的环湖路徒步一圈。漫步的人群，层层涟漪，时栖时息的白鸽，银白色的栏杆，碧水蓝天，刹那间惹醉了我的双眼。

蓦然间，我感到邓州西湖恰似一位沉默慈祥的母亲，用温暖厚实的胸怀拥抱着蓝天，轻吐着白云。白鸽翔集，锦鳞游泳，岸芷汀兰，郁郁葱葱。霞光以锐角姿势穿透水层，湖面波光粼粼，暮色笼罩下的湖面浮光跃金，静影沉璧。

这是邓州年轻的臂膀，它正以优美可塑的身段，最有潜质的力量，势如破竹，崛起于邓州美丽生态之林。

作为邓州市民，我们有责任共同为打造美丽邓州献计献策，无论你来自何方，也无论你的身份、职业，只要你生活在邓州，就应该践行绿色环保意识，唤醒"绿色之心"实施"绿色计划"，积极开展"绿色行动"，争做"绿色建设者"，创建"绿色新世纪"！

为邓州生态环境做出贡献，我们每一个人都应该反省自己，并改过自新，主动加入环保的队伍中来，宣传保护环境，弘扬中华美德。且时刻提醒自己与身边的亲人，平时多注意爱护花草树木；尽量不使用塑料袋，不造成"白色污染"；不乱扔废旧电池；不使用含磷的洗衣粉，节约用水，低碳生活；每年多种几棵树，以净化空气；少开几天汽车，少造成雾霾现象……

恍惚中，路边有个小学生问我："老师！地球会毁灭吗？"

我回答："答案都在我们自己的心中。"

小学生又问："老师！你为邓州生态文明做努力了吗？"

我羞愧难当："咱们好好写篇保护生态环境，打造美丽城市的文章，也算是做贡献了吧！"

小学生一脸惊愕地看着我，然后笑着离开了。

然而现代化农村虽然美如画，人们住进了漂亮的小洋楼，农户的小花园、小菜地既美观又环保，乡村间的道路通畅，但农村的环境问题依然十分突出：过量施用农药化肥、燃烧废弃塑料垃圾所产生的毒气……严重影响了地球的生态平衡，也给我们的日常生活添加了许多麻烦。迫使我们不得不重视起来环境带给我们的问题。

从现在做起，我们只有不乱扔垃圾，不吸烟，不乱砍滥伐，珍惜环境，保护环境，美化环境，才能使我们的生活更美好。创建文明城市，必须从每一个人做起，人人为我，我为人人，更为邓州添光彩。我们坚信，不久的将来，我们会为之更骄傲！

让我们来展望一下更具特色更有魅力的邓州吧！每一条道路两旁都种满了绿树，隔离带上开满了鲜花，鸟儿飞翔在蓝蓝的天空上，鱼儿游在清清的湍河水中，湖水清澈见底，一群白鸽放飞于湖面上空，蓝天白云倒映在碧水间……

这是一片多么美丽的景色啊！生活在这样的环境中是多么惬意呀！绿水青山就是金山银山，让我们珍爱自然，保护环境，愿古城邓州再一次焕发青春，建设一个天蓝、地绿、水清的美丽家园。

既然钟爱着这座城市，就要保护它，从现在行动吧！

宝贝，一路走好

我是一位母亲，一位视子如命，为了孩子甘愿赴汤蹈火，肝脑涂地以死相护的母亲。

看了整整一天有关四川火灾三十名消防战士牺牲的信息，悲痛的眼泪不禁涌出眼眶，滑落在脸上，而且倒流在心房里，它一直在灼烧，在翻滚，痛了整个心房。

四川凉山木里县的山火，卷走了三十位消防战士的生命。这是自去年国家应急管理部成立以来，应急救援人员伤亡最多的一次。

每个人看到这样的消息都痛心不已。

在和平年代，科技发达的今天，消防员工作却仍是如此危险。我看到牺牲几十个消防官兵的面孔，实在看不下去了，他们都很年轻，为了国家利益，人民的安全，献出了年轻宝贵的生命。

孩子们一路走好，人民永远记住你们！同时向战斗在消防前列的全国消防官兵致以崇高敬礼！

有人问：假如你有儿子，你会送他去当消防兵吗？

看到这样的问题，大家内心肯定很纠结，反正我是不敢回答也不忍心回答。消防员已是当今和平年代最高危的职业，他们时刻都在为国负重前行，向他们致敬！

常言道：好男儿志在四方，"要奋斗就会有牺牲"，"如果你不当兵，他不当兵，谁来保卫国，谁来保卫家？"

看看一位网友的回答：如果我有儿子我会让他去当消防员，当然在他愿意的前提下，他有这种想法我觉得他是好样的，不管是消防员还是其他兵，都要耐得住寂寞吃得了苦，有时候还会脱一层皮，严重的真的就像这次凉山的英雄一样，与亲人永别。进了部队后逢年过节就没有一次在家过，特殊时期更是要坚守岗位，几个月回一次家才见得到父母妻儿，说不定下一次回家孩子就可以叫爸爸了，说不定下一次回家父母又多了一些白发。

森林火险里，房屋救火中，洪水下救人，高楼上勇救跳楼者，地震救灾，破拆救援……消防战士无处不在，哪里有难哪里都有消防官兵。当国家财产、个人财产得到保护，当一个又一个生命被消防战士救出，当我们遇到了灾难拨通了火警119被救起，我们能忘记消防战士吗？灾难面前有一双巨大的手托起我们的不正是消防官兵吗？

他们才是当代最可爱的人。

消防工作危险系数相对高了一些，但活在人类社会里又有哪项工作是安逸的呢？你不拼命工作拿什么来发展？拿什么来回报？有多少为了祖国事业，自己前途努力拼搏积劳成疾不治而终的。做消防工作如果指挥得当，根据火情判断做出正确的选择，统一指挥，不蛮干就能大大减少无谓牺牲，这样也就没有那么大的危险性了。

逝去的生命已无法挽回，但活着的生命还要继续。尽管再多的安慰都是徒劳，但权当是为了牺牲的他好好活着，延续他未完待续的生命。

消防员生时被人敬仰，死后流芳千古。

但他们的父母，他们的那些家属们亲人们，不过是寻常百姓，和我们并无两样。这些年轻人的父母，他们一心抚养孩子，为的是将来儿子能为自己养老，如今五分钟的大火却让他们要和自己亲爱的孩子阴阳两隔。

山火无情，人有情。山林毁了可以再植再造，可英魂一去永不再归。

如果孩子战死沙场，还好接受，可那明明是肆虐的山火，孩子们以血肉之躯来与熊熊烈火博弈，他们是明知山有火，偏向火山行，那是以身赴死啊！

这世界上，还有什么能比生命更宝贵的呢？

三十条鲜活而年轻的生命就葬身熊熊烈火中，人心都是肉长的，将心比心，谁不痛心疾首。再多的言语也唤不回英烈们，只希望烈士的家属们坚强地活下去。他们是你们和祖国的骄傲，他们无私奉献的精神是不朽的，也是值得我们敬仰的。

在血的教训面前，面对天灾我们必须制定科学的救火方案，最大限度地保护消防人员的生命安全，他们也和我们一样是血肉之躯，他们的生命安全与大家的生命安全同等重要，任何人都没有权利强制去剥夺他们的生命，他们的生命也需要得到保障，否则，谁也无颜面对他们的忠魂义胆，也无颜面对他们的亲人。

当我们的幸福建立在别人的痛苦之上时，我们能安心吗？真的很痛心。

用科学的手段灭火，这是每一个消防工程师必须研究的课题，人工大量增雨，研发智能灭火代替人工灭火是新时代的需要。我们不需要烈士，只需要他们从火场平安归来，我们不需要泪水，只需要他们可爱的笑脸。

大风起兮魂未归，天泪垂兮敬英雄！

此刻，有多少无言的痛飘于天地间，葬于熊熊烈火中，愿中国的每一个消防官兵每次都能平安归来！

要辞职，你悄悄地

昨天网络上的一篇教师辞职文章，一夜爆屏了手机。

作为教师看了此类文章，说实话，很解气。但看到最后我内心竟然慌乱起来，与以前看到此类文章的感觉不同。

这篇文章在教师之间疯狂传阅，群师们似乎找到了发泄的突破口，有人代你发泄，愤世嫉俗，刹那间高呼强应俨然成为群师的精神胜利法。有的留言很可怕，有大批教师开始消极低沉，萌生想辞职的念头，也有人表达了前几年都想辞职，苦于没有勇气，这次终于想通了。

有老师说：真的没什么可留恋的，可是我还没有足够的勇气……看了文章，我想也该为自己的理想去选择了。这个连鸡肋都算不上的工作真的没有什么可留恋的了，是时候离开了。

有人说：你的离开是教育的损失，但是是你生活幸福的开始！祝福你！我没有勇气离开，我只能同流合污！

还有人说：一直待在乡村的一名男老师。没有了年轻的朝气和闯劲，谈退休又尚早，守着一根鸡肋看云淡风轻。快刀斩乱麻，下手者，勇者也，智者也。

……

这是对目前教育最无奈的抗争！顶！

是啊！你还记得"天下那么大，我想去看看"的顾少强吗？游一转，旅多地，相信你，一定会更好！现在的老师都在夹隙中生存，与其痛苦难受，不如潇洒闯一闯！

很多看法观点似乎很有理，我也这么认为。但反过来想想，无形中打压了原本正在敬业拼命的教师们的工作信心，他们立即唉声叹气，捶胸顿足，肆意谩骂，他们摔书本扔凳子，甚至没心上课，思想很乱，下课后坐在办公室里展开讨论，我也不例外，我甚至越说越上头。

朋友说她们学校那些刚踏入岗位的新教师们都一脸茫然，内心愁苦纠结。本来这些青年教师有的压根儿就不想当老师，是家长逼迫他们报考教师，而这些负面文章频频出来，使他们迷了方向，似乎看不到自己未来，他们感到后怕，甚至有位教师奉劝那位青年教师：

"要走赶紧走，否则你再工作几年就不想离开了！我们现在老了，就这样破罐破摔吧！"

连平时不爱说消极话的老师也动气了，不想再听大家讨论，嘴里一个劲地抱怨、消沉。

还有一位老教师这样说：我在教育岗位默默耕耘了 28 年。诚如你说，没有梦想，犹如咸鱼。敬佩你的决心和毅力，往事随风，不再回首，冲破荆棘，一路向前，祝福你！

这世界怎么了？到底是哪儿有病了？会让一群善良的、忠诚教育的人有如此扭曲的职业观。

中午放学，我一个人坐在办公室里，不想吃一口饭。想自己当年也有这样的冲动，到最后还是理智了，我不敢相信自己以后的日子到底会是啥样子！家人都说不要野心，过普通人的生活，不要攀比，尊重自己的职业，不要整天在单位太消极、太悲观，但我有时还是控制不住自己的情绪。

到现在我还是很普通，但我觉得很幸福，我有幸福的家庭，可爱的孩子，有一份工作，就不错了。如果每个人在单位总是安不下心，认为自己屈才，还弄得周围人整天心乱消极，那单位还能和睦，还能有正能量吗？

我不明白她这样高调公开离职的原因。她的确是一位有爱心的优秀教师，也说的那么详细，那么热爱教育事业，爱孩子们，但终究你还是背叛了教育事业。她说的很直接坦诚，嫌工资少，为了提高生活水平，想去挣更多的钱。

索性，转身对着镜子照照咱自己，我们这些没有才气也不敢辞职的窝囊人，忽然间开始讨厌自己，痛恨自己，想捂住双眼绝看这世界，甚至想一了百了。

她也许辞职后能挣到比当教师更多的钱，这是实话，因为她对自己有信心，我们也坚信她会挣更多钱，因为她有才，以写作为生就足可以过上更好的生活。每个人都有追求高品质生活的权利，但咱完全可以不要声张先悄悄离开，稳定一下教育局势。

咱们都有孩子，亲戚也都有孩子，如果一大批教师带着消极情绪上课，分心了，辞职了，咱们的孩子们怎么办？

我们谁不是一边在安抚着亲戚朋友的孩子进入教师行业后内心的焦虑，又一边在帮他们疏解着由于一些消极信息给他们带来的恐慌？这些事件对于极不情愿进入教育行业，后经过家长万般开导又勉强接受的孩子，是极具杀伤力的。

如此恶性传播，太可怕了！不敢想，想必有关部门该自省深思一下了！

干一行爱一行，真不想干了就走人，悄悄地，因为毕竟还有大批教师还在这个岗位上奉献呢！尤其是刚招进来的新教师，他们刚燃起的教育热火将会被浇灭。

有位教师这样说：我不辞职。在农村，我没办法放下家庭。虽然教师的工资不足以养家糊口，但我会想办法贴补家用。我们这些人并非手无寸铁，我绝不放弃教育事业，这是良心活，教育必须有人来干，都不想干的话，国家长此以往，后果不堪设想！

她这样公开辞职，的确看出她有超出于其他教师才气的一面，并且攒足了勇气，因为她列举了自己的能力，但不管怎么说消极因素太多，弄得我们这大批没有"才能"的教师更加鄙视自己的无能，人心惶惶，不安心工作。似乎留下来的都是无能窝囊人，谁要是辞职了，谁就是出众的人，有骨气的人。

她还这么如实说着原因，你让那些正在无私奉献，甘于清贫，辛苦敬业的教师们情何以堪，他们能静下心教学吗？他们会不会从此自暴自弃，言不由衷，不再拼命卖力，而做一天和尚撞一天钟呢？会不会有大批教师盲目效仿出走辞职？到头来有些在外混不下去了，还不如以前当老师怎么办？这不是带坏了人吗？

留下来仍站在讲台上的窝囊的你我，辞职之举不能复制，更不盲目效仿，她是她，你永远是你，珍重脚下每一步。

我不敢在那些文章下面留言，以前她的文章有时说到我心里了，我也会留言，而今天我没有再留言，因为我内心在慌乱、在发抖。我越留言，内心越乱越疼，倒不如静下心来反观这辞职的事。不是所有的人都像她一样，感觉自己有更好的出路和前途。大部分教师还是一心扑在教育上，不忘初心，为了那些孩子们，为了教育事业。

毕竟中国需要发展、需要教育，需要我们这些默默无闻，经得起清苦的教师来树人！

改革路上，教育不能少。如果慌乱了师心，教育岌岌可危。不过国家应反思看到，为什么会出现这样的局面呢？

不过我也不清楚，那些辞职的教师是不是都过得很开心，很顺利吗？会不会有一时冲动而无法回头的窘态呢？

因为在几年前我亲耳听说，有个别教师在其他单位混不下去了重新回到教师岗位上的，也有的在外创业亏损破产后，无法生活却因过早辞职没有退路的。人生之路，怎能一个"顺"字了得？

希望所有教师，珍爱自己，珍重当下，且行且珍惜，稳稳走好每一步，你我都要好自为之。在没有想好辞职理由之前，调整好你的心态，照顾好家人和孩子，好好生活，然后再好好工作。

蓦然间，我思索：幸福是什么？幸福就是抽空清空脑子，什么也不想，清净一会儿是一会儿……

最后，真诚希望这位优秀的教师今后的人生之路越走越宽广！

谁不是在苦苦硬撑着

提起"死"字，我后背一阵发凉。

在 2018 年的首月里，"死亡"一词充斥着这整个网络。"80 后"茅某走了，只留下一句歌词：我爱你不后悔，也尊重故事的结尾。

可怕的结论：命运这个东西很神奇，当年以为的普通选择，最终却能决定生死。

茅某曾是"80 后"的创业代表，《中国企业家》的封面人物，"京城 IT 四少"和新一代"创业偶像人物"，并受到央视《对话》《经济半小时》栏目的采访，一举成名。在十几年的艰辛创业之后，他却选择在 30 多岁的年纪离开世界，到底是什么压垮了茅某？

"80 后"，曾是年轻、叛逆的象征；如今的"80 后"，一个有无限可能的群体，为什么选择了自杀这样决绝的方式来回应命运，不再给自己留一丝丝余地？也许他有太多离开这个世界的理由，我不敢贸然下结论。

1 月 29 日，四川某中学一名 49 岁的刘姓男教师坠楼身亡。有人说是工作生活压力过大，为了自尊心而想不开自杀的。也许那位老师已经有很多次自杀的念头，只不过在此之前他及时控制住了自己，而这一次他失控了。

他是一个好丈夫，一个好儿子，一个好爸爸。中年男人所承受的压力太大了，方方面面都有，刘老师可能真的累了，撑不住了，那就歇歇吧。有人说当这个行业不能给你最基本的生存条件时，当你开始用尊严和生命换收入时，离开或许是个选择。

面对这样沉重的话题，我的内心久久无法平静。不堪重负，一位同仁就这样离开了我们，是谁的殇，是谁的悲，又是谁的痛？天堂没有压力，一路走好！

我在思索"死亡"二字，人活着最终是要死去的。不尽如人意，才是生活的常态。其实每个人的命运在生命的终点站都是写着"死亡"二字。冥冥之中，人们清楚地知道，家乡吊丧的队伍所走的是一条古老的路，这是村庄人都必经之路，每个人都会完成这一轮回，都会踏着这条路走向死亡。

人生不如意十之八九，总要放下什么才能得到什么。揣着一肚子的落寞之事、过往之事、伤感之事、难过之事，不堪其重，累死别人，更累死自己。

生命是卑微的，大多数人都是在抗争、困顿、煎熬中卑微地生活着。面朝黄土背朝天的父母们，奔波于天涯的务工游子们，整日焦虑不安的普通职员们，哪一个不都在苦苦挣命，硬撑着。

有些人一辈子都活在太阳的照耀下，也有些人不得不一直活在漆黑的深夜里。在害怕与冷漠的死循环里，我们有时也会无从挣脱，而一边耿耿于怀，一边无力反抗，这是真的难堪。

选择死亡，可能是迫于无奈，濒临崩溃，承受能力太差，不会变通自己。海子在遗书中透露：我是被害而死。凶手是邪恶奸险的道教败类××。他把我逼到了精神边缘的边缘。我只有一死。

他有他自己的苦恼，女友的离去使他一度精神抑郁，加上道教败类的引诱迫害，他的死是必然的。

海明威因对自己才思枯竭和饱受疾病的折磨感到绝望而自杀，他把猎枪伸进嘴里，然后扣动了扳机。这是一种非常"男子汉"的自杀方式，以至于那支双管猎枪都被人们当成是一个"男子汉"的生活方式和生命价值的象征。

海明威无法忍受病痛使他"丧失尊严"，他要以自杀的方式来与疾病作最后的搏斗，并以此来维护自己那种"可以被消灭但不能被击败"的男子汉的"尊严"。

其实，我们活在这世上，活得都不轻松，谁不是在硬撑着，一边活着，一边努力地活着。在面对人生真实的苦难时，我们不妨换另一种态度，可以做到不戚戚于悲愁，不汲汲于痛苦。我们将它看成一个黑色笑话。

太多时候，我也会因各种压力和烦恼而悲观厌世。后来，我把自己时常痛苦之症结归结为不肯认顺命运的安排，非要自不量力地想些烦恼，怪不得有一身被荆棘刺伤的疤痕。

每天早早起床上班，漆黑的天空，只有路边的清洁工与我做伴。顺着足有 2500 米长的马路一直往前走，有时候脑子里突然蹦出来一个想法：车子把向左一歪，钻到大车轱辘底下算了，一了百了，从此再无忧愁和烦恼！

又边走边想：路边风景多好啊！为什么要死呢？还这么不光彩、不体面地窝囊死去呢？要活着，要赖活着，才是王道！

顺着路，天马行空，胡乱思索……正想着美事里，不得不右转弯进入行程终点站，痛苦啊！乏味啊！这日子没头啊……看来真不如一直在路上走。

所以，当才华配不上你的野心，反抗已变得那样无力时，就硬撑着，"凑合活着吧！"

累的时候就不骑车招手打个车，冷的时候就买件羽绒服，不开心的时候就奖励自己一顿大餐，不需要看价格只点想吃的。不委屈自己，更不让自己再受累。钱，买不来所有的东西，但起码它可以让你活得顺心，美一会儿是一会儿。

但生命只有一次，珍爱生命、珍爱家人。一个连死都不怕的人，还怕活着吗？你的父母都在硬撑着活着，你凭什么去死呢？

生活就是这样，有人逆境前行，有人就此倒下，活着的，要想一切办法活着，因为上面还有父母。白发人都在苦熬着，你凭什么静悄悄地走了！

面对生活，谁不是一边劝说别人，一边独自负重前行呢？众生皆苦，谁不是负重前行？

汪峰的《存在》唱得好：多少人走着却困在原地，多少人活着却如同死去，多少人爱着却好似分离，多少人笑着却满含泪滴……"

谁不是把婚姻将就，谁不是把悲喜在尝，谁不是在硬撑着！

人生的无奈，无处躲藏；生活的琐碎，无法逃避。只要不是原则大问题，为了父母，为了孩子，抛开自私，硬撑一会儿就过去了。

给自己的悄悄话：顿顿吃个撑饱，再下地干活儿吧！

中年感悟

（1）

她躺在病床上，微闭着眼睛，面如白纸，气若游丝。

她时而眉头微蹙，时而重重地吐纳，病痛的折磨使她丧失了往日的活力。

我和衣躺在她脚头。她咳嗽了一阵，打了一个哈欠，像是从肚子里发出的声音说："我要尿！快！"

我像旋风似的去卫生间拿过来尿盆，掀开被褥，把尿盆塞进她身子底下，骚臭的气味迅速扑入我的鼻孔。

我无处可逃，她是我的亲人。憋红了脸，窒息般的忍着。

问她想吃啥。她无力地摇头。我看着瘦小虚弱的她，心里一点点疼痛起来。我和她笑着对话时，她看着我的眼神，仿佛在黯淡几秒钟之后又燃起了火苗，让人灼热无比。她期盼自己的病早点儿好起来。

已经很多天了，她时而直挺挺躺着，时而蜷缩着身子睡着。赤裸上身，松垮垮的裤头，穿了如同没穿。胳臂上、手上、脚上淤血斑斑，护士几乎找不到血管下针了。

她老说："我估计今年不行了！"她召集她的娘家人来，想见最后一面。

其实，她的病并非不治之症，大都是她自己的心病。她折腾我们去找神婆驱邪，我们违心地照着去做了。没有邪气，就是病。她不信。

我看得到她的焦虑不安，同时凹陷的眼睛里又灌满了忧伤。我们都在极力劝说她，安慰她，配合她，配合她翻身，配合她大小便，哄着她吃，哄着她喝。

她是我婆婆。爱我疼我，爱我孩子，疼我孩子，爱所有亲人。

（2）

窗外凉风袭来，飘着雨星。夜空，怪兽一般的黑。

房间里靠南墙病床上的女人，体重将近两百斤，腿粗折断瘫痪在床。呼噜声响如闷雷，倏地又犹如狮吼。我失眠了，一夜未眠，冷清幽长的走廊里，我像幽灵一般来回在晃动，蹑手蹑脚，生怕惊醒那些在走廊里临时搭铺的病人陪护者或家属们。

穿过一段又一段昏暗的走廊，透过那些惨白的灯光，我才能勉强看清楚这里的环境。偶尔传来几声凄厉的惨叫。

走廊西头，那是被液化气罐爆炸炸伤了的一家人，他们时不时凄惨的哭叫声让人毛骨悚然，揪心痛心。

双脚被液化气炸烂的男人，痛苦不堪地看着天花板，他似乎在回忆着白天在家里爆炸受伤场面的可怕。红褐色的药液流淌在床面上，渗透到纱布上。身边的女人小声抽泣着，她低头垂面，用手来回抚摩着丈夫又烂又肿的腿。丈夫微微睁开眼睛，望着眼前哭得眼睛红肿的妻子：

"你睡会儿吧！我死不了的！"

几分钟的沉默不语，女人擦干眼泪，去脚头给孩子盖好被褥，瘦弱单薄的身躯慢慢偎依在丈夫的身边。据说她婆婆脸部被炸伤蒙着纱布，伤情严重，还在重症监护室处于昏迷。孩子胳臂也被轻微炸伤。

由于意外，一场无情的煤气爆炸，打破了一家人原有的幸福和宁静。女人试图减少丈夫和孩子的恐惧："医生说没事，你们放心！"

鼓励和安慰对于恐惧或者绝望的病人来说，是多么的重要。一家人的眼神多么相似，在这里寻求庇护，寻求希望，相互鼓励，彼此祈祷。

他们在困境中创造幸福的时刻，手拉手低声细语。我找不到合适的语言去安抚他们一家，默默离开了。不要打扰他们这瞬间的幸福，幸福也是他们的隐私。

楼道里微弱的灯光，刺鼻的消毒水味，伴随而来的是一股阴冷的风，无端的恐惧侵蚀着来到这里的人们。

总感觉这里是一个晦气的地方，布满死亡气息的地方，绝望，悲伤，害怕。但是在妇产科里当它迎来一个新生命的时候，一切都那么让人感激。

一连几天，女人都在这里陪护他们，她匆匆忙忙，楼上楼下，汗流浃背，毫无一句怨言。

后来，有一天在楼梯口处，我也正好上楼，看到她坐在角落里，双臂互穿，穿一件松垮垮的衣服，头趴在胳臂上哭泣着。我不得不停下脚步，关切并询问她究竟。

家庭贫困，丈夫外出打工时落下了疾病，后来就留在家里休养，婆婆有病，两个孩子上学要钱。现在又遭遇此灾，医疗费太贵，一家三口的费用巨大，已经花了几万元了，后期还要继续缴费。

她哭得很伤心，她说她很无助，丈夫之前外出打工挣的钱，这两年治病都花光了。亲戚的钱都借遍了，她不想在丈夫面前哭泣，只能出来躲到这里释放情绪。

（3）

楼梯很宽敞，透气性极高，站在那里趴在窗台上能远望对面的高楼，广场。风雨过后的城市格外幽静清新，广场上地面积水空明，中央依然灯光闪耀，一座座高楼在黑夜里静默，像一个个守夜的老者，与夜空窃窃私语。

医院的楼梯间是病人家属经常待的地方，是宣泄情绪的地方。病房里那种沉闷的气氛使他们感到压抑。

有几个病人或者家属，拿了烟，在楼梯间怅然地吞云吐雾，偶尔有人来借火，偶尔也有人来蹭烟。还有觉得闷的人，主动搭讪没话找话，随意聊天，大都是谈论自己家病人的病情，或者病人如何如何的难伺候，等等。

……

在这里，时间像个中风的老人，慢慢移动。

病房里那位老太太出院了，晚上，又来了一位老太太，她患脉管炎膝盖以下截肢了。亲人们都在陪护，我不敢看她那条又粗又软裹着白纱布的腿，悄无声息地走出去。我站在楼道口心不在焉地晃悠着，又坐到旁边的空床上心不在焉地看书打发时间，有意无意地听着两位男子的聊天：

"你说人命贱吧，可一进医院，就贵的不行！"

"钱是赚不完的，亲人生病住院期间，身为儿女的我们应该多陪陪他们，这样他们内心的恐惧才能化解，多和他们说说话，谈谈心……"

这时，有一位中年女子，低着头捂着脸来到楼梯间里流泪。可能是一直在病房忍着，怕病人、怕亲人看见了伤心，终于他们到了楼梯间，开始泪水横流，甚至哽咽出声。于是，男人也慢慢走到她跟前，没有说话，抽着烟默默流泪，然后安慰泣不成声的女人。

原来西边病房里那个每天彻夜不睡，哭着吵骂家属的老人，是她的婆婆，大脑萎缩，儿媳伺候她，她每天用最难听的恶言秽语大骂儿媳。儿媳只能忍气吞声，跑到楼道里宣泄情绪。

208

刹那间，我认为，那泪水源于生命的脆弱，源于亲情的难以割舍，源于病人的百般折腾，也源于家庭的贫困和经济的拮据。

往北看，又听见楼梯里有人打电话，电话这边的人歇斯底里，满含委屈，全是怨怼，除了快乐，全都有。吵了很长时间，委屈很多，什么"我哪有时间天天跑医院，我不上班吗？你说的倒还轻巧，你回来看护几天试试？……你挣钱重要，这老人生病不重要吗？你们都有难处，我都五十多岁了，身体也不好，谁来体谅我呢，难道就我该死吗？"……

他这是在埋怨，也是在控诉。

正在楼梯里八卦闲聊的人，很有眼色地慢慢走掉，给正在打电话发脾气的家属腾个空间，让他发泄一下吧！有的人听着听着偶尔笑一下，偶尔皱个眉，摇头叹息。

我也怕打扰别人，也怕那个打电话的人尴尬，就没有再走向楼梯处，病房内那个打呼噜的胖女人继续在响着闷雷。我就不进去了，索性就坐在婆婆病房门口的灯下打盹。

这里的夜晚真不平静。

（4）

有一句经典语句：中年是个狗。

其实还不如狗，狗急了还能跳墙，狗气了还敢咬人。而中年的我们敢吗？我们只能抗和憋。

中年的日子就是把哭声调成静音的过程。你要稳健老练，忍辱负重，也要咬紧牙关苦苦硬撑，你更要学会前一秒躲在厕所放声大哭，后一秒擦干眼泪转身就笑的本领。

近两年，家中老人轮流生病，真让人招架不住。这些天，婆婆住院需要陪护，公公偏瘫在家，生活不能自理。这些天，我，姑姐，丈夫奔波于家里和单位、医院之间，就像失魂的游子。

病房里为婆婆翻身，擦屎端尿，喂饭喂药。家里面为公公做饭端饭，白天预防摔跤，夜间陪护。

终于姑姐晕倒了，晕倒在为婆婆买药的药店里。药店人员让她喝点葡萄糖，又恢复了意识。她颈椎严重疼痛、血压升高、头晕目眩。我劝她去治疗，她含泪立刻拒绝：

"我现在能住院吗？爸妈现的样子，我现在都不敢生病住院，我头晕歇歇就好了，等以后再说吧！"

我一边要去几里外上班工作，一边要到医院照顾病人，从医院到单位十几里的路程，顶风冒雨来去匆匆，失眠熬夜，腰椎疼痛难忍，两耳像塞了张塑料纸一样，隆隆作响，头脑发蒙。但我没有倒下，得撑。

丈夫是家中的顶梁柱，他一边下乡上班，下班后就匆匆赶往医院，夜间轮流陪护病人。面色苍灰，眼睛发困无光，他不敢说一句累，更不能倒下。

抽空，我回了一趟娘家，父亲和母亲都十分关心婆婆的病情。母亲心疼我们太忙了，因为我父亲身体也不好，我就同父亲开玩笑说：

"爹啊！你可争争气，积积福别生病，把身体养好！千万不能在最近生病哦！要不我都崩溃了！"

中年不是狗，是个猴，得像孙猴子。

你得善于察言观色，机智聪慧；你得神通广大，七十二变，学会分身术；你得忍气吞声，无限度量，呼之即来挥之即去；你得健步如飞，飞檐走壁，甚至一个跟头就能十万八千里。

你就是全能的猴，既能当好家庭角色，又能当厨师、当保姆、当护士，还能当心理医生。

得撑住！

一篇终究没有上交的作文

教室后面一个熟悉而又陌生的身影进入我的视线。

她，一个脱离这个班集体三个月的学生，如今为了参加毕业班一模考试又回到了这间教室。

她消瘦了很多，原本红润白皙的脸庞变得蜡黄蜡黄的，她低着头，额头上的头发自然下垂，遮住了大半个脸。

"丁一红，是你吗？猛一看老师认不出你了！"我轻轻地拍了拍她瘦弱的肩头。

"哦！老师好！"她猛地抬起头，微微笑了笑，满脸通红，再没有过多的话，低下头又写起了作业。

两天考试的时间一晃而过。丁一红又离开了这间教室，到别的学校去了。

这是一个生活在暴力恐怖家庭中的孩子。她的爸爸不务正业，外出打工时有了外遇。母亲在家带她上学，操持家务。当得知父亲有外遇后，母亲带着她住回了娘家。母亲把她送到外婆家那里去上学，自己也出去务工。

父亲和那个小三关系越来越亲密，逼迫母亲离婚。父亲对她的生活学习也不管不问了。她在学校里认真学习，成绩优异，渐渐地适应了没有爸爸的生活。

可是突然有一天得知爸爸入狱了，究竟为什么，她也不想知道。小三也离开了爸爸。毕竟亲情是割不断的，孩子内心还是渴望见到爸爸。毕竟小时候爸爸很爱她，背她抱她，曾经多少次梦里见到爸爸。

在小学时的一个暑假里，奶奶红肿的眼睛和近似哀求的语气让她顿生怜悯，她从外婆家哭着跟着奶奶回到了家。坐上火车到北京的监狱探望爸爸。

在一次半命题作文《从此，我不再_____》中，丁一红的作文迟迟没有上交。后来我找她要时，她给了我一个本子，那上面算是她的日记。那篇《从此，我不再流浪》已经写了四页还没有收尾。她说她还没有写完，她想等写完了再上交。

这到底是一篇什么样的文章，能写几页还没有写完。她只是先把本子让我看看，恳求看完了还给她继续写完。我答应了。

那篇没有写完的文章让我大吃一惊，泪流满面。

孩子回忆那个暑假去监狱探望她爸爸时内心的痛苦挣扎，在北京街头感觉自己像一个流浪儿。文字里流露出她对家庭和睦的渴望，她对爸爸的期盼和最根本的哀求愿望：让我拥有一个家！……这是没有写完的作文，读了之后我却泪流满面，我为这个品学兼优的可怜孩子的命运担忧着。

九年级上期快结束时，刑满释放的爸爸突然来学校看望她。爸爸不想和她妈妈离婚，他想通过女儿找回已逝的夫妻情感。可能是母亲和外婆不让她与自己的爸爸碰面，母亲似乎是铁了心要离婚，女儿归母亲。那一次爸爸来学校偷偷看她给她买了许多东西。

可是后来，爸爸再来看她时，她很排斥，不知道父女俩那天说了什么，她对爸爸很凶，似乎表明不愿跟着父亲回家，拒绝见面。爸爸似乎想今天就把女儿偷偷带走，揪住孩子的头发在校园的大树下一顿毒打，爸爸还用脚踹了孩子两脚，然后骂骂咧咧地走了。

留下的却是女儿满脸的泪痕和仇恨的眼神……

过完春节，丁一红没来，听说她转到别的地方借读去了，为了躲避父亲的"骚扰"。我们断定，这里面肯定有母亲和外婆的主意。可是孩子的报考学籍还在我们这个班级，大型考试、一模二模、中考她都还是回来考试。

一模考试那天，我还专门找丁一红谈了心："丁一红，你还欠我一篇作文，你记得吗？"我们半开玩笑地交流着，其他话题没好多问，怕影响她中考前的冲刺复习。

"老师，等我有机会写完了，我一定会让你看的！"

我希望她把那篇《从此，我不再流浪》写完，我想更多了解真实的她，以及她的家庭。后来这孩子以优异成绩考上了重点高中，但她那篇终究没有写完的作文，我至今也没有看到……

我在想：像这种家庭环境中成长起来的孩子，成绩仍能够如此出色，实属难得。有多少混乱不堪，情感复杂的家庭中，孩子的学业都被荒废了，孩子心灵上的问题很多，或自卑封闭，或暴躁凶狠，或看破红尘，或自暴自弃。

同样我在批判一些行为，当父母婚姻面临危机时，孩子不能作为你们要挟对方的工具，更不能成为夺回情感的筹码，那些所谓的亲戚、爷爷奶奶、外公外婆更不能拿掩藏孩子躲避对方的看望，来达到惩治报复对方的目的。

生活在和睦家庭的孩子，一般来说，身心都会健康，性格比较阳光，而生活在不和睦家庭的孩子，他们的内心比较敏感，性格内向，甚至严重的会因有不安全感而变得孤僻、自闭。父母吵架对成人而言很平常，能理解，但对孩子而言，却是天塌下来了，他的安全感会受到很大冲击。

我曾经看过一本心理书籍，上面说道：人这一辈子，知识可以不断增长，但精神层面上的进步很小很小的，比如你回想起你幼年时所受到的伤害，你依然能感觉到痛苦。生下孩子不是给他一条命就够了，爱他呵护他是你的责任。可见孩子在幼小时心灵受到的影响可能会伴随他一生。

在这里，真诚希望女孩能尽快走出家庭矛盾带来的阴影，做一个健康、乐观、自信的姑娘。同时我会一直等待那篇没有写完的作文！

一位离异母亲的眼泪

今天是高考的第一天。我的心情很不平静，不仅仅是因为孩子们高考，还有那位母亲含泪的眼睛。

今年的高考天气出奇的晴朗，艳阳高照。

早饭后，家长们带着孩子匆匆赶往考点，考点门口早早就挤满了人。车辆很多，在警察的指挥下，大都停放整齐。

家长们陪着孩子站在那里，等待着大门的拉开。家长们脸上的表情很丰富：有的喜笑颜开，拍拍儿子的肩膀；有的紧紧拉着女儿的手不放松；有的拥抱着儿子，把脸贴在儿子脸上亲了一口；有的还不停地往孩子嘴里塞东西吃……

不过，有些家长很镇定，一言不发地站在孩子旁边，还有的孩子是一个人站在那里，没有家长陪伴，相反这些没有家长陪伴的孩子，显得很轻松自然。

校门口，人们的脸上写满了焦虑恐惧，表情复杂，学生们有的在沉思着什么，有的紧皱眉头很焦虑的样子。

考点大门打开了，家长们目送自己的孩子随着人流缓缓进去，随后家长纷纷离开。但是大多数家长还留在那里，因为开考三十分钟以内，孩子如果有什么异常事情发生，监考老师就会到大门口通知家长去处理。

大门西边，有一排杨树，我们找了一个大树下的石凳坐下来。突然我看见树下有一位母亲在那里抹眼泪，看样子她很伤心，手里还拎着一袋子吃的东西和衣服。

"大姐别哭！孩子考试你应该高兴，心情放松点儿，别让孩子看见了，增加心理负担。"我出于好心，本能地对旁边流泪的母亲说。

"哎！"她看了我一眼，觉得不好意思，就赶紧擦擦眼泪，叹了一口气。

我觉得她似乎有心事，就不好问了，看她拿的一袋子吃的东西，我就说："考试的时候你不用给孩子拿这么多吃的东西，孩子只要在家里吃好喝好就行，考完试出来咱们就把他直接带出去吃饭就可以了。"

阳光洒在树上，又透过树枝射在地面上，斑斑驳驳的影子。后来这位母亲擦了擦眼泪，低着头，看着地面若有所思。后来才开始和我慢慢交流起来。

原来她是个离婚女人，已经和丈夫离婚三年了。这三年她在外面打工，平时就是跟儿子通电话，或者假期回来才能见到儿子。后来儿子叛逆了，上学带手机被老师发现，手机被没收了，平时也无法给儿子通电话。之前他爸不让她和儿子接触，说她影响孩子学习，不允许母亲见，尤其是到了高三更是不让见。

说这话时她显得很愤怒，接着说："这次高考前半月我专门从外地回来，就见过孩子一面。没想到他爸知道我去学校与儿子见面，就骂我，甚至说再看见我去骚扰儿子，非打我不可。我也不敢去看儿子，我听儿子老师说儿子今天在这个考点考试，就来偷偷看看，刚才我看见儿子被他爸送到门口，进了校园。我不敢上前去，怕他爸骂我，也怕孩子心里有压力，就没敢上前。"

"我没有别的想法，只想看看儿子，给他送点儿吃的，我又给儿子买了一身衣服。想起我儿子我就整天哭，我俩离婚确实害苦了我儿子，我孩子非常可怜！"

我中间插了几句言，不停地安慰她，其实我没有合适的语言来安慰这位母亲。但我能体会到一位离异母亲对儿子的想念。

这位母亲说出了离婚的原因，她和丈夫离婚是因为丈夫有正式工作，她没有工作，两个人分居两地。后来丈夫在外面有了小三后，更加嫌弃她，那时候孩子上小学四年级。夫妻俩经常生气，孩子看得很清楚，丈夫逼着自己离婚，开始她想为了孩子死也不离婚，可是后来忍无可忍绝望气极了，娘家人最后也支持她离婚。在儿子上初中时，两个人终究还是离婚了。

唉！可怜的母亲，可怜的孩子！

也许在今天考试的场合，作为母亲的确应该来看孩子，但是对于他们这样特殊的家庭关系，我个人认为这位母亲今天不应该来打扰孩子。毕竟儿子很明白母亲来看自己意味着什么，碰见爸爸免不了尴尬，甚至还要对骂，孩子内心肯定会受影响。

我只是委婉地劝说了这位母亲，这两天高考最好不要打扰儿子。让儿子静下心来考试，等最后一场考完，儿子出来了，你再相见会更合适些。

这位母亲没有反对，但也没有作声。

第一场考试结束了，家长们都围在门口，我看见儿子从大门口出来，我们没有多说，就拉着孩子的手坐上车匆匆离开了。

我也同这位母亲摆了摆手，就在这时，我看见这位母亲盯着我的儿子，脸上流露出羡慕和略带牵强的笑，那眼神很复杂……

我在想，一个完整的家庭对每个人来说是多么重要！如今有很多家庭存在着问题，但他们很多都为了孩子，把婚姻将就着，谁不是把悲喜在尝，谁不是在硬撑着！

人生的无奈，无处躲藏；生活的琐碎，无法逃避。只要不是原则大问题，为了孩子，还是将就过吧！

我不知道这位母亲最后到底见没见到自己的儿子，总之，我的内心一直不平静，我很同情和理解她的内心。

第六辑　读着，悟着，将作品咀嚼出芳香

项虞之恋中虞姬是心计女吗？

"霸王别姬"出自《史记·项羽本纪》，其中姬是指西楚霸王项羽的美人虞姬。描写了英雄末路的悲壮情景。现多比喻独断专行，脱离群众，最终垮台。

古代皇帝身边不乏美女，美女大多会玩弄权术，跟皇上玩心计耍心眼儿。小说、电视剧中许多宫斗之戏，无不显现美女的心计无穷。那些跟皇帝耍心眼耍得挺不错的女人，有的是想霸权，有的是想复仇，有的是为国捐躯，当然也有一些搬石头砸自己脚的不成功的女人。我们说的这一位，跟历史的一句成语"金屋藏娇"有关。

陈阿娇跟皇帝耍心眼儿用巫蛊之术，但没有灵验。陈阿娇跟皇帝耍心眼儿，是刻意为之。还有一位，也跟皇帝耍过心眼儿，她的做法后人褒贬不一，但起码她不是心眼儿坏的女人。她就是虞姬。

相传虞姬容颜倾城、才艺并重、舞姿美艳，并有"虞美人"之称。后人曾根据《垓下歌》，臆想她的结局是在楚营内自刎，由此流传了一段关于"霸王别姬"的传说。

虞姬，好多朋友就会想到那个拔剑自刎的女人。她想激楚霸王重返江东，从而东山再起。这让我们感觉虞姬确实是个好女人，不是一个祸乱朝纲和贪图享受的女人。

爱情自古以来都是受人称颂的，虞姬和项羽的爱情到底是真爱吗？

西楚霸王项羽是中国历史上一个非常著名的人物。虽然他并没有像其他的英雄人物一样功成名就，一统天下，甚至因为他的自大傲慢和轻敌而被刘邦逼得只能在乌江自刎。但是这一切并没有阻挡人们对他的崇拜和赞赏。

他是以破釜沉舟的勇气和决心用三万人马打败秦军二十万人马的统帅。正因此，一代佳人虞姬才会仰慕崇拜，誓死追随他，甚至为了他拔剑自刎。

关于虞姬的死，其实还有另一种说法，那就是她并非死于自杀，而是被对她宠爱有加的项羽杀死的。

不想去深究，值得肯定的是，虞姬是因为项羽的惨败迫于无奈而死。

那为什么虞姬会遭此厄运呢？项羽为什么从"西楚霸王"沦为"四面楚歌"的呢？在《史记》中曾多处提到项羽失败的原因，刘邦及其他重要的谋臣也都有自己的观点，不会用人，部下有功不赏，等等。

范增是项羽身边极为重要的谋士，可后来因为鸿门宴一事，气走了，辞官还乡。而项羽想再找他的时候，范增已经患病，后背生了个大疮，最后死了。他是怎么离开的呢？据历史学家研究是跟虞姬有关。

项羽和虞姬从小一起长大，两小无猜、青梅竹马，这两家于是结为秦晋之好。这个虞姬跟霸王之间确实是情投意合，没有一心求攀升，享受荣华富贵势利的想法，或者非要项羽雄霸天下不可，她只想跟楚霸王项羽安安稳稳地过二人世界。

她随着项羽南征北战，倾力付出，温情相伴。在戎马倥偬之际，战事再激烈，她也不肯离开项羽一步，在项羽遇到挫折的时候，她便以"胜败乃兵家之常事"的话给他精神抚慰。项羽在历次战役中所向披靡的光荣经历，深深赢得了虞姬的爱慕，项羽成了她心目中最了不起的理想英雄。

虞姬她这个愿望和范增不一样，范增是要辅佐项羽雄霸天下，范增当时一直劝项羽不要跟虞姬儿女情长，但项羽这边舍不得天下，那边舍不得美人。他的性格优柔寡断，跟刘邦不一样，他没有刘邦的阳刚霸气，喜欢横刀夺爱，关键时刻没有婆婆妈妈和儿女情长，刘邦为了自己逃命，甚至把老婆、孩子全都踹车底下去了。

有人说，鸿门宴上如果项羽听了范增的话，杀了刘邦他就不会失败。也有人认为，依项羽的性格，即使刘邦得不了天下，天下也不是项羽的。武力可以夺取天下，却不能治理天下。

项羽对人民残暴，对诸侯镇压，不沿用前人的智慧，不听取谋士的建议，刚愎自用，不以大局为重，只按照自己的意愿处理事情，怎么会不失败呢？

楚汉相争后期，项羽趋于败局，于公元前 202 年，被汉军围困垓下，兵少粮尽，刘邦手下有不少人会唱楚歌，项羽几番突围失败，兵孤粮尽，夜晚听到四面楚歌，以为楚地尽失，楚营里的将士们听见家乡的歌声，军心涣散，纷纷逃跑了。

楚霸王见大势已去，心如刀绞，他知道自己的灭亡已经无法避免，他的基业顷刻间灰飞烟灭，他没有留恋、没有悔恨、没有叹息。他唯一忧虑的是他所挚爱的、经常陪伴他东征西讨的虞美人的命运和前途。他很清楚，自己死后虞美人的命运肯定会十分悲惨，两个人饮酒帐中，不由悲伤地唱起了《垓下歌》："力拔山兮气盖世，时不利兮骓不逝。骓不逝兮可奈何，虞兮虞兮奈若何！"

这首歌在虞姬看来就是对她最好的安慰，最美的爱情诠释。

虞美人在旁听了，泣不成声，坚贞的爱情，不仅驱逐了死亡的恐惧，而且将人生的千种烦恼、万重愁绪都净化了，从而使她唱出了最为震撼人心的诗句：

"汉兵已略地，四面楚歌。大王意气尽，贱妾何聊生！"

220

项羽回头对虞美人说："天将明了，我当冒死冲出重围，你将怎么样！"

为了不使项羽为难，为了表决自己深爱大王，至死不渝，便对项羽说："贱妾生随大王，死亦随大王，愿大王前途保重！"

她一转身，突然从项羽腰间拔出佩剑，向自己项上一横，就这样香消玉殒了。谁许了谁携手此生，谁又应了谁白发青丝？！

项羽抚尸悲戚大哭，含泪命人就地掘坑掩埋了虞姬，跨上战马，杀出重围。

但终究没有逃出汉兵的追击，到了乌江边无处可逃，途中误中多次埋伏。项王说，自己当年与江东八千子弟出征，已全部战死，自己不愿苟且偷生，并感到无颜再见江东父老，自刎江边。

虞姬为什么这么傻，这么早就了断自己的性命？为什么不到山穷水尽时再自杀，为什么不到项羽战到最后，再无机会时再绝望？为什么这么早判定项羽死刑，断定项羽必败的结果呢？为何不与大王共同作战，荣辱与共，生死同一呢？

但话又反过来说，就算楚霸王当了皇帝，虞姬也不过是成千上万的贵妃中的一个而已，遭冷遇不可避免。她将不会长期受专爱专宠，大英雄这样能为心爱的女人悲戚泣哭过，也是虞姬的荣幸。

古代帝王沉迷于女色，不思进取的比比皆是，一旦国王沉迷于女色，臣子们当然会有忧虑感，项羽和虞姬之恋也是如此。一旦帝王失败时，历史评判家大多会把责任归于这个女人，是不太公平的。

甚至还有人写到，猜测虞姬可能是刘邦效仿西施而派她到项羽身边，分散他的精力，削弱他斗志的间谍女人、玩心计的女人。

但我情愿相信，虞姬这个在皇帝身上玩过心计的女人并不是坏人。她默默无闻、坚守妇道、无私奉献、光彩照人，项虞之恋抛开政治因素，单纯从爱情的角度评判是值得赞颂的。

项羽和虞姬的旷世之恋十分经典。作为历史上赫赫有名的西楚霸王项羽传说中一生的挚爱，拥有倾城容貌又才艺双绝并自刎于项羽面前的传奇女子虞姬，不但深受普通老百姓的怜爱和追思，也是历代文人墨客们的重点描述对象。

虞姬死得无私与忠贞，让世人敬仰赞叹，她的死是何等的悲壮。虞姬之死，终究是为情而死，死的坚贞，死得其所，营帐中美人挥泪拔剑自刎的悲壮一幕，让帝王身边的美人形象变得温情而高大，富有人性光辉，世人不再用世俗眼光刻薄冷议，谩骂指责这样的女人。

最终八千楚军被迫投降刘邦，但是从尊严角度来评判，他们没有一人像虞姬那样的坚贞，那样的有尊严。清朝诗人何浦《虞美人》云："遗恨江东应未消，芳魂零乱任风飘。八千子弟同归汉，不负军恩是楚腰（虞姬）。"

据说，刘邦以礼埋葬了虞美人。后来，在虞姬血染的地方就长出了一种罕见的艳美花草，人们为了纪念这位美丽多情又柔骨侠肠的虞姬，就把这种不知名的花叫作"虞美人"。

史书上，她是个谜，寥寥数语，难以让后人了解，甚至是她的名字，亦是个谜。

只是后人唤她为——虞姬。

只是——自古红颜多薄命，自古红颜多祸水。她，亦是如此。

【附注】：

（此文部分是据其他文献整理而得。正史中没有这女人的记载，而虞姬在正史上是一个颇为神秘的人物，既不知道她的真实姓名；也不知道她生于何时何地，何时与项羽结缘。除了那一首流芳百世的《垓下歌》和著名的"霸王别姬"的典故，再无其他详细记载。连仅供娱乐的野史中几乎没有记载，说这样的两个人相恋只能存在于某些影视剧的幻想中了。）

大乔小乔传奇迷离的人生

曾记得有人问：用最精练的话总结《三国演义》到底写的是什么。答案种类多多，超级精练幽默，贴切大气：

"战""主子""一群男人""男人们和战争的故事""从贫贱到自强，三个男人的旷世恋情""军师救我啊！" …… 诸多答案没有出现"女人"一词。

的确，三国是个纯粹的男人时代，女人似乎在那个时代无足轻重，处于弱势边缘。所以三国时期关于女人的历史记载实在是稀有。

但如果说起三国时期的美女，人们不会忘记"江东二乔"的。"江东有二乔，河北甄芙巧。"史籍中有关江东二乔的记载极少。二乔的父亲乔公，本在汉献帝的手下做官，当时的汉朝早已名存实亡。丧妻后的乔公辞官归乡，带着大小乔隐居于安徽皖城。有诗曰："乔公二女秀色钟，秋水并蒂开芙蓉。"二乔到底有多美，史书所载少之又少。《三国志》说"皆国色也"，《江表传》说"貌流离"。总之是国色天香的大美女，而具体容貌只能靠后人凭空想象了。建安四年，东吴的孙策和周瑜带着军队攻下皖城。陈寿的《三国志》云："得乔公二女，皆国色也。策自纳大乔，瑜娶小乔。"当年，孙策和周瑜都是 25 岁，大乔 18 岁，小乔 16 岁，都是青春年少。这两段婚姻看起来荣光无限，美人配英雄，郎才女貌。孙策曾说："乔公二女虽流离，得吾二人作婿，亦足为欢。"（《江表传》）

三国时的大乔和小乔合称"二乔"，是中国古代历史上著名的大美女，分别是三国东吴霸主孙策和大将周瑜的妻子。唐代著名诗人杜牧

《赤壁》中的诗句"东风不与周郎便，铜雀春深锁二乔"更是让这二乔家喻户晓。

一对国色流离的姐妹花，同时嫁给两个天下雄杰，一个是雄才过人、威震江东的孙郎，另一个是风度超凡、文武双全的周郎，堪称惊世姻缘了。

三国时曹操欲吞并东吴，诸葛亮奉刘备之命到达江东劝说孙权联合抗曹。诸葛亮其实早就听说东吴有两位美女，但从未谋面，赤壁之战时，诸葛亮对周瑜使用激将法："将军何不去找那乔公，用千金买下这两个女子，派人送给曹操。"类似范蠡献西施的妙计，不容犹豫。因为他早就听说曹操在漳河新建了一座"铜雀台"，并且广选天下美女置于其中。曹操听说江东乔公有两个女儿，长曰大乔，次曰小乔，都有沉鱼落雁之容，闭月羞花之貌，曾经发誓："吾一愿扫清四海，以成帝业；一愿得江东二乔，置之铜雀台，以乐晚年，虽死无恨矣。"曹操曾经命曹植写了一篇《铜雀台赋》，其中"揽二乔于东南今，乐朝夕与之共"一语，果然是想要得到江东美人二乔的意思。可见他率百万雄兵，虎视江南，其实不过是为得到这两个女子。曹操得到她们之后，心满意足，必然班师回朝。也许这是罗贯中在小说中蓄意渲染二乔的美色而故意虚构的吧，也是故意曲解曹植的本意，"二乔"其实本来说的是铜雀台上的两座飞桥。

关于小乔

周瑜风度儒雅的才男形象，与堪称国色的小乔可谓天作之合。在《三国演义》中，罗贯中丰富了周瑜和小乔的爱情故事，由此成为后世文艺作品的对象。小乔和周瑜情深恩爱，郎才女貌，结成伉俪，当然两情相悦，恩爱有加。有关小乔和周瑜的爱情故事并没有多少记载，但是可以想象一对伉俪的幸福生活。在当时的战乱年代，两个人相知相爱也不是一件容易的事，所以周瑜对小乔疼爱有加。小乔随军东征西战，并参加过历史上著名的赤壁之战，恩爱相处了 11 年。在这 11 年中，周瑜作为东吴的统兵大将，江夏击黄祖，赤壁破曹操，功勋赫赫，名扬天下；可惜年寿不永，在准备攻取益州时病死于巴丘。周瑜死的时候，小乔并不在他身边。周瑜的遗体运回来的时候，太阳即将落山。小乔素服举哀，楚楚可怜，诸葛亮也在这个时候对于这国色容颜一饱眼福。小乔在灵柩前并没有看见丈夫的脸，只看到了金棺在夕阳下闪烁，映出晚霞的光芒，却慢慢黯然失色。

此时，小乔不过 26 岁左右。对小乔来说，痛失爱人是一件多么悲伤的事情。当时，战火纷飞，上下一片混乱，小乔身为一个弱女子，可想而知周瑜去世给她的打击有多大。随后，小乔和大乔一同生活在了江南，两名绝色美人，都过着孤苦的生活。周瑜病逝后，小乔一直闷闷不乐，最终因病离世，享年 47 岁。

后人曾八卦诸葛亮与小乔的传说：

同样是风雅儒将，周瑜娶了个大美人媳妇，诸葛亮却娶了个丑婆娘，这让诸葛亮心里很不平衡。论相貌和才气，咱哪一点不如周瑜，为了早日见到日思夜想的"乔美女"，诸葛亮种种办法使尽，最后，直接让周瑜发出了"既生瑜，何生亮"的感叹而一命呜呼。

气死了周瑜，小乔又成了寡妇。按诸葛亮的想法，既然周瑜已经死了，小乔肯定是要出现在灵前的。如此一来，不是就能见到自己的梦中情人了吗？

祭灵这个间隙，诸葛亮终于见到了朝思暮想的"乔美人"。此时的小乔，一身孝服，越发楚楚动人，让诸葛亮大饱了眼福。

在当时，小乔和周瑜是一对让世人称颂的才子佳人。二人的故事依然流传在民间。著名文豪苏轼曾写有一首《念奴娇·赤壁怀古》，在词中提到了"遥想公瑾当年，小乔初嫁了，雄姿英发"。

明人曾有诗曰："凄凄两冢依城廓，一为周郎一小乔。"

到 1914 年，岳阳小乔墓上还有墓庐。现在尚有刻着隶书"小乔墓庐"的石碑。

关于大乔

关于大乔，《三国演义》中没提到过。不过，从有关资料分析，至少可以肯定，大乔的命相比之下略显凄苦，绝代佳人怎么凋零和流落何处都没有人知道。孙策娶大乔的那年是 20 多岁，大乔 18 岁，她嫁给孙策之后，孙策忙于开基创业，东征西讨，席不暇暖，夫妻相聚之时甚少。仅仅过了一年，孙策就被前吴郡太守许贡的家客刺成重伤。大乔日夜和衣陪伴，不眠不休，不食不饮，全心照顾。孙策生命垂危，回到吴国，使人寻请华佗医治。不料华佗已往中原去了，只有徒弟在吴国。徒弟说："箭头有药，毒已入骨，其疮难治。"可怜孙策没有死在激烈的战场，而是死在一个穷途末路的人手中，年仅 26 岁。二人只过了两三年的夫妻生活便无缘再续夫妻情缘。大乔的结局是可以想见的，一是受古代封建思想的影响，女人名节为重，丈夫死后是要为其守活寡的。大乔充其量 20 岁出头，青春守寡，真是何其凄惶！孙策死后，大乔伤痛欲绝，数度昏厥，并欲投江殉夫。大乔独凭雕栏、凄楚望月，极其悲苦。但想到孙策临终前曾拉着她的手，要她照顾幼弟孙权（18 岁），助他强握大权，并讨伐奸贼，使大乔慢慢振作，化悲痛为力量。从此以后，她只有昼夜操劳，含辛茹苦，抚育孙权。

后来孙权对皇嫂仍万般尊重，也在大乔与众臣如张昭、周瑜、鲁肃等人的辅佐下，很快地团结江东各股势力，建立威望，进而重新掌控大局了。据说大乔在孙权称帝（公元 229 年）之后，即不再过问俗事，深居简出，宁静祥和，安享天年！匆匆岁月，红颜渐消，一代佳人，没有史料考证，竟不知何时凋零。

当然，有关二乔和孙策周郎的故事，很大程度上属于后人的美好愿望。从史书的"纳妾"之说中可以推断，二乔在家中的地位仅仅是妾。不过对于乱世中的二乔而言，能嫁给天下一代英豪，令世人羡慕，算是一个不错的身份了。

大乔和小乔本来是一对普普通通的姑娘，可乱世赋予她们迷离坎坷的人生，她们命运的改变就是因为两个男人的出现，在三国这个战乱纷飞的时代，多数女性的命运往往与政治紧密相连，时代把大部分时间给了男人们驰骋疆场，建功立业，却很少有人去关注乱世红尘中这两位国色女人的心酸、孤寂、可怜、辛劳！

战乱岁月、纷飞时代、稳固江山、掌握权力，人们常认为男人要谋略，女人要用计。只是比起貂蝉，二乔的计谋相形见绌，且无有记载，二乔在这乱世中既没有以色诱人，也没有以情杀人，更不是男人的棋子，她们只是普通的佳人，只梦想永久富贵与浪漫，因此她们无论以何种身份出现，都显得那么的让人羡煞爱怜。如果非要探究有多少计谋策略，史书上没有记载，充其量她们一半有爱情，一半是个战利品。

二乔的一生传奇迷离，身世平庸，姻缘惊世，上天给了她们国色容颜，乱世中她们却享受不了长久的幸福，两位英雄不能与她们厮守到老。红颜薄命，情路成殇，一代佳人，人生何其凄惶！

试问貂蝉：为何又从远古走来？

古代四大美人有"沉鱼落雁，闭月羞花"之赞誉，这里的闭月就是貂蝉。四大美人可以说要数貂蝉最迷人、最出彩，但翻开史书，找不到貂蝉是何方神圣，只有小说或文艺片中，才有貂蝉一段美丽传说。

少扯美人的事，似乎大部分的作家、编剧都很难做到。

那些"××演义""××传奇""戏说××""××传"等小说和剧本大多有美女夹在里面说话，并且有的刻意着色，尺度放大，褒贬不一，似乎缺了美人作品就缺乏色彩和渲染力，市场票房就会不景气。

仔细想想可以理解，艺术文学终归趋于多元化，融历史、传说、神话、趣味于一体，它可以不完全遵循真实历史，有的电视剧甚至与原著作历史背离，颠覆尺度很大。时尚、趣味、娱乐终究还是给小说穿上了时尚的外衣，迎合前卫者的口味，与时代同步。那些美人要么出身贫苦自强不息；要么心狠手辣，以姿色夺取上位；要么利用美色，巧使连环美人计扭转乾坤；要么周旋于男人之间，相互残杀；要么扯下脸皮，以色计报仇雪恨等。

《三国演义》中，罗贯中虚构一个貂蝉，渲染开来，将董卓平时掷向吕布的那一戟，挪到凤仪亭来，故事情节也就站得住脚了。貂蝉这个形象，使《三国演义》平添了几分精彩和儿女情长。

她竟使吕布、董卓等英雄豪杰为之而神魂颠倒，纷纷拜倒在她的石榴裙下。

貂蝉出生在东汉末年江陵的一个没落家庭。父兄不知去向，母女二人被王允收容，王夫人命她做了贴身侍婢，渐渐地，她颇得王夫人的欢心和王允本人的另眼相看。于是使她的身份介乎小姐与侍婢和歌妓之间，战乱也没有使貂蝉受到损伤。

当时把持朝政的董卓仗着有勇冠三军的吕布做义子残暴戮杀，为非作歹。作为东汉大臣，王允一心想除掉董卓，但他知道吕布很重要，要想除掉董卓首先离间董卓和吕布的关系。也就在此时，貂蝉的命运发生大变化。

王允设的连环计不失为一出精彩大戏。先让吕布认识美女貂蝉，假意许以婚姻，接着很有用心地又转手给董卓。吕布英雄年少，董卓老奸巨猾。从此以后，貂蝉周旋于二人之间，送吕布秋波，报董卓妩媚，把二人撩拨得神魂颠倒。说到底，是貂蝉充当色情间谍诱杀了董卓。从此貂蝉留给后人的评判褒贬不一。

当然，也数她最不可捉摸，多种史料包括《三国志》《后汉书》在内的正史中，我们都没有发现任何明确的有关貂蝉的记载，至今人们还不清楚她的真面目，这一切使得貂蝉的身世更加扑朔迷离。关于她的身世，存在着以下几种的说法：

第一种说法，貂蝉是王允的歌妓；

第二种说法，貂蝉是吕布的妻子；

第三种说法，她是吕布的一个部将秦宜禄的妻子；

第四种说法，她是吕布随军中的小妾，照顾他的衣食住行。

可惜，后来吕布在白门楼被曹操斩首，貂蝉的下落就一直扑朔迷离。小说只是提到了她一笔，说吕布带着她一起逃，被曹操活捉了。也许貂蝉成了曹操的阶下囚，被曹操囚禁在铜雀台里呢？罗贯中的这一疏忽竟成了一个让后人不解的谜案。

大家都知道，曹操爱使用"美人计"，当时他想收拢关羽的心，还专门送了赤兔马，但曹操为了笼络关羽，送出的可不仅仅是赤兔，还有寓意是指貂蝉。

关于貂蝉的结局，和关羽有关联的八卦说法网上也有很多。

说法一是：关公月下斩貂蝉，曹操欲以美色诱惑关羽，貂蝉百般使出柔情计策，关羽始终心如磐石，不为所动，杀死了貂蝉。

说法二是：貂蝉被曹操转送给了关羽，但关羽拒绝接受这位带有污点的女子，于是乘夜传唤貂蝉入帐，拔剑痛斩美人于灯下。

说法三是：关羽鄙视貂蝉，但貂蝉向关羽痛诉内心的冤屈，说自己施展美人计是为汉室伐奸。但关羽是正人君子，只想为复兴汉室而献身，貂蝉也只好怀着满腔柔情自刎。

说法四是：貂蝉在关羽的庇护下逃走，削发为尼，并以佚名的方式写下了杂剧，以此向世人表明自己的转变和政治贡献，最终在尼姑庵里安静寿终。

不管什么样的传说，我是不打算在此基础上再编造和想象，因为在真正的史书中没有对貂蝉花费更多的笔墨。我个人根据真实记载和传说总结貂蝉的形象类型：出身卑微贫贱型；听话孝顺感恩型；缺乏主见是非不分型；充当间谍色情诱杀型；重情殉情型；深明大义为国捐躯型。

中外古今，大凡与绝色的美貌佳人搅和在一起的人，往往弄得身败名裂，为后世所不齿，但尽管如此，男人对美人仍旧趋之若鹜。貂蝉的故事就是最好的说明。可惜当代许多为官者却不能明白"以人为镜，可以明得失"的深奥道理。

貂蝉，一代佳人凋零何方？史家都无法更多考证，那就让你于三国止步，灰飞烟灭吧！

你出身贫贱，随后就寄人篱下、颠沛流离、任人摆布。纷争岁月里你经受了家破人亡的苦难；懂得了对王允逆来顺受、知恩图报；练就了挑拨离间，勾引男人的本领；看清了战争的残酷，男人的霸道。在那个年代里，没有人真正爱你疼你，你只是男人手中的一粒棋子任人摆布。

以色诱人，以情骗人，让人不齿不屑，唯一能从汉室的角度高贵评判，你至多是个为国捐身的乖乖女子。

古代人对你不公不平就算了，你为何又穿越时空从远古走来投胎转世？当年除了你惊世容颜，被骂作大众情人外，没有什么可敬可歌可泣之处让后人铭记。

如今现代版的"貂蝉"层出不穷，她们个个出手不凡，肆意挥霍自己的青春，最大尺度地卖弄自己的姿色，随性展示自己的开放与魔力。为了达到某种利益丧失女性尊严，以姿色换取地位、权力，甚至有的作为男人的棋子，重演古代貂蝉的连环美人计，成为众多男人的大众情人。

"貂蝉转世"镜头就在身边：一位社会名人想去银行贷款，找行长几次都没有答应，后来他就把自己的姿色情人搬出，携她去参加宴请行长的酒宴，席间让情人使出美人计，留下陪行长耍乐，男子如愿以偿，第二天行长就审批了男子的贷款。

我不由地想斥责貂蝉们几句，倘若你在修炼也罢，如果你真的是"貂蝉转世"，也应该安分守己、脱胎换骨，变为无论从容颜上，还是从三观上评判都应该是真正的美人。可你却愈变愈丑陋、愈变愈庸俗，让人肆意玩弄，满街臭骂。

不过现代版貂蝉也有所谓的"高尚大义"，为了集体的利益以美色卖身换取款项、救助。以前有一篇报道，朋友圈传阅两位美女教师为了筹款建校帮山区孩子圆梦，到大城市卖身，挣到的钱都给了学校，最后患病去世，全校师生集体去送葬，场面感人。

这也许就是为了骗流量编造的，即便有可能在山区出现也不应该称颂，有悖伦理道德，不能正面报道，只能不齿。

貂蝉啊！你为何要从远古走来？

和当年一样，依然没了尊严和朴实，反而多了庸俗和狡猾。

你毫无尊严地扯掉了华丽的汉服，赤裸裸地活在世俗的眼皮底下，任人唾弃，遭人不屑。

劝你还是尽快捡起你扔掉的外衣，重新回到你的汉朝时代，自生自灭吧！

忽然想起不久看的仓央嘉措的《问佛》——

问佛：为何不给所有女子羞花闭月的容颜？

佛曰：那只是昙花的一现，用来蒙蔽世俗的眼，没有什么美可以抵过一颗纯净仁爱的心。

我把它赐给每一个美丽女子，可有人让它蒙上了灰。

（此文乃大胆突破尝试，言词犀利幽默，构思另类独特，但不乏真实的影射当今社会。兴许符合大众口味，仅个人感觉而已。）

刘备的女人真的不好当

相传刘备有句名言是"兄弟如手足，女人如衣服"。

都说对于刘备来说，女人就如同衣服，随穿随扔，毫不珍惜。刘备人生的一大特点就是丢东西：丢城池、丢兄弟、丢老婆。没本事保护女人，但又处处都有女人陪伴。

史书记载，刘备娶过很多女人，在年轻的时候，即被人看出克妻，他在老家时果然"数丧嫡室，但多无记载"。但后来从刘备起兵后娶这几个老婆的命运来看，刘备的老婆果然不好当。

资料显示刘备先后娶了四个老婆。

——第一个是甘夫人。

生于微贱的家庭，幼小的时候乡里会看相的说："这个女孩子此后贵不可限，当位极宫掖。"等她长大后体貌与一般女子不同。刘备起兵后，于沛城娶甘氏为夫人。但在这之前刘备在老家已经娶过几个女人了，由于克妻，都死去了。对于甘夫人的美貌，史书上还有详细的记载："玉质柔肌，态媚容冶，先主召入绡帐中，于户外望者，如月下聚雪。"甘夫人的皮肤像玉一样白，刘备把美人当作玉人，玉人当作美人，迷恋不已，自己还常说："玉之所贵，比德君子。况且雕凿为人形，而难道可以不玩么？"

甘夫人在刘备最困难的时候嫁给了他，给他带来了大量的金钱，是糟糠之妻；当时娶甘夫人时并未将其纳为正室，而是小妾。甘夫人虽是小妾，但一直以来都被作为正房看待，经常在刘备阵营里帮刘备处理许多内事。

甘夫人生下阿斗，比较命苦，跟着刘备就没有享过福。在徐州的时候，张飞守城，吕布攻下了徐州，刘备弃逃而走，甘夫人被劫掠；后来在下邳，关羽守城，关羽无奈带着两个嫂嫂投降了；再后来在新野，到长坂坡，又被曹操追杀，幸亏赵云救了她。

在荆州平定后不久，甘夫人病逝，时年22岁。公元223年四月，刘备病死于白帝城，诸葛亮追谥甘夫人为"昭烈皇后"。八月刘备合葬于惠陵。后来的糜夫人也好，孙夫人也好，都没有享受这一特殊待遇。大家都愿意相信，可能甘夫人是刘备最爱的女人吧！但我愿意认为可能是因为她是阿斗的生母。

——第二个是糜夫人。

甘夫人与刘备婚后不久，徐州被吕布偷袭，刘备不敌吕布，丢下甘夫人，自己弃城跑了。甘夫人便成了俘虏。吕布心想，我抓了你老婆，你刘备肯定还会回来。

然而，吕布却想错了，刘备逃到广陵之后，把甘夫人忘了，如同扔件衣服一样。很快他又娶了一位娇滴滴的美人糜夫人——糜竺的妹妹。

吕布见刘备刚抛弃了甘夫人，转眼间又娶了一个老婆，觉得甘夫人做人质也没任何益处，便做了个顺水人情，把甘夫人还给了刘备。

甘夫人回来后，却发现刘备战场失意情场得意，又娶了一个小妾。内心不悦，不过她很快想通了，古代男子三妻四妾本来是很平常的。甘夫人与糜夫人相见后寒暄了一番，不过妻妾心中的小波澜，外人不得而知。不过很快两位夫人和睦相处，糜夫人聪明贤淑，但始终没能怀孕，视甘夫人的儿子阿斗为自己的儿子。

后来，曹操把甘、糜二夫人连同关羽一道抓走，关羽几经辗转，带着二位夫人离开曹操，重回到刘备的身边。再后来，长坂一仗，刘备又抛弃妻儿，是赵云首先救出了甘夫人，糜夫人怀抱甘夫人未满周岁的儿子于乱军中左躲右藏，被赵云发现，但糜夫人因为赵云只有一匹马，不肯上马，将阿斗托付给赵云后投井而亡。赵云悲伤之余，推倒土墙掩盖水井，以免糜夫人的尸体受辱。

按照三国演义中的记载，糜夫人是为了顾全大局而选择自杀，她爱阿斗，因为自己不能怀孕，她也深爱刘备，为了刘备儿子，她不惜自己性命保护儿子，这种善良贤惠被世人称赞，都认为她的结局比甘夫人凄惨。

——第三个是孙夫人。

在小说《三国演义》中有提到孙坚之女名曰孙仁，又名孙尚香。

三国时期吴国人，原为东吴郡主，孙权之妹，刘备的三夫人。其自幼喜好武艺，手下侍女皆带刀具，常以与人击剑为乐，身带利器又容姿甚美，有"巾帼不让须眉"的英雄赞誉。

荆州是江东必争之地，孙权为讨回荆州，才听从了周瑜的美人计策，以嫁妹为名将刘备骗到东吴，留为人质，实施软禁诱使刘备丧志。妹妹不过是他争夺荆州的一粒棋子，是男人们交易的一个筹码。但是孙女子那个时候并不知道，十几年戎马，她只看到了铁血刀剑，却从来没有看透男人的政治谋略，这注定了她的悲剧。

对未来的幸福生活，孙夫人是满怀期待的，她需要的男人，既是夺杀岁月里的盖世英雄，又是能誓死护她爱她的钟情男人。于是放弃了东吴的暗杀计划，助刘备返回。刘备入蜀后，孙权极为生气，周瑜也觉得"赔了夫人又折兵"。后来孙权又心生毒计，谎称孙母病危，想见女儿最后一面，孙夫人连夜回吴，孙夫人回到江东孙权便将她软禁起来，不准出房门一步。自从孙夫人再没有见过刘备一面。

而在刘备眼里，她不是一个普通的女人，她是孙权的妹妹，是夺权中交易的棋子。洞房花烛之夜，那充满戒备的场景，"侍婢百余人，皆执刀侍立。备每入，心常凛凛"。又加上孙夫人喜欢动刀动枪，刘备表面不说，心里却已暗自提防。

三年了孙夫人不能生育，心里肯定会有不少的遗憾，久之，刘备对孙夫人失去兴趣。

而孙夫人也失去了对未来生活的希望，因此当东吴派人前来接她回去的时候，孙夫人什么都没带，只带上刘备7岁的儿子离开。按孙夫人最初的想法，孩子是连接自己与刘备的唯一纽带，只要孩子在身边，就可能会有与丈夫相见的机会。不幸的是，阿斗被赵云和张飞半路夺回。

回去之后，一方面思念丈夫，另一方面孤苦伶仃，仅仅与刘备相处了三年而遭离分之苦，从最初成婚的政治预谋到自愿死心相爱，再到后来被哥哥强行拆散，她绝望而不甘。长期处在这种愁苦的心境之下，孙夫人度日如年，很快便忧愤而终。

——第四个是吴夫人。

刘备入蜀后娶了吴懿的妹妹，吴懿的妹妹是个寡妇，是刘备进驻益州后为了拉拢人心而娶的。

吴氏兄妹早年丧父，他们的父亲生前一直与刘焉交情深厚，所以全家跟随刘焉来到蜀地。后来，刘焉动了私心，听相面者说吴氏将是大贵之人。于是他为儿子刘瑁娶了吴氏。刘瑁死后，吴氏成了寡妇。

刘备平定益州，当时孙夫人已返归东吴，一直不回来。群僚劝刘备聘娶吴氏。于是刘备纳吴氏为夫人，后称帝封为皇后。

刘备去世，太子刘禅即位，尊嫡母吴氏为皇太后。延熙八年，吴氏去世，谥号穆皇后，葬入刘备的惠陵。

刘备一生戎马倥偬，倾力于复国作战，无暇顾及身边的女人。在那个年代里，他对女人看得太淡，他从来没有海誓山盟和为爱痴情过，少了儿女情长，他把毕生的精力都投入到夺权争势的战争中。女人可能真的就是他戎马岁月里的战衣，随身佣仆，可有可无，但又不能没有。

刘备身边的女人都是那么爱他，在老家几个女人被克死，起兵后除了吴夫人是个寡妇外，甘、糜、孙都是年轻貌美，却嫁给了一个糟老头儿。为什么就没有个好的结局呢？甘夫人可以为他屡次遭掳奋不顾身，并生下阿斗；糜夫人可以忍气吞声，颠沛流离，抚养并保护后代，为阿斗投井自尽；孙夫人可以为他背亲弃义，护他返蜀；吴夫人默默无闻抚养阿斗，再无亲子。

唉！我倒觉得，最后的寡妇命真好，刘备封她为穆皇后，阿斗追嫡母为皇太后，死后与刘备合葬。甘夫人吃尽苦头凄惶死去，糜夫人红颜薄命投井自尽，孙夫人遭兄摆布抑郁而终。

他到底爱谁，谁能言准？

也许他只爱他自己，爱汉室大业。

诸葛亮之妻黄月英申诉喊冤

尊敬的法官大人：

我叫黄月英，生于东汉时期，又名黄硕、黄阿丑、黄婉贞，沔阳名士黄承彦之女，蜀国丞相诸葛亮之妻，年龄保密。

世人论起本人长相真可谓丑陋之极：黄头发、黑皮肤，都称"黄毛丫头"。

我不明白当时人们为什么说我是黄阿丑，我金黄色的头发，发质毛糙但不凌乱，皮肤略黑，大而明亮的眼睛，身材细瘦高挑，我就不明白一个具有西方欧美风范的女子怎么成了丑女呢？不知道世人的审美观点到哪儿去了？一传十，十传百，我就成了人们茶余饭后的丑角笑料。

我和诸葛亮结为夫妻，可是明媒正娶，有媒妁之言的。我从来没有贪图富贵之心，更没有攀附权贵之念。当时诸葛亮家境贫寒，25岁还没娶到媳妇。我虽然没有貂蝉、小乔的白皙美貌，但我有和诸葛亮相当的才华。

父亲黄承彦以我有才干向诸葛亮推荐，请求配婚，诸葛亮答应后遂与我结为夫妻。诸葛亮他本人从没嫌弃我丑，因为我黄月英本人有一种与众不同的美：心灵手巧、学识渊博、武艺超群，尊敬他的亲戚家人，是别的女人子所不能具备的，因此遭到乡里其他年轻女性的嫉妒，她们才骂我"黄阿丑"。

你们想想：我姨母是当时刘表后妻蔡夫人，蔡氏都是美女，我能是丑八怪吗？

不错，自古以来，大家都崇尚"郎才女貌"，的确周瑜配小乔，吕布配貂蝉，曹操身边美女如云，刘备的女人随处随换，而诸葛亮身高八尺，英俊帅气，学富五车；足智多谋，怎么就娶个其貌不扬的丑女呢？世人都在为他鸣不平。外人一直笑话诸葛亮眼光太差，找了个丑婆娘，邻居以貌取人，不明其理地讥讽："莫学孔明择妇，止得阿承丑女。"意思说："莫学诸葛亮娶妻，正中了阿承的丑女儿"。

那么请问：貂蝉能赋词作诗，智谋天下为吕布共商国计吗？小乔会制造兵器，谋略超群同周瑜切磋武艺吗？

我是家里的独生女儿，受父亲及其父辈们的濡染，我自幼熟读经史、多才多艺，是巾帼少有的奇女子，是世界上发明机器人的奠基创始人。我黄月英发明创造的木狗、木虎、木人，曾使诸葛亮惊羡不已，连连称奇，诸葛亮每次拿起，总是细细察看，思索万千。

诸葛亮发明"木牛流马""八卦图""孔明灯"，其实就是从我黄月英传授的技巧上发展出来的。荆州一带的部分特产，都是我制造或发明的。

就算我没有其他美女们相貌出众，但我有奇才：上通天文，下知地理，韬略近于诸书无所不晓。我竭力发挥才智，在刘备没请他出山前，我与诸葛亮同甘共苦、勤劳持家、生养孩子，在似水的岁月里相敬如宾、切磋学问，日子过得很幸福。

结婚时，我黄月英便将鹅毛扇作为礼物赠给诸葛亮。诸葛亮娶了我之后，羽扇从不离手。无论是六出祁山，还是草船借箭，抑或空城计等生死存亡之际，他只要从容镇定、轻摇羽扇，就会灵机一动，计上心来，胜算在握。他这样做，不仅表达了我们夫妻间忠贞不渝的爱情，更主要的是摇动扇子时，就会想起我黄月英和他切磋的谋略。诸葛亮功绩显赫，我这个"丑婆娘"同样功不可没。

自古哪有英雄不爱美女呢？男人即便没有长久拥有美女的福分，他们何曾不想面对面零距离接触一下，或者饱饱眼福偷看几眼？这种非分之心在那个朝代也是无可厚非的。

不可否认的是，后来诸葛亮随刘备出山过后，他的思想上的确有了变化。他早就听说东吴小乔是个美女，国色天香，曹操都在打小乔的主意，然而诸葛亮故意假装不知，还要种种计策让周瑜内心次次受挫，最后发出"既生瑜，何生亮"的感慨。

周瑜死后，诸葛亮为了见一下小乔的"庐山真面目"，故意写了很长的祭文前去吊唁，在灵棚前痛哭流涕，边哭边读祭文，很长时间读不完。后来守灵的文武大臣都睡着了，这时小乔才出来哭丧，一身素衣孝服，愈加美丽动人，诸葛亮趁机细看小乔，一饱眼福，啊！天下真有如此美貌之人，怪不得曹操早就色心荡漾！

可怜的我夫诸葛亮即便精神出轨，但始终没敢再娶他妾，对我黄月英从一而终，他把一生的精力都效忠刘备父子，"受任于败军之际，奉命于危难之间"21年。刘备一生女人不断，而诸葛亮穷其一生，操劳一生，与其说是病死五丈原，不如说是累死的，53岁去世，他的英年早逝让后世英杰为之叹惋，用"出师未捷身先死"形容最为贴切。他倾其全力，尽忠不贰，到头来还是没能力挽狂澜。

他既没有风光过，也没潇洒过，清贫之至，跟随刘备从开始的军师，升为蜀国丞相，说白了就是个辅臣而已，刘禅即位后才封他为"武乡侯""忠武侯"，至多再来个"刘备军师，阿斗义父"之亲称，"鞠躬尽瘁，死而后已"，可歌可敬，可怜可悲！

即便如此，一直主张"慕先贤，绝情欲，弃凝滞"的诸葛亮，仍避免不了多嘴之徒的造谣传言，说我夫诸葛亮跟着刘备学坏了，偷偷纳有小妾，并且说得有理有据，让世人对诸葛亮忠诚形象大打折扣。他一生对刘备父子忠诚不贰，在那个"男人就应该有三妻四妾"的年代里，我夫对我黄月英从一而终再无娶妾。他虽然不是什么惊世天子，但绝对称得上一代军事，三国奇才！

古代帝王权贵对待美丽女人，想爱就爱，想要就占，然后想弃就弃，让女人忍气吞声，敢怒不敢言。法官大人们请你擦亮眼睛看看，如今的男人稍有地位权势就想发狂，老子天下第一，满腹青菜屎，看不出有什么超常才智和高深谋略，就居功自傲、醉生梦死。高官权贵中仍不乏无情汉，他们耀武扬威，以欺骗与谎言去迷惑许多女人。

不过再看看，"拜金主义"思想毒害着当代众多美女，"高富帅"诱惑着许多妙龄女子。她们为了过上奢华生活，梦想嫁入豪门，不在乎年龄差，不在乎是否有家室、有婚史。她们一直信奉"宁愿在宝马车里哭，也不愿在自行车上笑"的婚姻观，一心渴望过纸醉金迷，奢侈浮华的贵妇人生活，至于真正婚姻里的幸福感，可能只有她自己心知肚明。

老男人可能把你的年轻美貌当成炫耀的资本，但一旦遇上更美丽的女子，你就成为男人的外衣，他们就会随手扔掉。"拜金女"拿自己的年轻美貌去换取糟老头儿的呵护，赢得一时的荣光，满足内心的虚荣，但绝非能拥有他的从一而终，忠贞不渝。

法官大人们，请你们仔细观察，当今这世界像我黄月英这样吃苦耐劳、从不攀附权贵、素面朝天、文武双全、满腹谋略的女子有几位？如果以现代国际标准来评判美女，怎么说我也会是一名国际名模，或者最美运动员、最美教练。现代人对美的评判不再是单纯地以肤色、容貌、身材为标准，而是全面衡量身体素质和思想文化素质。

现在没有哪一个选美比赛是单以美貌来评判的，都是要从诗词文化、天文地理、英语、音乐、美术、舞蹈多方面综合评定，才能诞生什么"环球小姐""国际名模""最美××"等称号。如果我黄月英参加选美，以我天生具有的欧美风范，深邃双眸，自然的金黄头发，加上内在的文才素养，外在的超群武艺，一定会是超级黑美人。

今天我穿越回来，申诉目的如下：

恢复名誉，我黄月英不是丑女人，而是文武双全、才貌双全的最美女神。

诸葛亮不是负心汉，对黄月英从一而终，从没再纳过妾。

我和诸葛亮有一子，是我亲生的，名为诸葛瞻。

申诉人：诸葛亮之妻黄月英

活得苦寂，死得凄凉

——从《呼兰河传》中话开"萧红"

四大民国才女，吕碧城，石评梅，张爱玲，萧红——题记

《呼兰河传》被编入中学课本，每每读起内心总起波澜。书中都是一个个儿童眼中的世界，自然而成，人物风景并不受旧的形式束缚。萧红写的人物是从生活里提炼出来的、活生生的，不管是悲是喜都能使读者产生共鸣。在上学时我就粗略看过其中的章节，小学课本上的极美文章《火烧云》就是出自这位民国女作家的《呼兰河传》断断续续的阅读使我对萧红有了认识。后来我又是从电影《黄金时代》《萧红》中，渐渐对这位"民国第一苦命女子"短暂而苦命的一生有了更深的了解。

萧红（1911—1942），原名张秀环，中国近现代女作家，"民国四大才女"之一，被誉为"20世纪30年代的文学洛神"。

萧红的感情经历粗略整理如下。

汪恩甲

9岁丧母，继母虐待她，14岁时，少女时代的萧红，曾被家里订了婚，未婚夫叫汪恩甲，是小学老师，却身染一些习气，是个没有理想喜欢抽鸦片的瘾君子，与萧红理想中的爱人相去甚远，萧红并不喜欢他。17岁的萧红结识了哈尔滨法政大学学生、与自己有远亲关系的表哥陆振舜。在已经成婚的陆振舜与包办婚姻的汪恩甲之间，萧红的情感偏向了前者。19岁的萧红逃出家门与陆振舜婚外同居。第二年春节前夕，不具

备独立生活能力和经济实力的陆振舜，迫于家庭压力，与萧红各自回家。在根深蒂固的男权专制社会里，人们不会对背叛男权专制社会的弱势女子表示谅解。一个为私情离家的女人是没有任何退路的，只要她走出家门一步，门就在她身后永远关闭了。在与陆振舜分手之后，她再一次逃往北平，旧情不断的未婚夫汪恩甲追到北平。汪恩甲母亲知道儿子与萧红在一起，就断绝了经济资助，汪不得已向家庭妥协。已经怀孕的萧红遭遇了第二轮情爱悲剧。当萧红临产期近，汪恩甲却突然失踪，令萧红独自被困在旅馆。对于汪恩甲的失踪，一种说法认为他没有足够的钱交房费，还有一种说法认为他是遭遇了意外。

萧军

萧红怀孕时困居旅馆，处境艰难，只好写信向哈尔滨《国际协报》的副刊编辑裴馨园求助。裴馨园多次派萧军到旅馆给萧红送书刊，看望萧红。21岁的萧红打动了26岁的萧军，两位文学青年因此开始了相互爱慕。由于萧红欠旅馆的钱太多，旅馆不让萧红离开。萧军趁夜把萧红救出。不久萧红进医院分娩，因交不起住院费，萧军甚至用刀子逼迫医生救人，但她无力抚养孩子，只好将孩子送人。出院后，萧红与萧军开始了一段贫苦但甜蜜的共同生活，同时萧红也迎来了自己的创作黄金期，创作了长篇小说《生死场》。

但是萧军有些大男子主义，他性格粗暴，而且情感轻浮，在两年里先后跟三个女子有暧昧关系。而且他并未拿萧红当成自己最后的归宿："她单纯、淳厚、倔犟，有才能，我爱她，但她不是妻子，尤其不是我的。"最终萧红还是向萧军提出分手，结束了这段既爱且痛的恋情。

1986年夏天，萧军重来青岛，被问及当年与萧红相处时，他提及"那时确实脾气不好，常对萧红发火"，并亲口承认"打过萧红"。

端木蕻良

端木蕻良曾是萧红和萧军共同的朋友。跟粗犷的萧军不同，端木蕻良性情阴柔。当萧红终于下定决心跟萧军分手时，她已经怀了萧军的孩子，但她和端木蕻良仍于1938年5月在武汉举行婚礼。对这段感情，萧红曾经在婚礼上这样形容："我对端木蕻良没有什么过高的要求，我只想过正常的老百姓式的夫妻生活。没有争吵，没有打闹，没有不忠，没有讥笑，有的只是互相谅解、爱护、体贴。"

但是，端木蕻良缺乏生活能力，什么都依赖萧红，他的个性和他过去的优越生活决定了他并非很好的照顾者。香港沦陷，端木抛下生病的萧红逃亡，一个男人在女人最需要他陪伴时而不在身旁，萧红心灰意冷，在贫病交加中创作了中篇小说《马伯乐》和长篇小说《呼兰河传》。

1942年12月，病情加重的她被送进医院，因庸医误诊而错动喉管手术，致使不能说话。有人谴责端木蕻良在萧红生命攸关的时刻离开萧红，但据后来的端木夫人钟耀群解释，端木蕻良离开萧红是为了外出购买食品和药物，并寻找尚未被日军接管的医院。

骆宾基

在香港期间，端木蕻良帮助了同为东北流亡作家的骆宾基。不久，骆宾基打算撤离香港，但当骆宾基打电话向端木蕻良和萧红辞行时，端木蕻良却问他能否暂留香港协助照料病重的萧红，骆宾基慨然允诺。根据骆宾基的《萧红小传》中记载，从太平洋战争爆发到萧红病逝的44天中，他始终守护在萧红身边。萧红临终前在一张纸片上写下："我将与蓝天碧水永处，留得那半部'红楼'给别人写了，半生尽遭白眼冷遇……身先死，不甘，不甘。"1942冬萧红在医院里再也没有醒来……至于骆宾基跟萧红之间是否有男女之情，其后人始终表示否认。

中国才女作家萧红，她红颜薄命。她自己说的，与《红楼梦》中的香菱一样，萧红的人生也是惹人怜惜的。不过，与香菱的祸起于偶然不同，萧红的不幸主要源于她自己"痴心女子偏遇负心汉"的盲目追求与错误选择。

……

萧红在《呼兰河传》里如此写道："黄瓜愿意开一个谎花，就开一个谎花，愿意结一个黄瓜，就结一个黄瓜。若都不愿意，就是一个黄瓜也不结，一朵花也不开，也没有人问它。"9岁丧母，受继母虐待，她是在缺乏爱，缺乏朋友的环境中长大。祖父家的后花园成了她童年最美好的回忆，只有祖父笑眯眯的眼睛和他的慈爱才是萧红童年唯一爱的记忆。所以当祖父死了的时候，"好象他死了就把人间一切爱和温暖带得空空虚虚"。

呼兰河畔有萧红儿时最纯真的快乐和最宏大苍凉的人生感悟。多年的漂泊之后，她在人生的末端回顾童年，写下《呼兰河传》这样一部充满童心、诗趣和灵感的"回忆式"长篇小说。呼兰河小城的生活或许有一点儿沉闷，但萧红用绘画式的语言，因为直率，不用伪饰、矫情，就更显得自然质朴。萧红的视角总是居高临下，读者是看不到她的，甚至没有一处议论，这种语言没有着意雕刻的痕迹，自然而然，蕴含着一种稚拙浑朴的美，从而成为"萧红体"小说叙事风格的重要特征。

茅盾评价《呼兰河传》：它不像是一部严格意义的小说，它于这"不像"之外，还有些别的东西，一些比"像"一部小说更为"诱人"些的东西，它是一篇叙事诗，一幅多彩的风土画，一串凄婉的歌谣。在她去世后茅盾为《呼兰河传》写过书序，在萧红死后，有无数传记和悼念文字出版，每年都有万千孩子诵读她的作品……

查一查资料我更是肃然起敬：一个文学层面让无数同辈、后辈深切尊重的作家，一个生逢乱世命运坎坷的青年，当这两个形象合二为一时，才是完整的萧红，也才是今天为何那么多人纪念和心痛的原因。

但关于对萧红的点评，学者、历史学家众说纷纭。

有人说，萧红有文学才华但做人不及格，太不地道，生了两个孩子，要么弄死，要么送人，反正每次跟着男人总怀的是别人的孩子。

有人说，对萧红人性的不洁和过错要作同情的理解。

鲁迅评价萧红"是当今中国最有前途的女作家，很可能成为丁玲的后继者，而且她接替丁玲的时间，要比丁玲接替冰心的时间早得多"。

鲁迅看过萧红的小说《生死场》后，大为赞赏，亲自作序。当生活窘迫时，两人受到鲁迅一家接纳、关爱，这令萧红找到难得的情感慰藉。鲁迅去世，萧红写下上万字的散文《回忆鲁迅先生》，这也被不少人视作是回忆鲁迅作品中最好的一部。

《黄金时代》电影看后，有人认为它既不像宣传海报上拍得那么美轮美奂，也不像另一些人批评得那么不堪。平心而论，它确也算得上一部有追求、有情怀、有水准的艺术电影。那个萧红，倔强、执拗、软弱、神经质、受到疾病困扰、对养育孩子没有责任感，一生经历传奇，结局令人扼腕。

影片给人最大的感触就是找一个好男人太重要了！萧红的一生都在寻找、挣扎与抗争着，在民国时期她被人争议着，但一切的根源就是在于她情感上的坎坷，遇人不淑，不流于世俗却被命运捉弄，英年早逝让人唏嘘。

一则新闻里，有观众问《黄金时代》中饰演萧军的冯绍峰和饰演端木的朱亚文，在现实中是否会喜欢萧红这样的女子，结果两个人都选择了不会。

在萧红的一生中，对其影响最为深刻的男人是萧军，萧红、萧军这对文坛的"伉俪"在很长一段时间被人们称颂着，他们有着类似的爱好、理想与追求。但爱之深、伤之切，两个人最终依然走向决裂。1942年12月，萧红临终立下遗嘱：《生死场》版权给萧军。到了生命的尽头，她念着的，却还是爱过的男人。

萧军在被问到爱情哲学时如此答道："爱就爱，不爱便丢开。"

萧红与萧军的缘聚缘散，也是当时文艺界的一个超级八卦。与其问，萧红当时为什么成为舆论红人，这样让后人评判，不如说，萧红一朝被打开历史的尘封，才发现那个时代的真正的大明星，不在娱乐圈，而是在文坛。

关于萧红的版本很多，我个人喜欢从这一角度来解读给学生听。萧红的作品我没有更多更细去读，但我读过有关她的惊天动地的生平事迹，我觉得远胜于读作品本身，因为我觉得她本身就是一本隽永幽远、感人至深的惊世之书。我知道早期她以悄吟为笔名写出小说《弃儿》和《跋涉》，反响很大；知道以萧红为笔名的《生死场》是与萧军生活期间力透纸背的长篇小说，从此在文坛一举成名；也知道中篇小说《马伯乐》和长篇小说《呼兰河传》是与端木蕻良生活期间贫病交加之际创作出来的。

萧红，她是典型的女文青的性格，爱折腾，不愿守本分，她的一生是短暂的，她是智商极高，情商极低的"第一苦命女子"。她的一生都在疲于奔命和动荡不安中挣扎，活得寂寞，死得凄凉。从 19 岁离家出走，这一走几乎没有再回头。文学创作虽然部分成全了她，荣耀了她，却没有彻底改变她的悲惨命运。最终含恨而死，年仅 31 岁，成为文学界的一曲悲歌。

萧红曾这样解读自己："我一生最大的痛苦和不幸，都是因为我是一个女人。"

悲叹之际，我也大彻大悟：苦命才女的"生死场"——活得苦寂，死得凄凉。

乡愁撕扯出疼痛

> 底片永远不会褪色，镜头依然摆在那里，村庄还在，即便有人极力遮羞掩盖，那原本的真实总会历久弥新。

多年后再读梁鸿的《中国在梁庄》时，你会你会发觉镜头越来越清晰，现实感越来越强，人物越来越重影。也许在当时你会觉得小题大做，如今再以一个近距离，出入梁庄的邻村人的眼光来看待梁庄，更感觉那里面的内容只是冰山一角。

十多万字的纪实性乡村调查《中国在梁庄》，是作者梁鸿用近5个月的时间深入故乡小村落，进行调查采访而完成的。当梁鸿回到阔别十多年的故乡，发现眼前的景象与记忆有天壤之别，她决定用笔去记录农民的伤痛和矛盾，记录当代农民的生存状态，展示一些问题。别说是阔别十年后回到故乡，就是二十年后的今天再回去看，它依然有这些记忆中的影子，尽管事实确实改变很多。

整本书八章内容，大约37个故事37个画面。我的心情起起伏伏，一起惋惜、一起愉悦、一起悲伤、一起焦虑、一起愤怒、一起思索、一起疼痛……

梁鸿带着挚爱回来，带着朴素的情感回来，掀开车窗帘，不禁对即将面对的故乡充满向往。村庄、亲人、房屋、树木……旧屋更旧，新房另建，但人去楼空是乡村常态，荒芜萧条崎岖小道尚在；曾经的村小学不见了，变成猪场，教育意识略有涣散，难以凝聚；门前，荷花池中的莲蓬已经被污垢苍蝇淤泥黑藻所代替；十几年前的湍急的清澈河流不见了，盘旋在河流上方的水鸟不见踪影。放眼望去，村庄内在的荒凉，颓败与疲惫似乎告诉人们它已进入老年。这些对于经常出入村庄的村民来说没有什么可惊讶的，他们认为这是时代在发展，一切就要变化，废弃的终将要废弃，蓬勃的必然要崛起。然而对于一个经常注目于城市风景的人来说，内心遭遇重创，也许相互都不太了解内心。

改革之风虽然吹通了村村马路，四通八达，作者走在路上，仍有种迷失感，没有归属感和记忆感。乡亲们的寒暄问候使梁鸿渐渐感受到岁月的刻印让她内心起了变化。一开始的情感基调是低沉的，在母亲的墓地，"每次来到这里，心头涌上的不是悲伤，却是平静和温馨，一种回家的心情，回到生命源头的感觉"。总有母亲在召唤。

通过对父亲的"访问"和与父亲的"座谈"，这个"活字典"是家中的脊梁，是苦难重塑的雕像。这尊"雕塑"还原出梁庄的前世今生、姓氏结构、家族历史、恩怨纠葛、苦难经过。

读着一个又一个故事，直面各种人物，心情越来越陷入低谷，沉重、阵痛、惊讶、愤怒……

同情无奈

赵嫂、芝婶为了让儿子儿媳出去挣钱，在家充当保姆照看留守孙子，俨然等价交换：你照看我孩子，我的地让你种着。孙子们不好好学习，上网，游戏，"有啥门儿呢？"她不会对儿子安慰鼓励，也没有抱着孙子哭泣，养儿防老的观念，使她们学会了对儿孙的隐忍，学会了口是心非的叫骂，她在用坚强与坚韧对抗自己的艰辛与软弱。

还有写到五奶奶孙子掉河里淹死的事，我忽然明白那是在写我姑姑，她就是那个村子里的，儿子们出门打工，她在家看孙子，谁知道一眨眼的工夫跑到河里玩被淹死，"老天呀！把我这老命给孩子吧！我这老不死的活着有啥用啊！连个孩子都看不好！"看着老人们绝望的眼神，他们内心有多少委屈和隐忍，外人永远不得而知，她把孙子看得比自己的命还重要。空巢的他们内心的孤独、寂寞又有谁能理解？他们的亲情需求似乎被自己用绳索捆绑着，他们的孤独已经远远超过了孩子们的孤独。为了家庭的和谐，她们在试图压抑自己，沉默，将罪过归于自身的无能而学会独吞。

阵痛压抑

曾经的文学青年在历经生活折腾磨难后，渐渐熄灭了文学之火，他变得不再激情，不再奢望太多，只想归于平淡平静。春梅的自杀总让人内心阵痛，那是村庄的痛楚，一个曾经对爱情、对生活憧憬的女人，"妈，我不想死，你救活我，我一定好好的，我给你做双鞋！"

这是一个儿媳对婆婆的最后表达，不是对丈夫，也不是对孩子，这给了这个家庭沉思的问题：丈夫常年在外不回来，日盼夜盼等了个空，即便是让人帮忙写封情书，丈夫仍毫无音信，丈夫到底这些年在外干什么？为什么不给妻子和家人回信？对老人、孩子都不管不问，这对于一个年纪轻轻的女人来说，类似于活守寡。情感上的缺失，生理上和精神上的痛苦谁人了解，加上婆婆的不理解，无理谩骂，自己在家干活儿时的多次出错和语无伦次的表达与争吵，已经让这个女人濒临崩溃，内心对丈夫的思念和恨化为对婆婆一家人声嘶力竭的争吵。出事前精神失常已经在提醒婆婆一家了，为什么还不寻找儿子，让他尽快回来？如果丈夫回来，也许春梅的自杀可以避免。

春梅娘家人的大闹我非常理解，我甚至渴望梁鸿用细节描写把场面特写，让人物鲜活起来。春梅下葬了，"就埋在她没有撒到肥料的那块地里，丈夫竟没有一滴眼泪，头七上了坟后就又出去打工了"。春梅的压抑和隐忍演变成对婆婆的歇斯底里的争吵，到最后的含恨自杀。

背后让人思索：农村青年一方面要承担养家糊口的责任，另一方面面临外出打工情感倾斜的危险，一部分家庭就此解体，不得不让人深思。什么时候才能让这些年轻人既能挣到钱，又能维护好夫妻感情呢？多少年来，成了农村女性的奢望。十年前是这样，如今也是这样，未来也许还会这样。

悲凉黯然

清立，曾经做过小生意，精明能干，但在村里总是被人欺负的那种，为了房子下水道问题顶了支书几句嘴，结果惨遭毒打，他精神失常了。后来清立觉得吃亏又拿刀砍人，结果被判刑。因为是狂躁型精神病无罪释放，从此清立无论走到哪里刀都不离身。对于清立来说，他免予刑事处罚是好事，但他内心的创伤谁来医治呢？是什么导致他今天的状态呢？

哀其不幸，怒其不争

昆生，姜疙瘩，诸如此类的脑子有问题的人，也许他们都是村庄的败类，他们或因懒惰酗酒，或者是故意闹事，装穷，而成为被人嘲笑讥讽的对象，他们享受着政府补贴，仍站不起来，让人痛恨又无可奈何，既像"闰土"，又类似于"孔乙己"，在人们中间微不足道，可有可无，任他们自生自灭。他们不太顾及尊严和羞耻，面对人们的取笑仍面不改色，大言不惭，我行我素。以至于姜疙瘩老婆与人私奔，自己落个被大车撞死的结局。老婆听说后，回来哭哭然后拿着赔偿款又走了。

农村像这样的人很多，昆生和姜疙瘩只是代表。中国有多少生活在底层，没有文化，不求上进，得过且过，毫无尊严可言的人，又有谁知呢？

愤怒不齿

明的妻子巧玉跟本村的万青私奔了。当初明通过自残来威胁父母非巧玉不娶，然而海誓山盟终究抵不过婚外情的诱惑，巧玉和万青私奔了。明在历经寻找战打，抗争之后逐渐变得沉默寡言，他终于同意离婚。明得了脑血栓，重病期间，巧玉和万青在饱受村民舆论谩骂之后回到了村庄，肩负起照顾明的责任，给明拉去医院看病，一起吃饭，直到明去世。明的遭遇值得同情，巧玉的背情弃义让人愤恨，万青的夺人之妻遭人唾弃，但终究都能在明生病期间和去世之后被人理解和包容。梁庄村民的团结意识和包容意识值得赞颂肯定。在物质匮乏，经济萧条的农村，当人性的自私和卑劣暴露时，同时将会有更多值得思索的问题摆在面前，能否用贫穷、冲动和无知来做宽容理解他们的理由，而不是用讥讽和冷漠的眼光来对待呢？

内心陷入泥淖

在书的结尾处《泥淖》一节，我看到了作者内心的困顿、不安、焦虑、迷惘。她陷入泥淖之中，"乡村生活像一个大泥淖，又像犹如一张大网"，内心无比的挣扎，写作动机遭遇质疑、尴尬。梁鸿从最初的单一调查，一步步扯出问题，到最后的心灵上的不堪重负，脑海里的画面形成了断裂和比照：过去想上大学，苦于没钱，现在有钱了但都不屑于上大学；过去的谨慎结婚，现在的闪婚闪离；过去的种地交钱、缴税，现在的种地补钱、免税；过去的没钱治病，现在的合作医疗报销。我的心情也陷入泥淖，梁鸿该怎么办？

面对农村的问题，国家该怎么应对？人们该做些什么？梁鸿说我是一个写作者，一个文学研究者，而不是拯救者，无可奈何，这是大实话。

有人说在这本书里，看到一个"处于倾颓和流散之中的乡村，那里充满破败和衰老的气息"。但我要说梁鸿她用身心感受着的乡村颓败的同时，又看到了活力和希望：在外做了大生意的"义哥"，凭着一股子拼劲儿和打打杀杀在南方码头立足，成了有名的企业家，许多在外挣钱的青年回乡后在路边盖了房子。我们虽然听到村庄在有气无力地喘息，也看到它的伤口，但那种感受与我们置身农村的生活息息相关，是再平常不过的了，我不希望外人用过分奇异的眼神来看待这部作品。

梁鸿作为一个文学人，她没有刻意以一个文学者的眼光去堆砌文字，牵强布局，而是在极力捕捉即将逝去的乡愁，她想把曾经的美好和期待追寻到底，即便是伤痕累累，略得失望，内心也会了然释然。她在做自己内心想做的事，那是长久伏在心底的声音。

她出生在这个几度贫困多难，多少次想尽快逃离的村庄，她亲眼目睹亲人们的挣扎、痛苦、屈辱、磨难、跌跌撞撞挣命的不易，以至于梁鸿在凭着自己的努力一步一步走出村庄，立足于大城市时，她内心曾想把她隐藏于厚厚的灰尘之下的乡村老家，像一股蓄积在地底下的浓泉水一般，慢慢地从心底潜涌暗溢出来，告诉自己，一定要再回梁庄。

她在倾听，她在记录，她在奔走，她又在思索，但终究没能为梁庄做什么，因为她只是一个文人，可能就是因此而无能为力。但梁鸿却给了这个社会、国家重重的思考：中国该做什么？人们在做什么？是冷眼观看，是随波逐流，抑或是见怪不怪？

她是在创作，她又像在与岁月、与人物、与现实并肩作战，在真实与虚拟之中，把散落在田野、街市、坟头或湍河之中的碎片记忆重新补缀起来，让它们拥有被关注的价值，并产生时代的作用。

一个好的写作者一定要跳出功利思想才能找到最朴素的写作愿望。正如梁鸿说的，她最初只是想写点随笔散文之类的，但在梁庄待的时间越长就越能挖掘出隐藏在村庄内部人们内心的揪心、刺心、痛心，乃至绝望的事情来。她是一个弱女子，她是梁庄的一分子，她不是救世主，更不是拯救者，她在证实，她是在如实告诉自己，告诉这个世界：梁庄变了，梁庄痛了、病了，它需要救治，它需要努力。

我作为一个普通人，同样从农村走出来的孩子，明明白白，眼看着村庄边缘化，不仅仅是梁庄，有千万个梁庄都在慢慢边缘，也许这是局势、是被迫，更是必然，但农村终究是农村，城市永远是城市。

我始终认为，梁鸿在写《中国在梁庄》时的身份是多样的：作为农民的儿女，她满怀同情，引领读者一步步踏入村庄，因为这里有她二十几年的记忆，怎会忘记，是绝对的真实，不容虚拟。

作为文学人，她的构思和叙述能力让我惊叹，每一个人物、事件都是力求真实，过程清晰，我在想，她肯定是随身录音或相机之类的辅助工具，每篇报道都会有她自己的思索和辩证观点，有她的沉思、无奈、纠结、彷徨。

当众多研究者苦于没有可靠资料研究时，梁鸿的《中国在梁庄》可堪称真品、珍品。这部纪实著作经得起推敲、拷问、品鉴。没有天然的厚重积累，没有自发的悲悯情怀，是不能推出这惊世之作的。我又在想，如果不能以真实的态度来读这本书的话，也许它只能是看客们的娱乐刊物。

作为文化研究者，梁鸿更是谨慎细微，她敢于自我批评，自我设疑，然后自问自答。面对媒体人、文化人、社会学者等的高度评价，梁鸿会冷静思索，不骄不躁。面对部分高难度的质疑和超出于作品之外的问题，梁鸿有时也会震惊，乃至内心发慌，但她没有长时间地任之，而是认为

"文学就是让人来质疑的，只有质疑你才会成长，只有来自负面的声音，才能证明你的作品引起重视，你才能从中进步"。这不得不说梁鸿的文学创作态度是真实的，这是一个真正的文人或社会学者所应有的情怀。

作品的结尾《再见，故乡》"独自来到墓地，与母亲告别"，不由自主地将原本沉重的心再一次拉向低谷。乡村、乡亲，还有某种古老的情感一股脑儿地涌到脑门儿上，"乡愁"二字就格外清晰，到现在，母亲在里头，我在外头。让她不得不将自己的情绪拉向更远的天空，来真正地思考自己灵魂的来源和归宿。

梁鸿在与母亲对话，左边是绿色田野，天边是暖红的晚霞，右边是宽广的河坡，郁葱的树林，那一刻她感到母亲与她同在，能感受到心意相通。一个少年时代就丧失母爱的孩子，内心有永远说不出的痛。

当我看到梁鸿写哥哥在无人的夜晚，与父亲吵架后飞奔到母亲坟墓地，翻滚着，发疯大哭的镜头时，他似乎是呼唤母亲能出来抱抱他，安慰他孤独可怜的心时，我竟然泣不成声，不能自已。我忽然想用一种自私狭隘的感觉来理解，梁鸿写《中国在梁庄》的真正用意重点在此。我不管其他文人，学者怎样评论此书，我要真实地从我作为一个农村孩子，普通朋友，同学，邻村人的角度来看待写作初衷：她要表达对亲人的思念，对故乡的哀婉，对乡愁的牵挂。因为那里有她的亲人——母亲，是母亲给了她生命，是母亲拉着她的手走过村里的一家又一家，教会她向左邻右舍喊叔喊婶、称爷称奶、呼姐叫哥的，这里有母亲曾经的痛苦和曾经经历的磨难。

当一个人真正勾起对某个地方的回忆，并迫切想写点儿什么时，不是为了学术和功利，而是内心那份最本能的朴素的真挚的情感需求。梁鸿说写梁庄不是为民请命，是在了却心事。

我不敢肯定梁鸿是不是真正赞同我的说法，也许我太过庸俗，太过浅薄，但我想说出我内心真实的声音，尽管我语无伦次，甚至有点儿强人所难，即便是我落个"是不是有意降低梁鸿的写作境界与目的，故意让文人学者分神"的嫌疑我也不怕，我太想谈自我感受了，因为身为农村孩子，我与她在某些方面是心心相通的。虽然我是在小城生活，我又有不同于她的地方，她在大城市，她不能像我一样轻易地去走村串户，但那种彻骨彻痛的思亲思乡之情我很有体会。

后记

看了以后，不知怎的我内心有些慌乱、害怕，我的心随着梁鸿的怅惘而慌乱，乡愁扯长了腹腔里柔软的东西，它在隐隐作痛，撕扯缠绕。我无法做到梁鸿的骨子里的镇定。我倒希望把最后的后记部分去掉，放在《出梁庄记》的后面。我不想去研究钻研过多，也不想去听来自文人学者的评判，因为我不懂文学，更不懂创作。我只想读实在的东西。

梁鸿有她自己更高的生活和奋斗目标，为我们所未经或永远无法企及的。

愿梁鸿更强，梁庄更强！

抗争·尊严·死亡·家

　　内心在翻滚，隐隐阵痛。

　　《出梁庄记》再一次触动了我。《出梁庄记》可以看作是梁鸿《中国在梁庄》的续集，梁鸿老师同样是通过自己一次次的拜访和聊天，用自己的语言和梁庄的进城老乡们的对话整理集结而成。

　　为了解他们对于社会、生活的想法，以及在生活艰难之外的略带苦涩的、卑微的精神世界，梁鸿踏上了她的访谈之路。梁庄人的足迹几乎遍及了大半个中国，西北最远到新疆阿克苏，西南到云南曲靖，南到广州深圳，北到内蒙古锡林浩特。

　　《出梁庄记》受访的主要人物大约七十人，他们中有拉三轮车的，有卖卤肉的，有技术工，有校油泵，有干保安的，有开公司的，有在厂里当一线工的……

　　大江南北留下了他们的汗水、血水、眼水，乃至生命，这是何等的悲壮！很多的艰辛，复杂的经历本身就像一部巨著，有多少情节的高潮部分，激烈的矛盾冲突。除了刻骨铭心，更多的是震撼。梁鸿的记录中最触动人的不是农民们艰难的生活，而是他们对生死漠然，去留迷茫的内心世界。

　　看了很多文学家的专业阐释，我才明白原来梁鸿的这种写法就叫非虚构写法，正是这种非虚构写作手法才体现了她的真实个性与作品的纪实影响力。

　　作者以走访的城市为线索，用真实的笔触、细腻而又克制的情感向我们呈现了一幕幕梁庄外出打工者艰难的生活画面：恶劣的打工环境，阴暗潮湿的出租屋，被城里人排挤欺侮、投诉无门的绝望，面临疾病死亡茫然无措的悲凉，种种描述，因为真实让读者的心灵受到震撼、内心感到疼痛和悲哀。

如果说《中国在梁庄》是在写梁庄人的坚守与陈腐，那么《出梁庄记》就是写梁庄人的崛起和奋争，现实逼迫他们宁愿选择走出去，也不愿留在村里坐以待毙。从家乡出发的那一刻，耳边就灌满了年迈母亲的叮咛："出门在外要小心，注意身体，平安回来！"年幼的孩子望着爸妈远去时撕心裂肺的哭声："妈妈你不要走！爸爸你不要扔下我！"我不敢想象，他们的内心有着怎样的挣扎与无奈。他们背对故乡一抹眼泪，断然离去，心存期待地默默祈祷，在他乡的日子里多挣点儿钱，少受点儿罪。"人是个鳖，鳖到那儿，都没办法啊！"

然而在前方与他们握手拥抱的是潮湿狭小、霉味呛人的出租屋，是高温闷蒸下溢满毒气的车间，是劣质无形布满油污的工作服，是没日没夜加班劳作换来的老板训斥，是深夜里欲哭无泪的孤独和野草般的枯萎与死亡……

一　死亡气息

我读完了《出梁庄记》：内心震撼，"死亡"二字充斥着我的整个心房。突然从心底中冒出一句话：人活着是为了死去。我感到后背直冒冷汗。

在城市里赚了钱，等老死以后还是要回家的。他们是在为将来的死而活。"死亡不再是挂在嘴边的概念。它是一个客观事实。活下去就是死亡。"这是多么真切的陈述，于是我发现了书中有很多关于"死"的话题，内心窒息般剧痛。

梁军之死引发一些现实问题：48 岁的光河因一双儿女的离世忧虑而死；建坤婶患食道癌，死神在慢慢逼近；在云南校油泵的书明被摩托撞飞伤了腿，不能劳动才被迫返乡；在南阳贤生的死很凄凉，回乡后没有停放棺材的地方，没有体面的葬礼，成了孤魂野鬼；在北京的青焕在路上被一辆轿车撞飞，"连数都不认识了，10 减 3 等于几都不知道了"打官司，找律师弄得"每周五法院见"，到最后还是外地人吃亏。

韩国老板打人、骗货物、不给钱，就想把人逼死，生不如死；那个叫金的男人，被人打折了胳膊辗转来到深圳，却不知什么原因死在出租屋里，当人们发现尸体时，已经腐臭。但是为了让金能叶落归根，老乡们把尸体装在袋里，第二天运回家，眼球都凸出来了，浑身都发肿了，金才 40 岁。这个刚把房子盖好，还没来得及住的男人就这么暴死他乡。

在青岛电镀厂工作时的"每一道工序都有毒，干这活就是慢性自杀！不是早死，就是晚死，早晚都是一死"。氰化物剧毒！一分钟就能把人毒死！这词眼刺激着我的心。电镀厂里丽婶被白色蒸汽包围着，颗粒物密布整个胸膛却全然不顾，甚至不再戴口罩，他们像幽灵一样穿梭在迷雾里，又像恐怖的外星人、残疾人，露出没光泽的眼睛。他们明明知道早晚会死在这里，却还要死赖在这里。

瘫子舅的悲观："我想找一根绳子吊死，不拖累他们娘俩。"他说话时没有停顿，没有悲伤。

光亮（是我老表）大儿子的意外之死，使这个坚强的男人几近崩溃，再也不敢把小儿子放在家里，这个孩子是他的命，不能有任何闪失。因此这阳阳享受着"2000∶1"的殊遇。光亮妻子说：成天都想着死，想到光河之死都是为死去的儿女抑郁而死，自己也不想活，一死百了，但又可怜这娃们！

国子七窍出血死了，想要厂里赔偿，就得解剖，心疼解剖费，算了吧！害怕解剖出来结果与厂里无关，连一分钱也不给。虽都与电镀有关，与氰化物有关，但苦于没有证据，死就死了。

小柱的死更让人痛心，年纪轻轻，还没成家，残酷的打工经历使他过早丧命。小柱的死肯定与电镀有关，但是他拖着病身子回来了，没有死在厂里，自然没有一分钱的赔偿。

青岛打工年纪轻轻的"死人的事是可多了！"人们说起这个话题都漠然而随意，毫无恐惧可言，仿佛一切都将是必然。

最后写"老党委"的死，规模之大，人数之多，她死了，"一个时代的象征系统结束了"。冥冥之中，人们清楚地知道，吊丧的队伍所走的是一条古老的路，这是村庄人都必经之路，每个人都会完成这一轮回，都会踏着她的路子走向死亡。

他们谈到死亡时表情的麻木让人吃惊，即便明知死亡逼近，仍大义凛然，无所畏惧。在挣钱和拼命中耗着自己的青春，忍受着分离、思念、分崩离析的心理折磨。

其实，我们每个人都走在通往死亡的路上，只不过他们中有的人很明白自己将来会怎么死……

二　他们在抗争

城市，只是他们眼中的海市蜃楼，他们无法在这里安家，更不被允许在这里安家。他们并没有梦想着有朝一日做一个城里人，他们一直是被驱赶与处罚的对象，随时都可能遭受殴打与侮辱；他们几乎找不到一点儿做人的尊严，为了尊严不得不抱团，不得不打架拼命。

任何一种职业人在大地上都是一种符号，只不过农民一直是被世俗眼光着重了的符号，长久以来缺少话语权，他们发出的声音总被某种东西强压下去，这一群体基本处于失声状态。

他们有莫名其妙的孤独感，他们行走在人造阳光照不到的阴影里，卑微地活着，谨慎地挪步。我看到一组图片：农民工想到超市买东西，只能在门口把鞋子脱下，或站在门口让服务员递过来。公交车上，一腿泥巴的农民工只能孤独自卑地站在角落。他们尽管低头缩身，仍能从余光中捕捉到城市人的鄙视与厌恶。

农村已经回不去，城市却也留不住。他们唯有在城市的碎梦中，轻轻呼唤梁庄的名字，唯有约上三五梁庄老乡，在城市最廉价、脏乱的路边摊道出心中的牢骚，骂天骂地，一醉方休。

欲哭无泪，大抵如此。甚至没有眼泪，梁庄人不相信眼泪，书中除了几个女性在提起孩子和家人时流泪，男人基本没有眼泪，相反语气里不乏霸气、自信、愤怒、冒险、干劲，挣不到钱誓不罢休之势。有多少忍耐、委屈，就有多少较劲和较量，就有多少比拼和竞争。他们不想被社会轻视，更不愿自己打败自己，有的甚至想自己给自己证明，我到底有多强。

西安的大哥与警察拼死里打，"泼上了！拼命！"站在交警面前。为了讨公平，为了一块钱，为了尊严不被践踏，和黑警察对抗决战。"出门，老鳖一不行，不抱团不行"是他们的生存法则。

在北京的千万富翁李秀中说："人不能老鳖一，要非活出个人样来。"正是他不怕苦，不怕失败，聪明能干，才在北京立足。

在内蒙古的朝霞说："生意都是打出来的，都是黑对黑，谁胆子大谁就胜，拼死里打，难的时候自杀的心都有了！"

光亮对老板的公开反抗中说："挨打我不怕，要不了人命，就怕开除我，时间长了，我舍不得这工作。"

必须作假。似乎没有良知和羞耻，正如他们说的："作假是为了生存，天底下人都在作假，你不作假你就挣不到钱。"

在北京的正林说："我拿着一把刀，站在过道中间，谁再欺负我们，我白刀子进去，红刀子出来！狗急了都要跳墙，为生存而战，不这样你生存不下去。"

也许这就是梁庄人的江湖人生。他们漠视法律，肆意打斗，是世态碾压击碎了他们原本的善良和温顺，麻木和凶狠灌输了自己的灵魂，只有这样才能挣到钱，"老鳖一是不行的"。不光是梁庄人是这样，中国的所有务工人员既然出来就会有这种想法。

梁庄人是善良有爱心的。汶川地震时他们慷慨奔赴前线支援物资，他们想体现自己的价值。在内蒙古的栓子给汶川地震灾区捐了五千元；万敏在地震时开着自己的金杯车，拉一车六七万元的物资去汶川救援。"别以为我们只会挣钱，我们也有追求。"他们都想为社会做点儿事，体现价值。他们没有身份，但渴望被社会认可承认，获得尊重找到存在的价值。

三　令人深思的问题

兰子一脸的忧伤和哀怨，她曾一度为追求爱情而被北京"婆婆"骂成"土鳖""狐狸精"。小兰为了爱情，从开始的坚强抵抗，到最后的无奈妥协，现实和世俗的眼光，迫使她不得不投降了这个社会，她失去了自己钟爱一生的男人，那个男人的死让她痛不欲生。尽管她现在已经拥有了爱情，但那段痛彻心扉的爱情足可以让她痛苦一生。是世俗隔断了这对男女的痴情，是无知和轻率伤了自己。

文末解开小柱死亡之谜：从16岁就出去北京煤场干过，河北沙场干过，油漆活儿干过，木材厂干过，这样的工作环境都是污浊的，最后青岛电镀厂干活儿，遭受氰化物毒害，那里一干就是六年。小柱死了，虽然没人断定完全是氰化物所害，但每个人内心都有难以诉说的憋屈。投诉无门，因为你没有死在车间里，你有病走了。小柱的死是悲壮的，从16岁到28岁，整整12年，小柱就在污浊肮脏的废气里生存着。他的死是必然的。

除了同情、悲伤之外还能给他什么呢？像这样在中国大地上因环境污浊而发病死亡的人不计其数，谁又能怎样呢？能改变吗？不只是作者在呐喊发问，这在中国各个角落都在盘问。

小柱的死给了人们更为沉痛的思索：生命原本比金钱更可贵，可这些为了生活而挣命的年轻人甚至葬送了一生的青春，他的死谁该负责，谁该为这个可怜男儿发声呢？当年小柱死时，梁鸿后悔自己竟没有去看一眼这个和自己同年出生的朋友。也许梁鸿当时还是个学生，她没有意识到那是一件必须思考的问题，不过即便思索，谁又能使这一生命复活呢？生活就是这样让人无可奈何。当你的才华配不上你的野心时，你会越思索越痛苦，越来越恨自己，恨所有的一切。

书的最后，小黑女被死老头糟蹋的遭遇让人心如刀割，我甚至觉得这一情节过于残酷，我可以想象到她母亲知道后的生不如死。我实在不想多加议论，就像刀子在割着心脏。

为了尽快发财，他们贪婪妄想，愚昧无知被传销蒙蔽，信奉自己能成功，以滑稽而扭曲的心理拉拢一群亲戚，到最后亲情丧失，大打出手，钱财被骗光。背井离乡的他们在践踏自己的尊严。

幸福还很遥远，梁鸿笔下出门在外的梁庄人，不管赚了钱的与没有赚钱的，不管赚得多的还是赚得少的，他们最感觉不到的便是尊严与安宁，一个人，感受不到尊严，感受不到安稳，肯定也就感受不到最起码的幸福。这是一个真实而残酷的世界。

四　年轻人的焦虑

我看到了在郑州富士康的梁平工作中的压抑和对现实的无奈；在厦门的丁建设的焦虑不安，看不到希望，又找不到出路的迷惘，自己孤独所带来的忧郁自卑，让人担忧；梁欢因女友的失踪而郁郁寡欢，精神异常；受过高等教育的凤凰男梁东与城市女之间的分合，以及他内心的焦虑和挣扎；在深圳外企的梁磊"像吊在半空中，上不去，又不愿下来"的感悟。他们的内心世界更加复杂，令人担忧。

五　令人寒心的镜头

那个 9 岁的打工者，为了不想白吃老板的饭，小家伙放学做完作业就把剪线头的活儿全包了。

梁鸿的访谈过程中，恒文和朝霞姐弟俩发生矛盾，引发夫妻俩打架，姐弟俩激烈争吵。这里面有多少伤痛在里面，亲情之战在外发生，更有切腹割心之痛在里面，出门在外不能言说，只能压抑。弟媳撕心裂肺的哭诉，恒文对媳妇的毒打，朝霞内心的委屈，父亲的无奈，看了之后我内心难以平静。

六　家是心灵的港湾

梁庄人怀着发财梦想，在城市与乡村的夹缝里生存，他们不仅是被当地人瞧不起，被腐败和黑暗折腾的筋疲力尽，对他们来说，梁庄才是他们的中心。

梁鸿问他们最多的问题都是：想不想梁庄？将来回不回梁庄？

在北京开保安公司的建升说：咋不想回？我梦见我找不到回家的路，那几间烂房子也找不着了，最后哭醒了。在这里，我没有安全感，好像断了线的风筝。

梁庄人生病的时候最想家，总是千里迢迢回家治疗，在西安的二哥说：对西安没感情，一生病就想家！一回家病就好了，回家心里清是美！

梁峰说：一回老家感觉都美，有地有树，多舒服。一喝醉就想爷爷。

待在西安的时间和长在梁庄的时间差不多的虎子说：打死也不住西安！人家不要咱，咱也没想着在这儿！做梦梦见的都是梁庄！

在北京的正林说：它不接纳我，挣笔钱回家，家里比这儿舒坦，在这里没有归属感、安全感，就好像是一条腿插进城市，另一条腿一直抬着，不知道往哪里放？

写在后面的话

书本后面以老党委的正规葬礼结尾，以邓州大调曲子做背景，他们在诉说什么，他们如此欢乐，又夹杂哀怨、呼喊、诉求，试图在寻找欢乐，忘却世俗与不快。梁鸿只想沉浸，又想逃避，不得不正视"我终将离梁庄而去"的事实。

后记中，梁鸿再一次抒写自己莫名的情愫与忧伤，"呼愁"将清晰印在每个读者的心坎上，所有足迹都凝结着感恩，发现梁庄人的创伤和哀痛，是漠视还是掩饰，是承受还是默认。"我们都是这痛苦风景的塑造者"，不容逃避指责，梁鸿完成了她内心交付给她的任务，每每走出打工场地，都有一种如释重负和无法掩饰的轻松。

她为能站在母亲的坟头思念而感到幸福，因为她感到梁庄的存在，故土的温暖。幻想着苦楝树的种子种到老屋前的院子里，生根发芽，"然而一切都永远失落"。又是墓地里的那个人——母亲的力量让她有如此的情怀升腾。

梁鸿在书的前面写道："父亲，你是我回家的根本理由，我把这两本书献给你，我们同在梁庄。"后记中写道："郑重地感谢我的父亲，这本书有他的功劳和汗水。"可以看出，梁鸿对父亲母亲的思念和感激。

《出梁庄记》的真诚让人无从质疑。这并不是说，梁鸿用了多少辞藻来表白自己的真诚，而是她大胆真实地报道了一些行业内不愿暴露的细节，村里政治方面的事情，以及个别人的隐私与闲话。

　　我在替梁鸿担忧，你以后还敢采访他们吗，他们会不会还给你交心，说实话吗？因为有些话只能是梁庄人自己知道就行，可一本书出来，有些秘密全暴露无遗，包括卖假肉假货，他们对梁鸿一五一十讲了之所以挣到钱的秘密，他们把梁鸿当作自己人，他们没有想到梁鸿会把秘密公之于众。他们恨梁鸿吗？梁庄村的支书会生她的气吗？

　　也许这就是梁鸿的坦率和真诚，她为自己的内心负责，历尽苦难与采访的打工者同吃同住，体验他们的生活与情感，只是为了更真实、更深刻地呈现。

　　感谢梁鸿，让我们看到了一个背井离乡的存在，看到了一个忍辱负重的村庄，也看到千奇百怪的种种生存。这是一个你在超清的电视屏幕上看不到的中国纪录大片。这是一群生活在特色国度之下的鲜活生命。《出梁庄记》里面具体而深沉的哀伤，给这个国度重重一击。读读他们的故事，如果设身处地，你是否也一样无能为力？

倔强和温存在世俗的泥淖里纠缠

当人们都在大力歌颂父爱，尽力回忆父亲的好时，很少有人去"黑"自己的父亲，或者去写一些关于父亲滑稽不堪的事情。也许是因为过于真实，会让父亲没面子，也怕别人笑话。而梁鸿的虚构小说《梁光正的光》给了我们别样的感受，一种前所未有的农村老父亲形象，一个在自己的子女眼里，自私、任性、唯我独尊、事烦儿、爱管闲事的、出尽风头的形象。

《梁光正的光》是作家梁鸿继非虚构作品，《梁庄》三部曲后的另一部的（虚构作品）长篇小说。

小说的封面是个多重面具，错落交叉，表情怪异，眼睛里放射出七彩的光。书中梁光正的"光"很耀眼，他勤劳无私、伸张正义、扶危济困，他爱面子、爱虚荣，他英雄救美、风流多事，到老了还给子女们找来很多烦人多余的事，去寻亲，去见那些几十年不见的老朋友、老情人。总之，梁光正总在坚持与抗争，不断挣扎、寻求超越。

他是一个纠缠在世俗生活泥淖中的普通人，是一位摇摇晃晃地走在泥淖里，即便跌倒无数仍擦擦老脸继续奔命的父亲。他平凡，笨拙挣扎，痛苦无奈，有着可以握紧手心不留缝隙的倔强，也有向子女求助时放低身段，悲切柔软的温存。叫人捉摸不透无法界定的多面父亲，就像他身上那件再普通不过的白衬衫，似乎与他格格不入，更惹人非议招人嘲讽，然而，他也就是那么个活生生的"农民"，也有自己的光，那光有照亮别人也有烫伤自我。

梁光正的"光"闪烁得很耀眼，具体表现在：

（1）"光"在他性格善变，门道很多。梁光正想达到自己的目的，就会软硬兼施、花言巧语、装疯卖傻、察言观色、以进为退；万般折腾儿女们，说话会显得悲悲切切，声音降低，柔软的恳求和痛苦的自语让人发笑；哭哭啼啼上吊的把戏，儿子觉得有种被羞辱的感觉，和儿子智勇斗智斗勇玩脑子游戏；他乐观自嘲、夸张煽情，讨好巴结又伸张正义；逼迫子女们披麻戴孝去给几十年前救济过自己一家的许大发吊孝，他使劲煽情，自己也哭得捶胸顿足；和志同道合的朋友一起愤世嫉俗，对抗权贵，嘲笑老实人，谩骂见风使舵的人。

（2）"光"在他有耐力，寻亲持之以恒。想去寻亲，找老舅、老表、外婆，寻找老情人蛮子，寻找年轻时朋友的遗孀和孩子，不怕路途遥远，只要说动儿女们，有大部队一路跟着，他就毫不嫌累，即使身体不佳都不说停止，似乎有使不完的老劲儿，走路带风，莺歌小唱的。可是当看见他青梅竹马的表妹现在老得不成样子，太穷酸，或者傻乎乎，就连车都不想下，闭着眼睛。但有时又觉得自己儿女们对上门来的老亲戚不亲热，他又会指责他们薄情寡义、不懂人情。反正是只要不累倒就必须去寻亲报恩，持之以恒。

（3）"光"在他风流多情，一生总离不开女人。就像冬雪说的："爹一生热爱女人，什么时候少过女人。"瘫痪在床的妻子还活着，就领山里的蛮子来家里住，表面上是说同情可怜她，领来找个婆家，实际上两个人暗地里成了情人；村里的医生梅菊他也暗恋，并有着说不清道不明的关系；村里的大龄女子，他都喜欢在人家面前表现，说话力求幽默风趣，吸引女青年的注意；蛮子被山里的丈夫抢拽回家后，梁光正又找了巧艳的妈做老婆。就他鼻子上的瘤，冬竹也嘲讽他说："好一个爱情毒瘤，都是爱情惹的祸啊！"

（4）"光"在他勤劳有胆量，什么事说干就干，不考虑后果。种麦冬、种豆角、种油菜，想发家致富，想施展自己的才智，想留住蛮子，想获得村民的仰视与崇拜。最终都失败了，面子、尊严、虚荣心、斗志、执拗全都撕毁在人们的嘲笑和鄙视里。

（5）"光"在他爱管闲事，"事烦儿"人物，投机倒把，好打不平。正如他大女儿说他的"露能"，"就你积极分子"，"惹是生非"。看不惯村里的干部，梁光正总要站出来，揭露打击。为了家人活下去，偷点儿东西回来让孩子们吃，被戴上个"投机倒把""人间败类"的帽子，被批斗毒打，牙被打掉、遍体鳞伤。有被当成流窜犯，暴乱分子被抓、被打。为了情人蛮子被人家丈夫打个半死。帮助那家打官司，让那两个人吃住在自己家里一个月，最终官司也输了，自己被认为是罪人。就像文中说的："父亲就像一尊散发着光芒的神像，救苦救难的观世音菩萨，拯救民众于水火。"

（6）"光"在他那件白衬衫和吐痰。白衬衫到死也要陪伴他，它向世人昭示他的讲究、整洁、虚荣、尊严，他所经受的痛苦、磨难，这件白衬衫映衬出他人性中的光辉和晦涩。在作品中，梁鸿赋予它神秘，赋予它重量。也许正是这件衬衫曾经给了梁光正信心、恒心、尊严和仁慈。他被毒打时"白衬衫上沾满了血"，这件衬衫也是他对屈辱的回忆，对权贵的无畏和愤怒。这件衬衫也是在证明自己，自己曾是纯净的人。咳痰的声音"咔咔"，吐出的角度、落下的地点，既是梁光正的毛病，也是每次在为他下一步的离谱行动做铺垫。

（7）"光"在他一辈子都在抗争。于生活，他拼命种地挣钱为家人的生活；于爱情，为了永久霸留蛮子，而与人家丈夫拼个你死我活；于社会，见不得干部欺负百姓，帮助别人一同打官司，告支书等人；于子女，不让去寻亲就闹腾，折腾坏了子女们；于病魔，稍微减轻就要谈话，打牌，回梁庄种地，不想闷住在医院里；于自己，总认为自己老当益壮，精力充沛，不服输，非要再回梁庄种几十亩油菜……

虽然妻子瘫痪、生活困顿，但他仍然保持着对生活、对情感的美好梦想与追求。在曲折无情的打击下，仍尽最大努力去建造自己体面而丰富的生活。在不懈的挣扎与努力，无休止的纠缠与折腾当中，他都在抗争，包括最后拖着病身子还要种油菜，我觉得他不是为了自己的亲生子女，他又在行善，他在帮助那个自己感到有愧的义子小峰走出困境。

（8）"光"在他临终时咬住蛮子的乳房，死死不丢。那是一个一开始让人震惊的情节，梁光正一生都不缺少女人，也许临死时眼里发出的光里带色又带痛，像一个孩子不愿离开母亲的怀抱，他一生都在为他人奔跑，太多疲惫，临死他想得到亲人们温暖的怀抱，像个找到妈妈的弃儿，他太想休息了。

（9）"光"在他死的光荣，葬礼气派。吊丧的人很多，管他亲的义的，只要他养活过的，三个情人、八个子女、两个儿媳、五个女婿、十三个子孙跪了三层，锣鼓喧天，哭声震天撼地。还有外地的几个老掉牙的，像是很亲近的"革命战友""生死兄弟""救命恩人"，他们来吊丧时也悲悲戚戚，仿佛关系真的很亲近似的。还有当年帮那家打官司的姐姐，也来了。曾经为村里的女人打抱不平揍过人家丈夫的，曾经管过人家闲事，帮人家伸张正义，得到人家感谢的……这葬礼气派，阵容也真够宏大，像是死去了一个德高望重的伟人、名人。

（10）"光"在梁光正的棺材迟迟不能落地。亲生儿子智勇用尽全力也无法让棺材落地，义子小峰突然站起来扔掉拐杖，掀掉身上的麻布，光着身子露出可怕的伤口，跳下墓坑，和亲儿子智勇一起左抬右扛，齐力推挪才把棺材落地。也许这是梁光正不愿入土，不愿离开这花花世界，不愿与亲人、情人、朋友们分离，他在用力抓住墓坑的边缘不愿下沉。但终究他作别了这个世界。

二

书中的"光"不单单是梁光正的光，书中的人物，梁光正的亲人身上也发出许多耀眼的光芒。

"光"在冬雪与人争吵说话的不停顿。

我看到书的 27 页时，还以为是编辑手稿的问题，怎么冬雪跟他父亲对吵时，说话不停顿？我读起来很吃力，好在我就是农村人，和冬雪说话的语气、口语相似，能读的通。后来我又读到 64 页同父亲、同蛮子吵时，"你哭啥你还有脸在这儿哭这都是报应都是报应啊你害死我妈你儿子也被你害死你心地不善良你想霸占我爹你看中我爹是好人你变着法跟着他你给我妈下药……"，"你跑啊跑你带着人家跑啊你跑到天涯海角到北京到上海你吃香的喝辣的你高兴说笑你哪儿来的钱你麦冬赔了你贷款你不管你带着人家跑了你不管我们你只管你自己天下哪有像你这样的爹……"近千字没有标点停顿的争吵，都是来自冬雪。

我豁然明白了，作者这种写法是有意的，冬雪的性格就是这样，声音大，性子急。对父亲反复折腾他们，烦人的所作所为极为恼怒。一直以来，姊妹几个吵父亲吵惯了，他们一边狠吵父亲，又一边理解体贴父亲。冬雪的机关枪似的吐话，句句字字都喷射着愤怒、憋屈、无奈、崩溃。唉！受不了这父亲。她要和他大吵，让他看看他闯下的祸端，犯下的错误，让他看看给子女们带来的麻烦和负担。

三

小说本身的"光"：语言活泼，幽默风趣，人物对话，心理描写让人发笑。景物描写更是恰到好处，生动形象，虚实结合，动静结合，渲染烘托。有时能让人物呼之欲出，有时能将情节推向高潮，有时欲扬先抑，使情节跌宕起伏，有时让读者的注意力驶向空旷的原野，有时又将情绪推向浩瀚无垠的寰宇。白描和工笔交替运用，抒情和议论恰当集中。

人物形象栩栩如生，符合身份的地方语、口头禅，总能让我禁不住发笑，有时一眼就看穿他们的内心世界，因为我把自己当成了梁光正的子女。梁光正就是我们这一代人的父亲，中国千千万万农村父亲的代表，同样这种父亲在城市生活的也有。

他们的一生中都在挣扎着、努力着、骄傲着、妥协着、谦卑着、叹息着。那一张张分明的脸庞，那一幕幕生活的场景，我多么熟悉，我曾多次亲历。

读了这部小说之后我在想：我们的父亲也许更奇葩，然而有谁能真实暴露自己父亲的缺点呢？我想到自己的父亲也是任性倔强，爱管闲事，总认为自己很有能耐，不吃亏是不会承认自己会失败，爱贪小便宜，去听老年讲座，免费接受馈赠，到后来让保健品商家骗走大几万，等等。

人活在世上，不但有身体，还有头脑和情感。我们究竟应该怎么活，没有一个标准答案。有的人让人痛恨，有的人让人爱怜，有的人让人嫉妒，有的人让人祝福。梁光正似乎让人不安静，蒙受折腾的日子，就像自己的父亲，有时候让人气又让人急。有时同邻里斤斤计较，睚眦必报，有时又救济穷人倾其所有，古道热肠。经历过那个年代的人或许有好有坏，但终究一抔黄土全付了慨叹。

看到最后看着梁光正逝去，宏大的葬礼，传统而富有典范。农村的老人去世都是这样的悲喜交加，大家都认为超过 70 岁死去是喜丧，但梁光正的死让他的儿女们肝肠寸断。虽然他活着的时候是那么的让子女厌烦，一旦父亲去世，那个整日里想方设法折腾自己，又折腾别人的亲人就永远没有了。想到这样的老人曾经遭受的磨难就会难以接受。

梁鸿赋予这个父亲一个名字叫"梁光正"。名人大家学者都纷纷评论该书，从未见过这样的"农民"，他是圣徒、他是阿Q、他是傻瓜、他是梦想家。梁光正的一生是悲情荒诞的一生。

他倾其一生在为自己、为儿女杀出一条条他自己认为闪光、独一无二、光鲜亮丽、体面的路，他有着滑稽和天方夜谭，却有万般无所适从的不堪和茫然，不知归处 。可他就是梁庄舞台上的演员，这场春秋大梦的主角。

梁鸿说："毋庸置疑，这本书是写我父亲的。没有父亲就没有《中国在梁庄》和《出梁庄记》，是父亲陪着我走过天南海北，为我的访谈记录立下汗马功劳。我想念我的父亲。"

我以作家李洱的评价语作为本文的结尾：

梁鸿的首部长篇，以肉写灵，以黑暗写光明，以农民写国民，以芜杂抵达纯净。

《军师联盟》：荀彧的死让人难受

《军师联盟》当看到荀彧死了时，我心里很难受，他死得太悲壮，当又得知他是河南人后，我内心更是憋屈伤心。

荀彧，字文若，颍川颍阴（今河南许昌）人，曹操手下的军师，谋士。在他很年轻的时候，就已经显示出了非凡的才干，称有"王佐之才"。

荀彧无论是抑郁而终还是饮药自尽，都说明荀彧和曹操在思想上有了偏离和冲突，荀彧之死肯定和他违背了曹操的意愿有关。

荀彧最初是在袁绍手下任职，袁绍素有威名，非常器重他。然而荀彧却在袁绍势力最盛的时候，放弃袁绍而投奔当时仅是一名汉室英雄的曹操。从此帮助曹操成就了基业，也由此改变了自己的命运。

投奔曹操，作为曹操的首席功臣和第一谋臣，荀彧励精图治，为曹操的基业立下了丰功伟绩。曹操对荀令君非常尊重，礼贤下士，曹操给予荀令君的地位，是众多汉臣所无法企及的。

荀彧谋略超人，总能看准世事，洞察人心。他能在一个人最势盛的时候预见他会必然灭亡，袁绍处于巅峰时期荀彧就能预测将来必败，才弃他而去；他亦能在一个人平庸无名的时候预见他未来的辉煌，就像曹丕得不到大王的赏识时，荀彧断定将来曹丕定能夺天下，并暗地辅佐他。

有人说，刘备无诸葛，无以白手起家，与曹孙鼎足三分，曹操无荀彧，亦不复为北方之雄。

他跟随曹操，也是抱着"匡扶汉室"的思想入仕的，他有着对汉室强烈的忠诚心和责任感，即"生为汉臣，死亦汉魂"。曹操也是汉室的大英雄，二人当时都有共同兴复汉室的志向，一拍即合，荀彧一路赴汤蹈火为曹操闯天下，打基业，从未想着曹操将来要独自称王称帝。

但随着曹操一统北方，功劳越来越大，曹操便开始谋划如何踢开刘备，建立自己的天下。这就意味着曹操要建立起与汉室对立抗衡的单独国家。这对荀彧来说是极其残酷的。

《军师联盟》中，荀彧亲眼看到曹操的野心不断膨胀，他不再满足于当一个大臣。当曹操从一个大臣变为一个丞相，又变为大王，并想称帝时，荀彧内心失望，当年那个与他共同志向忠于汉室的英雄渐行渐远。面对和自己有君臣之情的曹操，却无奈其野心的膨胀。立志匡扶汉室，却要眼睁睁地看着汉室渐渐倾覆。如果再不阻拦就会木已成舟，势不可逆。

于是他要去阻拦曹操，没想到自己推心置腹的劝诫，却成了曹操灭他的借口。

荀彧作为曹操手下的一号谋士，"行义休整而有智谋"，其功劳是不能否认的，但对这样一位德高望重、立功无数的谋臣，当他开始反对曹操晋爵魏公时，曹操一贯的"宁我负人，毋人负我"的性格断然不会饶了他，曹操铲除这个阻拦他加官晋爵的人，尽管这个人是与自己患难与共，赴汤蹈火的谋士。

《军师联盟》中荀令君的死因是，他让曹操回顾当初二人的理想，规劝他消除野心时，二人发生严重争执，结果荀彧看不到希望，不欢而散。荀令君在离开曹操府邸后非常生气，独自一人在家，孤独一人深思。我们可以想象到荀彧这个时候的内心是非常的痛苦，因为对于像他这样一个有理想的人来说，世界上没有比理想的破灭更让他痛苦的事情了。

这时，曹操差人送来食盒，荀令君看到空的食盒一切都明白了：曹操是想让我死。也可以理解为，别说话，闭上你的嘴巴，只要你不说话，饭还是有的吃的。绝望之际，荀彧郑重地穿上了汉室臣服，戴正了帽子，含恨服毒自尽了。

还有一种说法是：他离开曹府后，看破红尘，曹操从此不再重用他，整日静坐，最后抑郁成疾而终。

不管是哪种死法，荀彧的死总让人憋屈。

曹操和荀彧的关系，正如蜀汉的刘备和诸葛亮一样，荀彧对曹家也是鞠躬尽瘁，曹操也曾高度评价荀彧的功劳："天下之定，彧之功也。"

也许大家都在质疑：曹操这样做就不怕外人说他忘恩负义，过河拆桥吗？他之前几乎所有重大的决策里，都有荀彧的智慧谋略在里面，难道曹操就舍得失去这样一位谋士吗？

也许在这尴尬处境中，荀令君的价值在曹操的心里已经全无，也许曹操身边也不缺他一个谋士，人才很多。曹操原来是个汉室的忠臣，但他的超凡能力和不朽霸气造就了一个不可替代的新基业。他可能认为荀彧的思想落后，太过停滞不前，历史终究要向前发展，况且此时的汉室也已名存实亡，摇摇欲坠，不可能推进历史进步。

电视剧中，荀令君死于为曹丕而设的局，荀令君为了辅佐子桓可以舍弃自己的性命。

而曹操得知荀令君的死讯后还是十分悲伤的，一路哭喊"文若啊！你我共处二十年，为什么先我而去啊！"他哭着扶着荀彧的灵柩，说出了二十多年的患难之情，难以割舍，这也是实情，因为荀令君辅佐曹操二十多年，甚至可以说，没有荀令君，曹操的霸业来得没有这么快。

我倒觉得，曹操的大哭一半真诚，一半虚假。虚假是因为这个阻碍他加官晋爵的人就该消灭了，以后他可以一路畅通，为所欲为，肆意膨胀他的野心。

从中，我们可以看出荀彧的人生悲剧，既与历史大背景特殊性有关，也与他自身性格有关。荀彧始终忠诚于汉室的恩德，可以说荀彧是被自己的忠心思想捆缚而死，也可说是忠贞汉室的卫道而死。

一是他的性格太刚直。假如他规劝曹操时，话语能够委婉一点儿，不要直面斥责揭露内心，态度能够谦卑一点儿，即便不能继续为曹操效力，但至少能保全性命，俗话说："留得青山在，不怕没柴烧。"然而正是他的刚直不阿，毁了自己的一生。

二是他的思想太保守、太忠心。他无论是对汉室还是对曹操，都太过忠心。他没有想到朝代的更替是一种很自然的现象，是社会进步的一种表现，而且任何人也不能阻止社会的进步，汉王朝的灭亡是必然的，是不会因为部分人的忠心坚守而停滞不前的。假如他能放弃对汉室的忠心，看清形势，看懂世道，只要曹操重用自己，不管他做什么，任其发展，那么他的一生或许会一帆风顺。

还有一点，他的行为很难理解，当董承咬舌自尽后，参与刺曹的汉臣都要被押入大牢，有的被当场杀害，大喊"曹贼""逆贼"时，他却现在一旁直视静默，无动于衷，难道你还没看清曹操的居心吗？

他对曹操太忠心，正是为了曹操好，在他看到曹操尽听杨修等人谗言时，万般无奈才敢去规劝他。他以为曹操还会像以前一样，什么事都听他的。他希望曹操能够改变既定策略，可是荀彧没有想到人是会变的，随着曹操的功劳越来越大，他的权力也越来越大，他的野心也越来越大。对于荀彧的建议，曹操不仅没有采纳，相反还认为他有谋逆之心，导致要干掉这愚忠愚诚的荀彧是必然的。

唉，可怜的荀彧！性格决定命运，思路决定出路啊！

曹操倾其一生的精力到死也没有称帝的原因，可能是荀彧那双愤怒而忧郁的眼睛一直在盯着他吧！

《军师联盟》杨修之死留下思索：是智商重要，还是情商重要？

《军师联盟》中杨修的形象让人难忘：英俊男儿、一身霸气、血气方刚、伶牙俐齿、文采超人、机智聪慧。尤其是每一次出场，他的对白总是胸有成竹、气场十足、出口成章、声音洪亮、铿锵有力。那眼神，那气势总能压倒一切，声声震曹操耳，句句入曹操心。我看了真心佩服，演员演的太入戏了。

杨修，字德祖，东汉末期文学家，太尉杨彪之子，以学识渊博而著称。《军师联盟》中月旦评上杨修文采超人，具有雄辩之才，曹操一眼就相中这人才。再加上为了救父亲，不惜诬陷司马懿的父亲，手段恶劣，曹操觉得杨修与自己阴险狠毒的性格很像，后就招入府中为曹操主簿。杨修也愿意为曹操效力，肝脑涂地，在所不惜。曹操偏爱子建（曹植），一心想让子建为世子，就让杨修辅佐子建。

那么杨修后来为什么又被曹操杀害呢？

杨修很崇拜曹操，正如他说的："谁愿意去效忠当今这个连刀都拿不起的皇帝，只有曹操才适合统领天下。"曹操也欣赏杨修的野心和志向，杨修是他的一把利器。

杨修一路护着子建，忠心耿耿，在曹操设出考题准备选世子时，使出狠毒招数教唆诱导子建斩杀门吏，子建不愿滥杀无辜。杨修告诉子建："你现在和子桓拼的不是输赢，是生死，这个纷乱大争的世上，哪里还有恭俭礼让、双手不沾鲜血的道路呢？你以为现在还有无辜之人吗？哪有！"他太想赢，采用残忍的手段，这种人太可怕了。

为了检验司马懿的腿是否真的无知觉，杨修竟用长针狠心刺入司马懿受伤的腿肉中。够狠毒了！

"夜闯司马门"一案，他又教唆子建对大王说谎作假供词，拒不承认是自己带头闯入司马门，诬陷是司马朗带兵闯入司马门。当曹操去探问求证子建"夜闯司马门"到底怎么回事时，子建承认是自己闯的，不是司马朗。曹操就对杨修不满，为了达到目的可以随便诬陷别人。

杨修被杀的导火索（直接原因）是：杨修一语道破"鸡肋"天机，并将口令到处对士兵破解。"鸡肋，食之无味，弃之可惜。这说明曹操把蜀国比作鸡肋，他内心已经萌生退意啊！"

曹操这边喝完鸡汤，听到外面的士兵都在吵吵嚷嚷："快收拾，总算要撤退！"曹操冲出来追查，又是杨修自作聪明，他擅自做主可开始收拾，准备撤兵，大王能不愤怒吗？这等于杨修把曹操进退两难，虚伪恐慌的一面暴露在众目睽睽之下，让曹操颜面扫地！难怪曹操大怒，坚决不能再忍了。谎报军情，扰乱军心，押入大牢，必杀！

"鸡肋"一词，杨修和司马懿都能理解为曹操已无进攻之意。但司马懿并没有说穿，故作镇定，等着大王发令。

这只是导火索，其实杨修被杀的根本原因是：

一是过于显露才智，爱抢大王风头，恃才放旷、才智过人，为了达到某种利益不惜采用卑鄙的手段，心狠毒辣、敢说敢做。他总能够很快摸透曹操的心思，曹操嫉妒他的才能，但曹操当时一心想让子建成为世子，子建又离不开杨修的辅佐。例如曹操出题"门"内添"活"，杨修很快解谜底：乃"阔"字耳，丞相嫌门太小。"一盒酥"，即一人一口酥也，以及"梦中杀人"的解析，这些事曹操虽一笑置之，内心却极其反感。不把大王放在眼里，卖弄小聪明，更是让人生厌。曹操可能故意乱人耳目，可每次都被杨修揭穿，如果身边有这样一个随时能看透自己心意的人跟着，就好像整天没穿衣服给人看一样，实在别扭不舒服。

一连串的事件让曹操考虑到留他今后会造成祸患，可始终找不到合适的罪名杀掉他。自然而然"鸡肋"一事成了杀他的借口。

二是曹操已经老了，不想再让两个儿子争争斗斗了，大魏内政太乱了，实在心累。因为群臣中大多数表示支持曹丕，而曹操在考验两个儿子的过程中，也逐渐觉得曹植单纯，不稳重，虽有才华，但不具备君王的霸气与能力。而曹丕却有心机，表面沉稳仁义，又得群臣之心，具备做君主的特质。曹丕已经将人心大量收拢，如果曹丕赢了，那么杨修必将与曹丕对立，杨修就会成为这场斗争的牺牲品。曹操为了避免将来杨修与自己接班人曹丕的斗争，他决定先杀了杨修。

杨修之前对司马懿挑明了说："大王若千秋万岁之后，你我二人若皆活着，魏国会大乱。你我之争乃是魏国世子之争，二者去一，方可预防内乱。那现在就不要拖延，全力以赴，一决生死，如何？"他是在威逼司马懿，司马懿淡淡地说了声："在下言已至此，主簿保重。"

杨修露得太锋芒了，太狂妄了！

杨修和司马懿这对冤家，注定水火不容。然而在听说杨修马上就要被杀，司马懿请求大王，他想去牢中探望杨修一眼，曹操很是不解。司马懿说："逝者如斯夫，臣一路走来，没有敌人，看见的都是朋友和师长。"曹操真心佩服司马懿的胸襟和品格，于是答应了司马懿的请求。

杨修却一直视司马懿为敌人，但当司马懿来牢中看望他时，他很吃惊。在这一瞬间，杨修仿佛看清了这个残酷而乌烟瘴气的世道，他开始反省自责：这么多年替平原侯子建与曹丕争，与司马懿斗，甚至与大王争，到现在发现他是在与自己争。他对于司马懿来牢中看望他的举动也深受触动，真心佩服司马懿的才智。他说："我以为总比别人快出三十里，可正是这三十里却要了我的命，我们都是棋子，都不过是替别人争个输赢而已。"

这时酒来了！曹操差人送酒的那一刻，他立即明白此乃断头酒。但司马懿还提出也要与他共饮酒，杨修在那一刻也许真的明白了，发现司马懿才是真正的谋士，是仁义之士，值得托付。

临死前杨修还嘱托司马懿照顾子建。他很清楚，曹操乃雄才之主，曹丕乃阴苛之君，他对司马懿恳求："若是他日曹丕容不得子建，还望仲达你从中周旋，修余愿足矣。"可见他对平原侯子建的忠心和对司马懿的信任。

一直以来，遇事司马懿能忍，而杨修不能忍，司马懿深藏不露，而杨修露得太多太早。杨修在生命最后说出的话可能是真言："我们都在为曹氏效力，有很多的身不由己，但到最后的结局可能都是一样的，早死晚死，都是死。"司马懿比谁都清楚，现在自己不能死。杨修临死前说的话没有错，可是在这乱世争斗中，他已经没有退路，只得继续前行，也许杨修的死给他也敲响了警钟。

司马懿满含热泪望着这位曾经的敌人杨修远去，这种眼泪可能有为杨修的英年早逝感到惋惜，也为对自己前途未卜感到迷茫忧伤，这个曾经为曹氏倾力效劳，誓死拼命的热血男儿，搭上了一辈子的青春，到头来竟落了这般下场。他们都在为别人活，从没有活出自己，都有很多的情非得已。

对于杨修的死，我认为既罪有应得，也死得其所吧。司马懿曾为他流泪；子建曾跪地，甚至磕破头皮求大王不杀杨修；曹操做梦后又想起杨修曾大喊"修来解梦啊！"或许是惋惜，或许是舍不得，或许是后悔。

杨修把拯救子建当成他一生的理想，然而"恃才放旷，数犯曹操之忌"却又是事实。杨修之死，既是偶然，也是必然。

明代李贽曾写道："凡有聪明而好露者，皆足以杀其身也。"

杨修之死告诉我们：做人要学会深藏不露，藏得巧妙、露得适当，能忍能让，学会有自控能力。如果目中无人、爱耍小聪明、狂妄自大、挑拨离间、破坏纪律等都是会惹来麻烦的。

　　无论是在古代还是在现代，为人处世的准则基本相同。杨修如果要生活在当代，仍旧恃才傲物、狂妄自大的话，即便再有才能，以他的性格和处世之道，恐怕也会落下受到领导的憎恶，或暗地遭排挤，找个理由让他灰溜溜走人的下场。

　　和司马懿相比，司马懿深藏不露，能忍能让，是大智大勇之人，而杨修是个高智商、低情商的人。